夏·等待丨老葛

DUKU

读库

2103

主编　张立宪

新 星 出 版 社　NEW STAR PRESS

DUKU
读库
责任编辑　杨　雪
装帧设计　艾　莉
图片编辑　黎　亮
美术编辑　耿　冰

特约审校：黄英｜吴晨光｜李英子｜马国兴｜刘亚｜潘艳

目录

从“深蓝”到“深思”

卢昌海

在不到一代人的时间内，人工智能跨越了好几个里程碑。

如今四十岁以上的人，尤其是象棋或科技爱好者，也许会对发生在1997年5月的一个有趣事件留有记忆。在那个月里，国际象棋世界冠军加里·卡斯帕罗夫（Garry Kasparov）与IBM公司一台名叫深蓝（Deep Blue）的超级电脑进行了总计六盘棋的对决，结果深蓝以3.5：2.5（二胜三和一负）的总比分胜出。

这是人工智能首次在国际象棋领域以总比分胜出的方式击败人类顶尖棋手[①]。

① 这并非深蓝首次战胜卡斯帕罗夫。1996年2月，一个棋力逊于1997年版本的深蓝与卡斯帕罗夫进行过一次类似的比赛，并赢过一盘，只不过总比分以2：4（一胜二和三负）告负。另需说明一下，所谓“国际象棋”，其英文名称就是“象棋”（Chess），并无“国际”二字，但因中国有自己的象棋，为免混淆，常将西方的象棋称为“国际象棋”，本文也循此惯例。

深蓝击败卡斯帕罗夫，在人工智能发展史上有很大的象征意义，甚至可以说是一个里程碑。对这一里程碑，起码在最初一段时间，很多人心理上难以承受，而且也不甚服气。不服气的一条理由是深蓝与卡斯帕罗夫只赛了六盘棋，数量太少，胜负有较大的偶然性。比如美国著名物理学家弗里曼·戴森（Freeman Dyson）在1999年出版的《太阳、基因组与互联网》（*The Sun, the Genome, and the Internet*）一书的后记里就表示，只赛六盘棋实在太少了，应该再比一次，像1972年美国棋手鲍比·菲舍尔（Bobby Fischer）击败苏联棋手鲍里斯·斯帕斯基（Boris Spassky）那样赛一次“二十一番棋”。有意思的是，戴森其实是一向看好人工智能的。这也许说明，当人工智能在一个被认为需要“智能”的领域真正击败人类，将一种泛泛的可能性变为现实时，就连戴森那样的前瞻性人物也未必能立刻适应。

卡斯帕罗夫本人同样不甚服气，提议跟深蓝再次对决。

不幸为这种不服气推波助澜的是：IBM公司不仅拒绝了卡斯帕罗夫的提议，甚至干脆将深蓝大卸八块，以一种消极的方式保持胜果。

这种有失气派的做法无可避免地给人留下侥幸获胜、见好就收的印象，可以说是公关上的失败。但另一方面，计算机领域有一个著名的“摩尔定律”，它表明计算机芯片的性能平均每隔十八个月就会翻一番[①]。与这种指数式的硬件发展齐头并进的，则是包括算法在内的计算机软件的突飞猛进。这种软硬件共同发展的必然推论是：作为以此发展为后盾的技术，人工智能的演进速度绝非人类智能的演进速度可比，也因此，人工智能一旦在某个领域击败人类，就是不可逆转的。任何心理上或公关上的因素都改变不了这一宿命。事实上，尽管IBM公司的公关有落人口实之处，能让人在心理上以此为由阿Q一番，但人工智能在国际象棋领域击败人类，仍很快变成了铁的事实。

这一事实在2015年以一种特别悲剧性的方式得到了体现。

该年4月，在迪拜国际象棋公开赛上，格鲁吉亚国际特级大师盖奥兹·尼加利泽（Gaioz Nigalidze）被发现利用手机上的国际象棋程序作弊。尼加利泽当即被逐出比赛，其国际特级大师的头衔也遭撤销。但国际特级大师居然用手机上的国际象棋程序作弊，实在是特别悲剧性地揭示出人工智能在国际象棋领域已何等地超越人类。要知道，昔日的深蓝可是位列世界五百强之内的超级电脑，而不到二十年的时间，人工智能在国际象棋领域的硬件门槛居然从超

① 当然，技术的发展并非没有极限，摩尔定律不可能永远适用。但截至本文撰写之时（2021 年初），芯片性能的增长仍大体符合摩尔定律的预期。而且，哪怕有一天摩尔定律不再适用，芯片性能的增长速度仍将在很长时间内绰有余裕地超越人类智能的发展速度。

级电脑降为手机，甚至有人戏称，哪怕用微波炉芯片也能打败世界冠军，对人类来说真是情何以堪。

人工智能在国际象棋领域击败人类的另一个鲜明指标是等级分。以这个指标来衡量，1997年跟深蓝对决的卡斯帕罗夫的最高等级分为2851（于1999年达到）。目前位列最高等级分榜首的人类棋手是挪威的马格努斯·卡尔森（Magnus Carlsen），最高等级分为2882（于2014年达到）。在整个国际象棋的历史上，卡斯帕罗夫与卡尔森是仅有的两位最高等级分高于2850的棋手。国际象棋界的最高头衔“国际特级大师”对最高等级分的要求则是2500，很多国际特级大师的最高等级分都只比这一要求高出少许。作为比较，目前最好的国际象棋软件之一、开放源代码程序“鱼干”（Stockfish）的等级分，已经达到令人瞠目的3500以上，若与人类棋手对决，无异于牛刀杀鸡。

人工智能在国际象棋领域击败人类，也意味着人类在一系列更简单的同类游戏中全军尽墨。从数学上讲，这类游戏的“沦陷”几乎是必然的，因为它们属于所谓的“有完全信息的组合游戏”——其中“有完全信息”指的是不带概率（即不带骰子之类），也不带隐藏信息（即不像扑克那样只能看到自己的而非全部的牌），“组合游戏”则是指游戏的难度源自巨大的组合数（即源自每一步都必须从数量巨大的可能性中做出选择这一特点）。在软硬件不够发达的年代，这类游戏所包含的巨大的组合数是人类直觉的驰骋空间，对人工智能则是门槛，阻挡了它的“入侵”。但这种阻挡注定是暂时的，因为在数学上可以证明，只要有足够强大的计算能力，任何“有完全信息的组合游戏”，要么双方都有必和策略，要么其中一方有必胜策略。这个结果在很大程度上意味着，对任何“有完全信息的组合游戏”来说，一旦人工智能的计算能力超过某个门槛，游戏的胜负就会变得越来越“宿命”。其中，计算能力远逊于人工智能的人类的宿命只能是落败①，虽然游戏越复杂，宿命可以越推迟。

既然这样，那么一个自然的问题就是：国际象棋“沦陷”后，在人类流行的“有完全信息的组合游戏”中，还有哪个能暂时阻挡人工智能的入侵，将人类落败的宿命尽可能推迟呢？

答案是围棋（Go）。

围棋是一种比国际象棋更复杂的游戏，两者（及很多其他棋盘类游戏）的复杂度，可以共同用一个粗略而有效的方式来描述。这个描述只取决于游戏的两个基本特征：一是平均每步棋有多少种可能的下法，这被称为游戏的“广度”（breadth）；二是平均每盘棋会下多少步，这被

① 这是因为，无论必和策略还是必胜策略，都往往只需一个昏招就可葬送，而且所谓的昏招也并不需要很“昏”，只需对理论上的必和策略或必胜策略有所偏离即可。对人类来说，在任何复杂游戏中，出现这样的偏离实际上是必然甚至经常的。

称为游戏的“深度”（depth）。如果用b表示前者，d表示后者，则简单的组合估算告诉我们，游戏所涉及的可能下法总计约有b^d种。对国际象棋来说，棋盘较小，棋子移动的限定较多，b约为35；每盘棋则平均可在80步左右下完，即d约为80。由此得出的可能下法有$35^{80}\approx 3\times 10^{123}$种，也就是国际象棋的复杂度，它是一个天文数字，比可观测宇宙中的原子数目还多一千亿亿亿亿倍。那么围棋呢？它的棋盘比国际象棋的大得多，落子的限制则小得多，b约为250；同时，一盘围棋往往能下到一两百手，因此d也比国际象棋的大得多，约为150。由此得出的可能下法有$250^{150}\approx 5\times 10^{359}$种，也就是说，围棋的复杂度，比国际象棋的复杂度高出约一万亿……亿（总共要写二十九个“亿”！）倍①。

由于围棋远比国际象棋复杂，因此在深蓝击败卡斯帕罗夫之后的十几年里，尽管计算机的软硬件都有了飞速发展，人工智能在围棋领域依然无法逾越巨大组合数带来的

① 这种估算有很大的变通性，不同的研究者会采用不同的估算，但大致结果，尤其是围棋远比国际象棋复杂这一定性结论，是毫无疑义的。本文所用的数据引自深思公司2016年1月发布在《自然》（*Nature*）杂志上的论文《用深度神经网络与树搜索征服围棋》（*Mastering the Game of Go with Deep Neural Networks and Tree Search*）。另外补充一点：即使国际象棋的复杂度，也不是目前的人工智能所能穷尽的，因此目前的人工智能并不能严格实现理论上的必和策略或必胜策略，而必须诉诸某些并非万无一失的算法。但只要计算能力超过某个门槛，相对于人类的优势就会变得难以撼动。所谓人工智能击败人类，目前都是指这种状态，而非严格字面意义上的“必胜”。

门槛，至多能跟业余棋手一较高下，却无法捋职业棋手的“虎须”（除非被让四到五子）。

但这一局面在2015年开始出现转变，而且很快成为雪崩式的快速转变。

那一年，总部位于英国的深度思维（DeepMind，简称深思）公司研发的一个名为“阿尔法狗”（AlphaGo，英语里表示围棋的Go是由日语的“碁”字发音转写，译名中的“狗”是Go的谐音，更文雅的译名是“阿尔法围棋”）的人工智能围棋系统脱颖而出，以499胜1负的压倒性优势，战胜了其他几种同类系统，成为人工智能围棋系统的霸主。同年10月，阿尔法狗在跟法籍华裔职业二段棋手樊麾的“五番棋”较量中，以5：0的总比分横扫后者，取得了人工智能在围棋领域平手对决人类职业棋手的首度胜利。

而真正轰动世界的，则是一个跟昔日深蓝击败卡斯帕罗夫完全类似的对决。

对决发生在2016年3月，距离阿尔法狗击败樊麾还不到半年。在这一对决中，进一步优化后的阿尔法狗，以4：1的总比分击败了人类顶尖棋手之一、曾经十四次荣膺世界冠军的韩国职业九段棋手李世石，正式攀上围棋世界的巅峰，并被韩国棋院授予了荣誉九段。

这个版本的阿尔法狗，则被纪念性地称为了“阿尔法狗·李”（AlphaGo Lee）。李世石在唯一的胜局——第四局——之后表示：“这次胜利是如此珍贵，用世上的任何东西来换，我都不愿。”如今回味这句话，李世石说得简直太对了，那一局确实弥足珍贵，不仅对他，而且也是对人类。因为那是阿尔法狗与人类职业棋手的七十四次正式对决中，人类的唯一胜利，并且实际上也是人类最后一次在围棋领域战胜人工智能[①]。

跟昔日深蓝的见好就收不同，阿尔法狗在击败李世石后并未退隐，而是在继续优化后披上“大师”（Master）的马甲，从2016年底开始，与人类顶尖棋手展开了为期数天的一系列网络快棋比赛。这一系列对决极好地展示了前文所言，即人工智能一旦在某个领域击败人类，那种击败就是不可逆转的。这一系列对决的对手几乎囊括了所有人类顶尖棋手，其中包括大家熟悉的中国棋圣聂卫平、与李世石并称“绝代双骄”的古力，及当时排名犹在李世石之上的柯洁。对决的结果则创下了围棋史上罕见的秋风扫落叶的战绩：60：0，也完全证实了“大师”这一马甲的名副其实。这个优化版的阿尔法狗如今被称为“阿尔法狗·大师”（AlphaGo Master）。2017年5月，作为给人类棋手的最后机会，阿尔法狗·大师与当时的人类围棋第一高手柯洁进行了一场正式的（而非快棋）“三番棋”较量，结果以3：0的总比分胜出，并被中国围棋协会授予职业九段。

① 当然，这种话以及诸如此类的话，都是相对于人工智能的顶尖水平而言的，请勿用某位人类棋手在某次对决中击败某个低水平人工智能的例子来反驳。

在阿尔法狗的强大战力和辉煌战绩面前，我们再也听不到像昔日深蓝获胜之后的那种不服气了。2019年11月，三十六岁的李世石宣布退役，并在退役感言中坦承自己永远无法击败人工智能，“我意识到……即便成为世界第一，我也不可能站在围棋的巅峰”，因为“即便我成为世界第一，有一种东西（人工智能）依然无法被击败”。

阿尔法狗之所以有如此强大的战力，能取得如此辉煌的战绩，除计算能力超卓外，还有一个很具“智能”色彩的特点，那就是它有很强的自我训练能力，能从自我对弈中学习并优化自己。经过这种“双手互搏”式的自我训练，阿尔法狗能自创出连它的设计者都无法预测的新招。其中的某些新招，人类棋手不仅从未下过，甚至都没有意识到能够那样下。在阿尔法狗与李世石的对决接近尾声时，凤凰卫视《锵锵三人行》节目曾邀请到中国九段棋手江铸久评论阿尔法狗与李世石的对决，江铸久在评论中表示，阿尔法狗的某些新招简直让他热泪盈眶。自我训练、自创新招，这些无疑都深具“智能”色彩，使这种色彩显得更为鲜明的，则是阿尔法狗甚至有自己的“棋品”，在局势足够无望时不会死缠到底，而是会像人类棋手那样中盘认输。当然，这种模拟人类棋手风度和礼貌的背后，实际上是一个有关胜率的数学条件，比如阿尔法狗·李一旦发现胜率低于20%，就会中盘认输。

除自创新招外，阿尔法狗在下棋策略上也有新颖之处，具体地说，就是注重取胜概率大过取胜幅度。如果有两个棋招，一个能比另一个取得更大幅度的优势，但整盘棋的取胜概率低于后者，阿尔法狗就会青睐后者。用深思公司的首席执行官杰米斯·哈萨比斯（Demis Hassabis）的话说，“跟人类不同，阿尔法狗的目标是使取胜概率最大化，而不是尽可能扩大赢面”。阿尔法狗的这一特点一度使人迷惑。江铸久在那期《锵锵三人行》中提到，阿尔法狗击败樊麾后，很多高段位的职业棋手不以为然，因为阿尔法狗虽然赢了，但看上去似乎并不比樊麾厉害很多。由于樊麾不过是职业二段，跟李世石那样的顶尖棋手相差很远，因此很多人——包括李世石本人——起初并不认为阿尔法狗能对像李世石那样的人类顶尖棋手造成威胁。江铸久同时也提到，他当时看阿尔法狗的棋，却有一种不同的观感，觉得阿尔法狗似乎是遇强则强，让人看不出真实水平。这个说法若确系当时的看法而非事后诸葛，就可以说是目光如炬了。

在阿尔法狗的强大战力和辉煌战绩面前，如果说仍有什么东西能让人类棋手自我安慰一下的话，也许是阿尔法狗的程序之中包含了大量的人类棋谱，并在自我训练时用到过那些棋谱。从这个意义上讲，“军功章”上可以说是有人类棋手的一半。

不过，人工智能的飞速发展很快将这一半洗涤一空。

继阿尔法狗·李和阿尔法狗·大师之后，深思公司又研发出了一个新版本的人工智能围棋系统，叫作“阿尔法狗·零”（AlphaGo Zero）。这个版本如它的名字所预示，可以从“零”开始，在只知晓围棋规则的情形下，完全不依赖人类棋谱，通过单纯的自我对弈学习围棋，堪称是彻底的“自学成才”。而它所达到的水平，则不仅人类棋手望尘莫及，甚至连横扫人类棋界的前两条“阿尔法狗”也无法抗衡。2017年10月，距离阿尔法狗·大师在“三番棋”较量中击败柯洁还不到半年，经过短短三天“自学”的阿尔法狗·零就以100：0的全胜比分拿下了阿尔法狗·李。稍后，“自学”四十天的阿尔法狗·零又以89：11的压倒性比分战胜了阿尔法狗·大师。

这还不是故事的终结，2017年12月，距离阿尔法狗·零推出才两个月，深思公司又一个新颖的人工智能系统问世了，这个取名为“阿尔法零”（AlphaZero）的新系统，采用了跟阿尔法狗·零相类似的算法，也能够从“零”开始“自学成才”，但与阿尔法狗·零只会玩围棋不同，阿尔法零有更大的普适性，它不仅会玩围棋，而且能玩包括国际象棋在内的其他几十种棋盘类游戏（因此把名字中的Go去掉了）。更厉害的是，在所有阿尔法零能玩的游戏里，它都显示了王者之风。拿国际象棋来说，阿尔法零只训练四小时就达到了鱼干的水平，训练到九小时后，在跟鱼干的一百场对决中，阿尔法零取得了28胜72和的不败战绩，在后来进行的多达千盘的更大规模的对决中，也以压倒性优势胜出[①]。只有围棋，因为有算法相似的阿尔法狗·零坐镇，情势不那么一边倒，但战果依然可观：只训练了三十个小时就超过了阿尔法狗·李，训练到十三天后，则在跟训练程度相同的阿尔法狗·零的对决中，以60%左右的胜率占优。

所有这些后续对决——无论国际象棋还是围棋——都发生在水平远远超出人类的人工智能系统之间，仿佛九天之上的诸神之战，其中再也不会有人类棋手的踪迹了。

对人类来说，这也许是有些伤感的，但另一方面，也是一件很能满足人类好奇心的事。由于阿尔法狗·零和阿尔法零都是从“零”学起的，完全脱离了人类棋手的经验，这些人工智能系统的游戏风格也因此在很大程度上变得独立于人类。设想一个有趣的问题：倘若一种具有极高智慧的外星生命拿到了人类的游戏，在他们的世界里用同样的规则玩那些游戏，他们的游戏风格会是怎样的？我觉得，阿尔法狗·零和阿尔法零也许就是一种答案（虽然不是唯一答案），甚至不完全从“零”玩起的“阿尔法狗”也在一定程度上可算是一种近似答案。事实上，已有不止

① 这里有必要强调一下，阿尔法零击败的是当时最新版本的“鱼干 8”（Stockfish 8）。鱼干 8 的落败使开放源代码国际象棋社群大受刺激，并奋起直追。截至本文撰写之时，鱼干的最新版本是“鱼干 12”（Stockfish 12），水平远远超过了鱼干 8。考虑到阿尔法零的“醉翁之意”是演示人工智能的新思路，而并未在国际象棋方面持续着力，一般认为，鱼干 12 已完成反超，其国际象棋水平比击败鱼干 8 的阿尔法零更高。

一位人类棋手在跟这些人工智能系统对决或看过棋谱后，不约而同地用“外星生命”或“外星人”来形容后者的游戏风格。比如丹麦国际象棋特级大师彼得·尼尔森（Peter Nielsen）说，阿尔法零仿佛一个超越人类的外星生命；韩国九段围棋手睦镇硕（Mok Jin-seok）也表示，自己喜欢阿尔法狗的棋风，因为“我几乎觉得自己在跟外星人玩”。

而这一切，从阿尔法狗·李算起，只经过了不到两年的时间，确实是雪崩式的快速转变[①]。

人工智能游戏系统发展到阿尔法零，在大方向上是否仍有改进空间？或者换个问法：阿尔法零作为人工智能游戏系统，是否仍有局限性？使劲找的话，确实还能找到一条，那就是它必须事先知晓游戏规则。将这条列为局限性其实有些吹毛求疵，因为多数人类玩家在玩游戏之前，也是事先知晓游戏规则的。

但随着人工智能的飞速发展，就连这个吹毛求疵的局限性也被突破了。

2019年，深思公司推出了一个更加新颖的人工智能系统，称为“MuZero”。MuZero连游戏规则都无需事先知

① 关于这种雪崩式的快速转变，还可补充一点：不了解人工智能系统的人也许会以为，那些系统都是庞大的超级电脑——就像昔日的深蓝一样。但实际上，人工智能围棋系统虽远未达到人工智能象棋系统那样的“迷你化”，却也并不庞大，比如阿尔法狗·李之后的那些系统已全都是单一机器。人工智能的发展不但追求着智能上的飞跃，也致力于“体形”上的“减肥”。

晓，而可以通过“观察”、对弈、试错，从无到有构建起来[①]。这种构建规则的能力，让人联想到2020年播出的网剧《后翼弃兵》（*The Queen's Gambit*）。剧中一位天才小女孩通过看人下棋，归纳出了国际象棋的规则。由于连游戏规则都无需事先知晓，MuZero的适用面甚至比阿尔法零更广，除了能玩阿尔法零会玩的那些棋盘类游戏外，还“自学”掌握了几十种图像游戏。

更令人印象深刻的是，从阿尔法狗·李到阿尔法狗·大师、阿尔法狗·零、阿尔法零，再到MuZero，所有这些进展都不是“失之东隅，收之桑榆”那样的有得有失，而是纯粹的推进。MuZero能玩更多的游戏，却并不是以牺牲水准为代价的“博而不精”。相反，在几乎所有阿尔法零能玩的游戏上，MuZero都达到甚至超过了前者的水准。

就人工智能游戏系统而论，推进到MuZero的程度，已基本达到甚至超越了对人类玩家的终极模拟，在大方向上差不多可以算穷尽了，剩下的也许只是算法细节上的追求——那自然是永无止境的。但人工智能若只能玩游戏，恐怕免不了仍会被讥讽，就像一个只懂得玩耍的人，再聪明也会被认为没什么大出息。

①“MuZero”这一名字在一定程度上效仿了“AlphaZero”（阿尔法零），体现在两者都有一个“零”，代表从“零”开始，不依赖人类棋谱。“MuZero”中的“Mu”近于日文“無”的发音，代表的是连游戏规则也可以从无到有构建起来。如果要为MuZero取一个译名的话，或可译为“无零”。

正如聪明人早晚会超越只懂得玩耍的年纪，人工智能也并非只能玩游戏。2020年底，继游戏领域的一连串新闻之后，深思公司一个名叫“阿尔法折叠”（AlphaFold）的人工智能系统（确切地说，是该系统的第二代）再次刷了很多人的屏。这回不是玩游戏，而是做科研，研究蛋白质的三维结构。具体地说，阿尔法折叠是用人工智能的手段，挑战了生物学领域中一个被称为“蛋白质折叠问题”（protein folding problem）的知名难题①。由于这个难题的亘隔，确定一种复杂的蛋白质结构往往需要耗时一年以上，耗资也不菲。在已知的蛋白质中，生物学界经过半个多世纪的努力，能确定结构的仍只占不到千分之一。而阿尔法折叠确定一种蛋白质结构只需几天时间，准确率也达到了能与传统方法相比拟的程度，有望成为强大助益。有人甚至大胆预测，人工智能距离摘取第一个诺贝尔科学奖已为时不远了。

从“深蓝”到“深思”，是人工智能飞速发展的一个缩影。在不到一代人的时间内，人工智能跨越了好几个里程碑，其中的某些结果甚至超出了最大胆的预期，可谓前途无量。当然，目前的人工智能系统都还只具备特殊领域的特定能力，与全面模拟人类智能依然有不小的距离。美

① 简单来说，蛋白质折叠问题指的是蛋白质的氨基酸序列如何折叠成三维结构。细分的话，则包含诸如氨基酸序列里的原子间相互作用如何引致其三维结构，对任何一种给定的氨基酸序列如何预测其三维结构等等的子问题。

国计算机学家斯科特·亚伦森（Scott Aaronson）曾写过一句令人印象深刻的话，大意是：人工智能是在跟长达十亿年的自然进化竞争。

确实，人类的智能是漫长自然进化的产物，要想在短时间内全面超越是很困难的。也因此，每当人工智能在某个领域里超越人类，就会有怀疑者说：人工智能还不会这个，人工智能还不会那个。这当然是事实。不过，我很欣赏美国科幻及科普作家艾萨克·阿西莫夫（Isaac Asimov）对这种说法的一个睿智回复。面对怀疑者最爱问的"计算机能创造出伟大的乐曲、伟大的艺术、伟大的科学理论吗？"阿西莫夫说，他愿反问一句："你能吗？"

人工智能的未来会如何，也许没有人能预料，就像二十五年前的人很难预料人工智能这二十五年的发展。从很小的时候起，我就对所谓外星人有着巨大的好奇，我好奇的不仅仅是外星人是否存在，更多的是如果有外星人，他们的思维会是什么样的。从某种意义上讲，类似于前文所述，那些从"零"学起，从而在很大程度上独立于人类的人工智能，可以部分地满足我的好奇，但程度终究是偏低的，因为哪怕像MuZero那样的系统，它的框架毕竟是人类按自己的思维设定的。不过我设想，未来的人工智能，也许可以自行设计甚至自行生产自己的下一代。

那样发展下去，人工智能也许会越来越摆脱人类思维的羁绊，越来越超越人类设定的框架，它们的智慧会越来越全面，越来越独特，也越来越像——甚至按照某种适当的定义逐渐变成——某种新的生命。那种生命将不仅有高度的智能，而且有强大的环境适应性，可以在不适合人类生存的环境里，比如不适合人类生存的行星上生活。那种生命也许会比人类更适于也更有“意愿”走向星空，探索宇宙。

那样发展下去，人类会有被人工智能取代的危险吗？这当然是没有人能预料的。阿西莫夫对这个问题也有过回复——一个在我看来半开玩笑半认真的回复，那就是：看看人类对环境、对这个星球所做的一切，也许是到了该被取代的时候了。阿西莫夫甚至表示，也许真正的危险是，人工智能不能足够快地取代人类。

阿西莫夫对人类的评价够低的，不过从一个积极的角度讲，人类也许应该将人工智能视为自己的后代，一种进化速度快得多的后代。如果有一天，人工智能全方位地超越人类，与人类之间也未必是一种取代关系。因为到那时，人类栖息的这个小小星球，对环境适应性强大的人工智能来说也许根本不值得一争，人工智能完全有可能去寻找更广阔的天地。

而这一切对于人类，难道不会有“后代长成了”的欣慰吗？

2021年1月22日 完稿

“简单”的大事件

火 耳

一个围棋迷面对人工智能战胜人类的心路历程。

阿尔法狗横空出世

我上高中时开始学围棋，是在中日围棋擂台赛影响下接触围棋的那一代人。学会之后就一直保持着这个爱好，在围棋上花了不少时间，也因围棋交了一些朋友。

棋艺的高低和棋才有关，不过对大多数业余棋迷来说，这并不是最重要的。不管你处于什么水平，棋盘内的技艺，或棋盘外的趣闻轶事，总能让人找到兴趣点，棋乐融融，也其乐融融。围棋就是有这样吸引人的魅力，无怪乎古人给了它一个形象的名称：木狐狸。

围棋是一项小众的游戏/运动，原因就在于它有一定的难度。这种难度，也给这项属于东方文化的运动增添了神秘和高深的色彩：占据这项运动顶尖的都是中日韩棋手。西方人，即便是麦克·雷蒙在日本升到了九段，其在竞技场上的成绩也和顶尖棋手差得很远。在和科技的较量上，围棋也很骄傲：IBM的“深蓝”在二十多年前就击败了国际象棋大师卡斯帕罗夫，但对围棋，电脑一直是一筹莫展。

就在阿尔法狗击败李世石前两年，我还和一位朋友聊过，为什么电脑围棋的水平不行。我当时的看法是，围棋变化太多：棋盘上有三百六十一个落子点，规则又很简单，除了劫争等少数禁着点外，下一手的选点很多——仅从简单的数学排列组合来说，就是一个天文数字，机器再强大的计算力，也难以在有限的时间内，判断下一手棋该怎么下，从而完成对局；围棋又有很多特别之处，比如说从布局到序盘阶段，有很多对“虚”和“实”的判断，而要做出谁优谁劣的判断，在顶尖高手间，由于棋风不同都会各说各话，无法给出唯一答案；另外，围棋中的很多概念，如“筋”“形”“厚实”“薄味”“入界宜缓”等等，都有只可意会、不可言传的味道在里面，在电脑程序中要如何体现？似乎很难，所以多年以来，电脑的围棋水平都不高。

当然，这只是一个技术外行的认知。

人工智能技术的顶尖代表，起源于英国的“深思”（DeepMind）公司，在创始人哈萨比斯（Demis Hassabis）的带领下，总结过去的理论，并结合最新的技术手段，悄悄地积蓄突破的力量。围棋作为一项复杂的智能游戏，也成了他们用来挑战的最佳目标。

“Go”是日语中“棋”的发音。近代以来很长时间里日本围棋水平最高，推广围棋国际化方面也出力最多，所以在英语中，就用日语的发音来翻译围棋。AlphaGo是谷歌与深思开发的人工智能围棋项目，中文形象地翻译成“阿尔法狗”。

深思是一家创始于英国的科技公司，后来被谷歌收购。在资本强大的时代，成就突出的科技公司被大企业收购往往是双赢的结果，深思有着在人工智能研究上领先的水平，最终做出了阿尔法狗这个轰动世界的项目，离不开谷歌提供的巨大资源，就是一个好的例子。

除了深思本身的硬核实力之外，阿尔法狗这个项目还调动了很多资源，包括谷歌对事件进程的策划和掌控，也像下棋一样很有章法。

阿尔法狗首先邀请的对手，是曾获得欧洲围棋冠军的樊麾，时间是2015年10月。樊麾是原中国职业棋手，2000年后赴法国发展，代表法国参加比赛。中日韩的职业棋手去到海外，工作重心是围棋的教育和普及工作，而不在竞技一线，樊麾也不例外。

阿尔法狗和樊麾对战的结果是5∶0，不过谷歌对这个结果没有广泛报道。过去电脑围棋的最好水平是职业高手让四到五子，樊麾曾是职业棋手，虽不在顶尖行列，但阿尔法狗的这个成绩，比过去是进了一大步。用樊麾本人的话来说，是感觉到要出大事了。

2016年1月，深思团队在最顶尖的科学杂志《自然》上发表文章，题目为“用深度神经网络与树搜索征服围棋”。这篇论文的署名人，包括几位在随后的新闻事件中频频露面的科学家：杰米斯·哈萨比斯、大卫·西尔弗（David Silver）和黄士杰（Aja Huang）。论文的发表，正式拉开了人工智能和人类竞技的大幕。

2016年3月阿尔法狗和李世石比赛前，更多关于阿尔法狗的细节被披露，包括之前和樊麾对局的棋谱。职业棋手们认真研究了这五局棋，做了不少分析棋局的节目，人工智能的围棋水平果然大有长进。

大家对第一局官子中，电脑下出的一步巧手赞赏有加。

官子是围棋终局前的收束阶段，也是棋局胜负的关键之处。聂卫平老师棋高眼光也高，对棋手潜能的洞察力不同一般。李昌镐出道早期，有一次在官子阶段走出一步只便宜了一点点的巧手，聂老看到，便断言此子前途无量。阿尔法狗在这个细小地方的处理，确实代表了其不凡的水平。

不过樊麾和李世石的水平还是有很大的差距。比赛开始前，棋界的多数人，也都认为李世石会获胜。当事人李世石更是夸口要以5：0结束比赛。棋手赛前夸口给自己打气是常事，何况李世石也是一名个性鲜明、爱发狂言的大棋士。中国棋界近年来战绩彪炳，拥有一支强大的竞技

阿尔法狗对樊麾官子巧手。

队伍，其中九位获过世界冠军的棋手也认为电脑还不是对手。日本棋界近年在国际比赛中的成绩落后于中韩，随着棋局的进程，在李世石已经输了三盘的情况下，他们还是希望中国棋手能打败电脑，保住人类的尊严。

挺有趣，对于恩怨情仇交织的中日韩三国，这大概是少有的一件目标一致的事情。

棋界之外，很多人的看法也类似。爱说话的李开复老师常常以“前电脑工程师”的身份对技术问题发言，他的看法既随大流又很励志：阿尔法狗很难赢李世石，但总有一天会成功。

阿尔法狗一方，深思创始人哈萨比斯和项目负责人席尔瓦倒是态度谦和，发言谨慎。他们的表现很像另一类谦逊但倔强的棋手：多说无益，我们实战解决。

2016年3月9日开始的五番棋，的确在实战中让所有人跌破了眼镜。

前三盘李世石输得没有机会，第四盘发挥出色，拿下一盘，第五盘又是脆败。

在谷歌公司的策划下，这场人机大战也成为媒体关注的大事件。有消息称，阿尔法狗和李世石的第一场比赛，全球有一亿人观看直播，其中六千万来自中国。这大概是有史以来围棋吸引到的最多关注。我就是这一亿分之一。那几天，每天一开赛，我就挂在直播间里，一边看棋局进程，一边看棋手的讲解，一边还在各种懂棋和不懂棋的群里热烈讨论，精神高度兴奋。情绪也随着棋局的进程，夹杂进各种对人工智能技术的震惊、赞叹、迷惑和恐惧，起伏不止，似乎自己也成了局中人。

妻子看我亢奋得不行，给我泼了点冷水。

她不懂围棋，在我的影响下，也了解了一下这场人机大战的来龙去脉。妻子是技术背景出身，从她的专业出发，说了一堆听不懂的技术名词，给我讲了一下自己的看法：这只是一个技术突破，解决了一个简单的游戏问题，没那么伟大，不至于那么激动。

什么？你一个不会下棋的人，说围棋简单？这话像是冒犯了我一个多年的老朋友，我有些火了：你听过高川格“流水不争先”的洒脱隽永吗？你看过吴清源新布局革命的震撼吗？你了解日本六超时代的辉煌吗？你体会过老聂擂台连胜带给国人的激昂吗？你知道曹薰铉的灵动、李昌镐的不动、马晓春的飘逸、刘昌赫的华丽、李世石的锐利、常昊的厚重、古力的斗力，还有新生代百花齐放、群星灿烂得两个巴掌数都数不过来的柯洁、朴廷桓、申真谞、井山裕太、杨鼎新、辜梓豪、谢尔豪、芈昱廷、唐韦星、范廷钰、檀啸、时越、江维杰们的精彩吗？以上每一点还只是标题，每个话题我还可以延伸说下去……

当然，这只是我在脑子里的翻江倒海，没有喷发出来。多年的经验告诉我，家不是用来辩论的地方。

我长达一年的反射弧

李世石和阿尔法狗的人机大战过后，余波荡漾。

2016年底到2017年初，阿尔法狗的升级版化名“大师”（Master），一周内在网络上与多位顶尖棋手交战六十局，无一败绩。

2017年5月，等级分排名世界第一的中国棋手柯洁和阿尔法狗激战三盘，全部败阵，输得毫无机会。

围棋人机大战的同时，人工智能在德州扑克上也完胜人类。人类这下才服了，没有人再敢对机器说大话，当然也包括还是很爱说话的李开复老师。在柯洁和阿尔法狗对局前，李开复老师的看法是：柯洁战阿尔法狗已无意义。

社会也在或快或慢地消化这个事件。深思引领的人工智能技术，在社会生活的各个方面被广泛讨论。科普作家们在普及相关的知识，技术投资人也在介绍这项技术的应用场景和前途。从不同的角度和渠道，我学习了更多的背景知识。阿尔法狗战胜人类这一让很多人震惊的事件，在我头脑中轮廓渐渐清晰了起来：

一、围棋“简单”，指的是规则明确，包括行棋的规则和胜负的判断，都是可以准确定义的。用数学语言说，就是变量明确，结果唯一，这样目标函数就容易确定。对于科学研究，这属于有边界的问题。这类问题有着明确的突破方向，解决起来会相对容易。

二、深思攻克这一难题在理论上没有突破。具体说，深度学习、神经网络和蒙特卡洛树搜索这些理论和方法，都是几十年前就提出的，不是新东西。

三、这次突破的关键是计算力。深思的科学家们将深度学习、强化学习、传统树搜索和大规模计算结合起来，开发出新算法，一举攻克了围棋这个难题。

四、神经网络理论模仿人脑的决策机制，先是通过已有的棋谱，让机器学习后，模拟出一个可以用获胜概率来衡量的下一手，这一过程也减少了计算量，使得在操作上可行。至于机器是怎样确定函数关系得出结果的，目前人类并不知道。基于此，有人认为这种未知性是个潜在的风险，很可怕，比如特斯拉老板埃隆·马斯克就持这样的观点。

简单讲，阿尔法狗战胜人类高手可以总结为：围棋规则明确，在理论和方法上整合有效，同时得益于计算机算力的大幅提升。

撇开对围棋的深厚感情，我把上面的认识和妻子讲了一遍。听我讲完后，她一乐：去年这时候我讲的，不就是这意思吗？

妻子科班出身，从本科到博士，读的都是计算机科学。包括机器学习、深度学习、决策树这些属于算法的内容，是她的日常工作，怎么就敌不过我对围棋的感情呢？在媒体上高频出现的“神经网络理论”也是她多年前就学习过的内容，我家书架上也有好多本关于神经网络的书籍。她未必像我一样，会以读科普作品和科学史为兴趣点，记得这一理论的提出者杰弗里·辛顿教授，但她熟知这一理论的内容和相关的应用方法。何况她就有同学在深思工作，科研工作的日常，其实和她也差不多：读论文，想算法，处理数据，写程序编码，解决跑程序中出现的问题，哪有新闻报道里渲染的那么高大上。我花了一年时间的发现，是她多年已经存在的认知，只是没能用我最熟悉的语言表达出来。

最后我俩各退一步，各自检讨。

我检讨的是，文青思维贻误人。对于一件需要用理智来观察判断的事，过于丰富的情感会阻碍认知能力，让我白白损失了一年时间才认识这个问题。

她检讨的是，理工思维需要改进表达的方式。对于自己了解掌握的知识，她没能像科普作家或是技术投资人一样，用简明易懂的语言表述出来说服我，从而让我白白损失了一年时间来认识这个问题。

关于围棋是个“简单”的研究对象，妻子又给我举了个例子：如果机器来处理做菜，就不简单。比如说用料，特别是中国菜，油盐酱醋各种调料的用量，常会说“少许”，这就是变量无法精准定义。而做出来的菜好不好吃，不同的人有不同的判断标准，这是结果无法精确衡量。这样的问题，属于“无边界”问题，寻找目标函数的难度就很大，处理起来会比围棋更棘手。

这个类比我就能很好地接受了，围棋规则明确，对所有人都一样。棋迷中也有类似的说法，比如说，李昌镐的棋，也要有两个真眼才能活，说的就是这个道理，下棋的人都明白。

妻子给我举的另一个例子是在医学研究中，比如寻找某种病症的原因。一些致病原因是在摸索中陆续找到的，但是在找到它们之前，就是变量不明，或者说，发现了和某个原因相关，比如情绪能影响病症，但如何用量化手段把情绪作为一个变量去建模，又是一个不能精准定义的例子；又或者，开个更大的脑洞，目前人类对于该病症的所有基础理论都是错的，在这样的框架下得出的结果就是在碰运气，这也许是某些病症治愈率很低的真正原因。这样的问题就是开放性的，和围棋相比难了几个数量级。

有了这些知识，我基本理解了围棋是个简单问题的说法，甚至于听到有人说阿尔法狗解决的不过是个“初级人工智能问题”这样扎心的说法，也能一笑置之。

可是，在对阿尔法狗认识这件事上，最初我是听了围棋高手们的判断。特别是柯洁，他是等级分排名第一的顶尖棋手。围棋上的事，你说我是相信第一高手，还是不懂棋但懂深度学习和神经网络的家属？

下面是柯洁对阿尔法狗的认识过程。

在分析樊麾和阿尔法狗对战的几局棋时，柯洁主持了一场对樊麾的批斗大会。阿尔法狗的棋艺有长足之处，但获胜的主要原因还是樊麾的棋下得太差。李世石第一盘输了以后，柯洁是这么表态的：就算阿尔法狗赢了李世石，他也赢不了我。

柯洁这么“狂”，自然有他的资本：十七岁获得首个世界冠军；对战阿尔法狗前二十岁不到，已手握四个世界冠军；对上一代霸主李世石的战绩，也达到了碾压式的13∶5。

直到2017年5月，柯洁对战阿尔法狗三战皆败后，才彻底服了。比赛过后，柯洁袒露心声：虽然开始知道想赢棋不容易，但是结果输得不好看，给自己留下了遗憾。对局后的感觉是解脱了，但很绝望。自己没有战胜人工智能的可能，今后不会再与机器比赛。

我的这个反射弧，长达一年，算是把这个问题搞清楚了。过程想起来，还是挺有意思的。

乐趣和恐惧

对于棋迷来说，阿尔法狗带来的除了震撼，还有棋艺上的收获和乐趣。

首先是颠覆定式。

围棋定式，是指经过棋手们长久以来的实战累积，形成的某些情况下双方都能接受的固定下法。围棋定式有繁有简。有一类定式，比如大雪崩定式，以复杂多变著称。大雪崩定式是棋手们用功的重点之一，也凝结了数代棋手的才华。从吴清源大师走出的内拐招法，到近年周睿羊苦心研究的能便宜两目棋的次序，内里有无数玄机。但是在阿老师的棋局中，这个定式不见踪影，被淘汰了。另外一个妖刀定式也以复杂著称，根据不同的行棋次序和接应子力，妖刀定式隐藏着无数把“飞刀”（应对不当就会吃大亏的陷阱）。其中的一种简单乱冲取地的走法，过去被看作不成立的俗手，但阿老师给出的胜率高企。其他多种原来认为是比较好的下法，也被淘汰了。

更有一个问题摆在棋迷面前：棋诀重要么？

围棋以围地多少来决定胜负。在棋盘上，占据中央（“取外势”）还是边角（“取实地”）的围地效率更高？从来是一个难以回答的问题。有两句听着互相矛盾的围棋棋诀，可以反映出这种判断的难处：“高者在腹”，说的是应该重视中央；而“金角、银边、草肚皮”，说的是拿到边角才是硬道理。解决这个矛盾要落实在具体的招法上。在实战中，现代围棋的“共识”是：“取外势”和“占实地”的分界在棋盘的第三、四路。棋子下在四路上，可视为“取外势”的下法；而下在第三路，则是“取实地”的意图。

人工智能的招法却打破了这个框架。在和李世石人机大战的第二局，阿尔法狗石破天惊地下出了在五路上肩冲。专家们神奇地发现，这种违背过去棋理的招法，在盘上起到了既可造势又可围地的作用，显得格外生动。

角上的实地最实惠，但是在布局阶段过于贪婪地取地，会让对方获得过于强大的外势，全局会陷于不利，这也是过去最重要的围棋理论之一。阿尔法狗的招法同样打破了这种认识。开局对方占据星位时，上来就点三三捞地的下法，过去也会被认为是不会下棋，但经阿尔法狗实践后，在当下的高手对局中，这种下法流行得让人生厌。我的一位朋友，棋高也很自信的业余强手，对此更是感触颇深：有一段时间下棋，碰到对手上来就这么走，开始以为

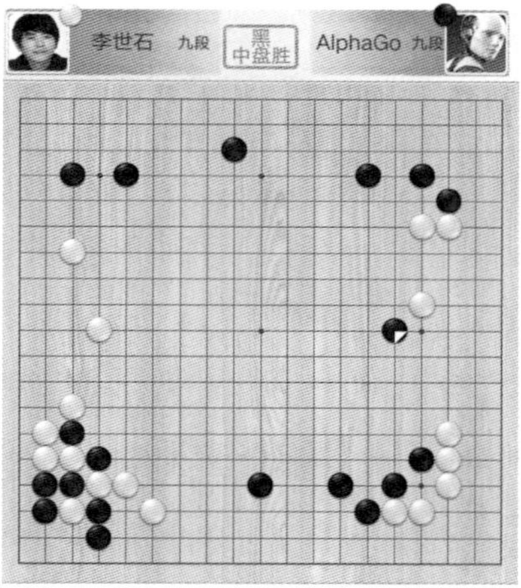

人机大战第二局：阿尔法狗的一手五路肩冲。

是乱下，但走着走着就发现实地不够了，到很后面才明白过来，这是人工智能在练手呢。

这就是阿尔法狗让人类高手们沮丧的地方：无论取势还是取地，看似随心所欲下出来的招法，怎么占优的都是你？好比大侠杨过看到的剑魔独孤求败凭一柄木剑打败天下豪杰后的感言："四十岁后，不滞于物，草木竹石均可为剑。自此精进，渐进于无剑胜有剑之境。"

人类棋手或可以这么谦卑地理解阿尔法狗：人工智能是胜在了对围棋理解的深度上。

具体的招法，无论在五路肩冲还是开局点三三，不过是高手手中的草木竹石，并没有那么重要。达到了不滞于物的境界，才是阿尔法狗取胜的关键。

“大师”在2016年底横扫棋界的六十盘棋里，也有很多精彩的瞬间。比如有一盘对唐韦星，左下四块棋互相缠绕牵制，是对攻中一个难解局面。阿尔法狗在四路上对两子锐利地一靠，被孟泰龄评为六十局中最具视觉冲击力的一手。这手棋实在太帅，而作为对手，后面无论多少种变化，都是被虐的结果。事主唐韦星也说，下完此局后的心情，是崩溃。

有一段时间我喜欢看台湾职业棋手陈峰讲棋。他谈到与人工智能对局的感受，说觉得没走什么坏棋，但是四五十手之后一看，胜率只剩个位数，心情陷入绝望。

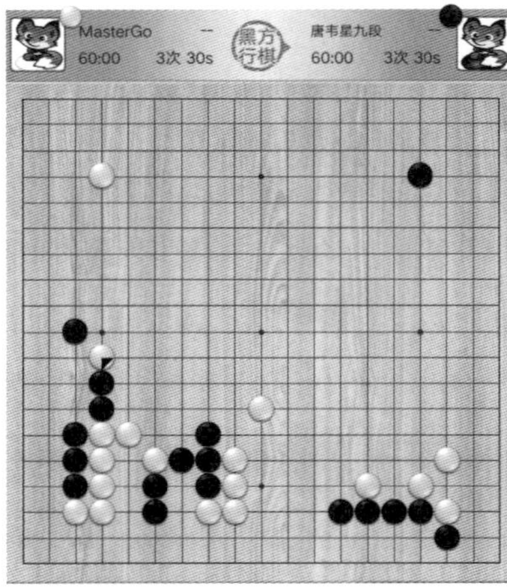

“大师”对阵唐韦星，凌空一靠。

围棋取胜的方法是多样和丰富的。不动声色地磨官子，锱铢必较地争夺到最微弱的胜果，是一种功力；而在激烈的对杀中，凭借计算一举击溃对方，是一种畅快。人工智能计算力的强大不必多说，阿尔法狗在多盘对局中表演过缠斗中一招制敌的暴力美学，不用多举例。我一定要赞扬的，是李世石和机器对局赢下的两盘，也是人类赢的两盘棋，靠的也是他强大的计算力。

李世石在与阿尔法狗的第四局棋中，在战斗中下出第七十八手挖，被古力称为神之一手，奠定胜局。

2019年底，与阿尔法狗对战之后棋力逐渐下坡的李世石，决定在自己三十六岁时退出现役。告别赛他选择了和韩国的人工智能软件“韩豆”对弈，在第二盘被让两子的棋局中，以他出色的计算，枷住棋筋获胜。

计算力是棋手最重要的能力，近年来中韩棋坛上唱主角的青少年群雄，无一不是算力超群的大神。

棋迷对职业棋手算力的崇拜之情，我深有体会。我上大学时，同宿舍的一哥们儿学会下棋后，有点怀疑职业棋手被吹得神乎其神的算路是不是言过其实。我正好看到《围棋天地》上的一盘棋，就和他说，我们来摆一摆吧。

那是一盘聂卫平和武宫正树的对局，当时两位大师的巅峰期已过，是一个不太重要的比赛。老聂亲自写的讲解。有一个局部的变化，他说这么走不行，后面附了好几个参考图。

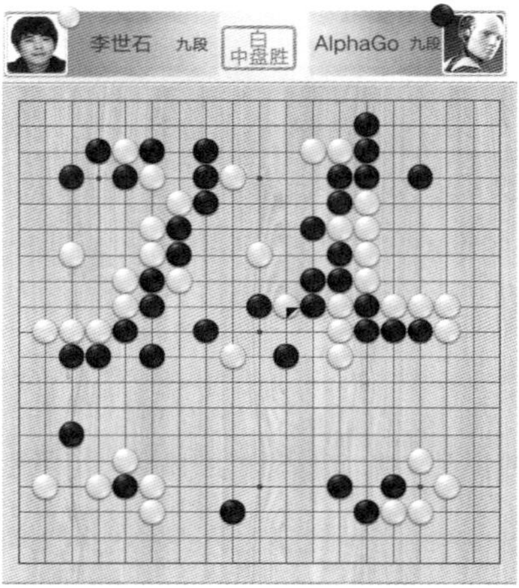

人机大战第四局：李世石的第七十八手挖。

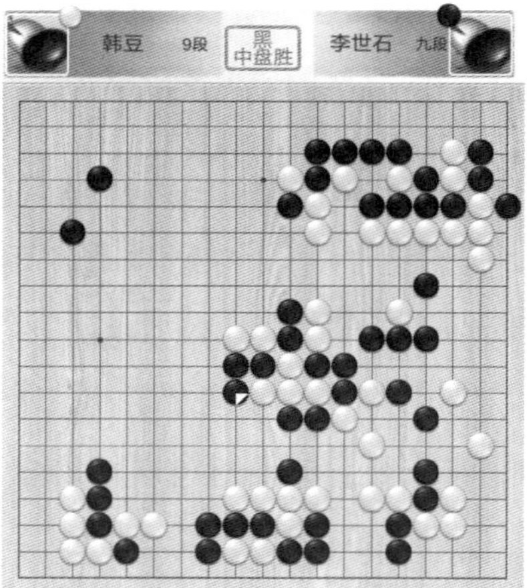

李世石对“韩豆”，枷住二子。

我们的棋力都还没到看参考图就能明白的程度，于是随着说明一步步在棋盘上摆下去，好几十手棋。一直到把参考图上都没有的，一口口紧上气。看清了结果，对杀一方差一口气。这就是老聂在开始说的结论，这么走不行。

我那哥们儿把棋子拍在棋盘上，紧上了最后一口气，然后重重地表示服气。

职业棋手的算路都很深，老聂和武宫的棋风都还不是以计算见长的类型。精于算路的棋手，如赵治勋，在日本两日制的比赛上，关键时一手棋常常会长考好几个小时。从不成立的变化开始，算清尽可能多的变化。

只是这样的计算，现在电脑一秒钟就能算几个来回。是不是细思极恐，让人后背发凉？

过去对职业棋手的崇拜原因是棋艺高超，现在都输给了机器。棋艺上没了神秘感，那么棋外的轶闻趣事还会有吸引力吗？

阿尔法狗和棋手的对战中，谷歌一方也安排了一些暖心的细节。在“大师”和聂卫平老师的对局中，一直代替机器执子的项目成员、来自台湾的黄士杰博士，考虑到尊重年龄长的聂老师，把每步的限时调长了。对局获胜后，在电脑上打出“谢谢聂老师”，向聂老致意。

这是符合棋盘礼仪和东方文化的举动，尤其是在棋盘上碾压了对手之后。这短短五个字，让人觉得面对的不只是冰冷的机器。不光老聂，我看了也很感动。

阿尔法狗之后的围棋

2017年5月27日，柯洁和阿尔法狗比赛之后，深思公司宣布，阿尔法狗将不再参加围棋比赛。

阿尔法狗的升级版迭代速度更快，功能更强，它们可以自我学习，左右互搏，下出的招法更出人意料。但是，公众对此已失去了兴趣，人工智能在围棋上能燃起的新闻热度也大为递减。

2017年底，黄士杰博士宣布他已经转到了其他项目上。深思对围棋的探索，暂告一段落。

事了拂衣去，深思下次再出现在媒体上时，没准又是一条惊爆眼球的大新闻。

阿尔法狗不玩了之后，其他人工智能程序继续着它的工作。中国的“绝艺”、日本的Zen和韩国的“韩豆”，同样扮演着碾压顶尖棋手的角色。不甚完善的“韩豆”，都把李世石打到让两子的境地。这里又显出科研中原创的重要性了。深思突破之后，理论和方法的框架已然确定，其他跟随者需要做的就是优化工作，做出结果只是时间问题，也就不再神秘了。

科研中有时候项目上的成功就能够传达有效信息。上世纪五十年代初，美国率先研制成功了氢弹，那时候冷战已经开始，技术对苏联是严密封锁的。苏联看到美国成功了，得到的信息是“这事儿能成”，很快也搞出了氢弹。

人工智能击败人类棋手，对围棋生态的影响是深远的，我也在观察具体的变化。用一个俗套的两分法来说：有利有弊。

有利的一方面，人工智能开发出了围棋教学工具，在辅助棋手训练和棋迷学棋上提供了极大的便利。对职业棋手来说，过去的训练和研究都要有一个实力相当的对手。而现在，通过向人工智能学习，使得在棋艺上“闭门造车”有实现的可能。从更广的角度说，人工智能也拓宽和加深了人类对围棋的理解。很多方面的进步，仅凭棋手的思考和实践，可能是难以做到的。

不利的一面，人工智能测出了人类棋艺的上限，消除了棋手在棋艺上的神秘感。围棋是一个竞技游戏，也是一种文化，需要以具体的“人”来承载。而作为载体的棋手如果没有了这种神秘感，恐怕会影响社会对这项活动的热情。

一项竞技运动在社会上能获得多少关注，大致取决于两个因素：一是它在特定的历史文化环境中对社会情绪的影响；二是这项运动本身所包含的技巧和观赏性。围棋在上世纪八十年代的中国受到空前的关注，正是一个最好的例子。当时中日围棋水平差距巨大，聂卫平在擂台赛上的惊天十一连胜，不仅仅是在围棋这项竞技上极大地拉近了和世界最强的差距，也给了当时竭力追赶世界的中国社会以巨大的信心和鼓励，契合了整个国家和民族奋发向上的精神。也就是在这种特定的历史条件下，老聂的影响力是远远超出围棋这个小众项目的。后辈棋手如柯洁，二十三岁已经获得八个世界冠军，在成绩上完全不输聂老。但是柯洁和现在的围棋对中国社会的影响力，容我武断说一句，恐怕永远不会达到老聂在八十年代时的光景。

这个结果也并不遗憾，正说明中国社会在全面进步，不需要把振奋民心的重担压在少数项目上。对围棋，我们可以更多地回归到这项竞技本身，来获得更多的乐趣。

人工智能带来的挑战是，人类顶尖棋手的水平已被框定，打不过机器，这会不会影响到棋迷对围棋的热情？如果社会的关注下降了，将会影响到社会资源对围棋的投入，使得学棋的孩童减少，进而长远地改变围棋文化和产业生态。

到2021年2月为止，中国的二十二位棋手，已经获得了四十四项世界冠军。棋手弱冠之龄夺冠，已成近年世界棋坛的主流。就顶尖棋手的数量和竞技成绩来讲，这是中国围棋最辉煌的时期。而我的隐忧是：十年、二十年之后，我们还能看到这种荣景吗？

人机大战之后，我继续在看棋，下棋。现在比赛中的讲解，对某位职业高手的夸赞，已经变成了“在多少手内这招法和机器跑出来的一模一样”。我一则以喜，敬佩这些棋手勤奋用功（如韩国的申真谞，人送外号“申工智能”）；一则以忧，有人把人工智能战胜人脑类比成机器力战胜了人的体力。就如今天，还有多少人，会无聊到去比较人和机器，谁能举起更重的物品？悲观地讲，一百年后，还会有围棋这项运动吗？或者说，举重比赛，会有围棋对弈那么多乐趣吗？

我也想到，自己几年前不相信人工智能会战胜李世石的态度，不就和一百多年前，一个人不相信火车会拉得比马多一样吗？

阿尔法狗战胜李世石，到现在已经五年多了。当中我经历了从激动到平静的过程，着手写这篇文章时，又经历了一次从平静到激动的过程。心情再次平静下来之后，尽管我已经明白了阿尔法狗的基本原理，接受了围棋是个“简单”游戏的说法，我还是隐隐觉得，我们经历的，或许真的是一个改变时代的大事件。

今人重建黄鹤楼

醋醋

在一个重建的时代，把一座传统的建筑重建。

1981年5月4日，时任武汉市副市长王杰召集人马开会，讨论黄鹤楼重建工程，会场设在中南商业大楼的工地上。

上一代黄鹤楼毁于火，1978年启动重建时，已是近百年后。设计方案向社会公开征集，中南、武汉两家设计院展开激烈角逐，经过层层遴选，最后中南设计院凭借7号方案中标。

“中南设计院的老总来了没有？”王杰问。

一位戴眼镜的瘦高个应声，一副基层形象，全无领导派头。王杰狐疑地看着他：“你是中南设计院的？我问总设计师来了没有？”

眼镜哥说：“我就是。”王杰一愣，直率地问：“建黄鹤楼你有没有把握？”

眼镜哥名叫向欣然，他嚯地站起来，回答语惊四座：

“建不好黄鹤楼，我跳长江！”

王杰也是个雷厉风行的人，既然你敢拍胸脯，那我就敢开工。这也是那个年代的普遍特色。

“五四”会议以后，重建黄鹤楼工程实际上已经上马。

1981年10月22日，爆破主楼基础岩石的一声巨响，宣告了黄鹤楼重建工程的正式动工。

有统计称，这是黄鹤楼近一千八百年历史的第二十七次重建。更确凿的史料表明，明清两代，历经兵燹、火焚，黄鹤楼损毁七次，重建和维修了十次，史称“火经三发，工届八兴”。新中国的黄鹤楼竣工于1985年，矗立在长江南岸的蛇山之上，楼高五层，总高度五十一点四米，二楼挂着一副对联：

万古河山，胜迹常留，叹百年时运维坚，三楚名楼曾付火；

千秋邦国，韶华永驻，看一代英雄谋略，九霄仙鹤又乘风。

老照片

1884年（清光绪十年）9月22日夜，武昌张姓骨货作坊打烊，一位学徒手提油灯，爬上阁楼取点东西。他手一哆嗦，油灯打翻点着了草屋，当日北风劲吹，大火顿成燎原

《点石斋画报》所刊《古迹云亡》（吴嘉猷绘），再现了黄鹤楼大火的场景。

英国摄影师约翰·汤姆逊 1871 年拍摄的黄鹤楼。

俄国摄影师鲍耶尔斯基 1874 年拍摄的武昌城及黄鹤楼远景。

黄冈市民姜普林收藏的同治黄鹤楼老照片。

之势，沿江一带二百处房屋付之一炬。

其中就有黄鹤楼。

就如法国人震惊巴黎圣母院失火，中国人也为黄鹤楼的焚毁扼腕，当年《申报》关于上述火灾的新闻报道，不像今天遍地手机拍照，报上只有文字，无法配上现场照片。

黄鹤楼焚毁的景象出自《点石斋画报》吴嘉猷之手。一幅《古迹云亡》图显示，人们从四面八方赶来，只能眼睁睁看着黄鹤楼化为灰烬，天下名楼毁于一旦的震动栩栩如生。

而近代摄影技术的诞生，让我们一睹黄鹤楼历史上的真容。

1871年，英国著名旅行家约翰·汤姆逊来到武汉，慕名探访黄鹤楼。他爬上距离黄鹤楼最近的汉阳门，在城门的瓮城城墙上拍下黄鹤楼北面的影像，这是史上黄鹤楼最早的一张照片。

笔者私下觉得，这个拍摄角度并不好，取景太多，斑驳了黄鹤楼，更遗憾的是，没有拍出“高楼临江，楚天辽阔”的气象。几乎每个中国人，脑海里浮现出黄鹤楼的景色，都是那几句诗：

故人西辞黄鹤楼，烟花三月下扬州。

孤帆远影碧空尽，惟见长江天际流。

如果汤姆逊熟读唐诗，相信他能拍得更好。

汤姆逊西辞黄鹤楼三年后，又一个老外来此探古访幽，他是“俄罗斯科学贸易考察团”的随团摄影师鲍耶尔斯基。

不同于汤姆逊的私人旅行，鲍耶尔斯基是带着任务来的。1874年，俄国政府派出这支考察团，经由陆路调查中国贸易的增长前景，寻找合适地方建立领事馆和工厂，并收集“同治回乱”的相关信息。

鲍耶尔斯基沿途拍摄了大约二百张照片，其中一百三十九张集合成相册，藏于巴西国家图书馆。第一百一十三张照片，就是他途经武汉临江远眺黄鹤楼的留影，泛黄的照片呈现出黄鹤楼的天际线。

最清晰的一张清代黄鹤楼照片，来自中国照相馆。2008年，汉口南京路一对开宠物店的中年夫妻，将一张家传老照片出售给黄冈籍退休干部姜普林。2015年，《武汉晚报》征集黄鹤楼藏品，找到姜普林发表了这张黄鹤楼老照片。

我们可以清楚地看到，黄鹤楼呈三层直筒状，顶层四个突出的飞檐，有如黄鹤展翅欲飞。这样的造型，令人无论从哪个方向看黄鹤楼，观感都是一样的，所谓“四望如一”。据报道，照片背面还有一个“次品”图章，表明这张照片出自当时某个照相馆，应属非卖品。

楼前的喇嘛佛塔，名叫胜像宝塔，建于元代1343年，是黄鹤楼故址建筑群保存最古老、最完整的单体建筑。

接力赛

1985年，新建的黄鹤楼对外开放，其形制与清代黄鹤楼相似，也是直筒状，四望如一，又加了两层，气势宏伟。

有游客吐槽，黄鹤楼5A景区坑人，明明是个仿古建筑，门票还收那么贵。其实严格说来，清代黄鹤楼也是一个仿古建筑，同治七年（1868年）建成，到光绪十年（1884年）焚毁，仅存十六年。现代黄鹤楼，好歹也超过三十五岁了。

清朝最早的黄鹤楼建于顺治十三年（1656年），仅八年后就于康熙三年（1664年）焚毁，当年就有重建。

整个康熙年间，黄鹤楼因雷击、倾斜，有一次大修、两次略修，挺立七十二年之后，终于在乾隆元年（1736年）迎来新的重建。

至嘉庆元年（1796年），黄鹤楼又有一次“彻修”，增加了石料基础四十余件，改变了初建以来的纯木结构，变得更加坚固，号称“万牛不能撼”。

乾隆重建、嘉庆加固的黄鹤楼，经受住了风雨雷电等自然侵害，终究躲不过人祸。

咸丰三年（1853年），黄鹤楼落于太平军之手。咸丰六年（1856年），太平军为保卫武昌城与清军激战，两边都没有保护文物的意识，这座经历了两个甲子的黄鹤楼毁于战火。

1985 年，重修后的黄鹤楼向公众亮相，游客在楼前铜鹤下留影（江煌摄）。

十二年后，清朝扑灭太平天国的烈火，借洋务运动步入“同治中兴”，在重建黄鹤楼的呼声中，清代最后一座黄鹤楼于1868年拔地而起，即上述同治黄鹤楼。该楼共动员一千余名工匠，耗银三万余两，用时十个月乃成，高九丈二尺，加铜顶七尺，共成九九之数，表达长久之意。

这座被寄予厚望的黄鹤楼，仍于十六年后毁于民宅之火。1884年清朝落日余晖，财力尚存，但黄鹤楼重建接力赛就此戛然而止，或因士绅阶层已无心气。再十余年，清朝遭遇甲午战争又临庚子事变，陷入风雨飘摇。

不曾死亡

回顾每一代黄鹤楼，都在继承前辈模样的基础上开拓创新。

由宋及明，十字脊歇山顶是黄鹤楼“四望如一”的热门选项，也是社会建筑的流行时尚，深受文人画师的青睐。

明代黄鹤楼承袭浓缩宋元以来的建筑技术精华，依山就势，形制多样：在设计上既有满足“四望如一”功能的十字脊歇山顶，又有灵动变化，非“四望如一”的九脊歇山重檐顶，可谓异彩纷呈。

相比拍照，美术在构图上具有天然的优势，崇楼、大江、帆船……清代《江汉揽胜图》再现了唐诗意境，兼具细

《江汉揽胜图》一度被误认为明代仇英所作，近来业界考证，此图年代不会早于清乾隆时期，在向欣然绘图资料中，也标明此画出自清代。从此图可以看出，清代黄鹤楼在继承历代“四望如一”的同时，又增加了“攒尖顶”“三层构建”以及“类八方立柱体”等元素，塑造了黄鹤楼的近代总体形象，锁定了人们对该楼的认知以至“认同感”，呈现了现代黄鹤楼的轮廓。黄鹤楼不仅没有真正毁掉，它还在不断生长出新。

宋代界画《黄鹤楼》（向欣然据原画照片描绘）。这是迄今发现的最早的一幅黄鹤楼图像资料。该图较真实地反映出楼址的地理环境，建筑造型气势恢宏，具有较高的学术价值。

元代永乐宫壁画《武昌货墨》中的黄鹤楼形象（向欣然据壁画照片描绘）。一般认为，元代没有黄鹤楼。壁画中的黄鹤楼只是神仙故事的背景，并不表示元代黄鹤楼的真实形象，但也说明黄鹤楼在中国古代社会文化中的巨大影响。

元代画家夏永绘《黄鹤楼图》（向欣然据原画照片描绘）。原画没有画名题款，是一张疑似黄鹤楼图，也可以认为是元人对黄鹤楼的一种想象与向往。

明代宫廷画家安正文绘《黄鹤楼图轴》（向欣然据原画照片描绘）。没有其他史料证明该图为明代黄鹤楼的真实形象（相反有史料记载，晚明黄鹤楼已高达三层，形象与清代黄鹤楼相仿），但画面反映的建筑具有南方特点，是一个不错的设计。

清代雍正《湖广通志》图考上的黄鹤楼图像（向欣然据原图描绘）。此图考绘制真实可信，无论建筑造型还是楼前环境均可与清末的历史照片相互印证。由此可见，有清一代，黄鹤楼基本保持了三层塔式楼阁的形式。

清代同治年间的黄鹤楼（向欣然据历史照片描绘）。这是中国历史上最后一座古黄鹤楼，始建于清同治七年（1868年），毁于光绪十年（1884年），因有历史照片流传，故其形象对后世影响深广。

太平天国时期的黄鹤楼（向欣然据历史照片描绘），即同治朝所建黄鹤楼，虽衰败但并未毁。

节写实，三层直筒状的黄鹤楼，元代白色佛塔历历在目，还有尚未沉没的鹦鹉洲，与黄鹤楼隔江相望的晴川阁。

从建筑理念的角度，梁思成提出“不求原物长存”之说：“盖中国自始即未有如古埃及刻意求永久不灭之工程，欲以人工与自然物体竟久存之实，且既安于新陈代谢之理，以自然生灭为定律；视建筑且如被服舆马，时得而更换之；未尝患原物之久暂，无使其永不残破之野心。如失慎焚毁亦视为灾异天谴，非材料工程之过。”

梁思成说得很明白，中国古代建筑师想得通透：没有什么材料永垂不朽，与其追求原物长存，不如顺应自然生灭，是故多用木材，少用石料，偏好重建，不耐修葺，旧去新来，周而复始，生生不息。

屡建屡毁，屡毁屡建，是中国古代建筑的普遍现象。江南三大名楼，黄鹤楼之外，岳阳楼与滕王阁也经历多次重建。诚如《寻梦环游记》所说：当这个世上没有任何人记得你时，才是真正的死亡。黄鹤楼铭刻在中国人的集体记忆中，只要中华文明存在，黄鹤楼就会不断重生。

黄鹤楼不曾真正死亡，但“往事越千年”，黄鹤楼的变迁有兴衰。

公元220年，吴国孙权打败关羽夺取荆州，次年将都城迁至鄂州，改名武昌，并于223年在长江南岸筑夏口城，临江有黄鹄山（今蛇山），延至江边有凸起山岩叫黄鹄矶。

孙权以黄鹄矶为基，建起一座楼台，瞭望北岸魏国的军情。晋朝一统之后，楼台失去军事价值，新的建筑直到今天，皆为商旅所建。这个绝佳的江景房，位于九省通衢之处，南来北往的官商络绎不绝。

黄鹄即为天鹅，天鹅嘴的根部有赤黄色的瘤，被古人称为黄鹄。古时“鹄”“鹤”两字通用，黄鹤楼或因此得名，而世上并无黄鹤这种动物。

魏晋南北朝盛行神仙之说，白日飞升总得有个人间处所。自汉代人们就认为仙人居高楼，有高楼近仙的思想，黄鹤楼是现成的高楼，又人多口杂，无疑是八卦流传的上上之选，得以注入神仙文化。

南朝科学家祖冲之与牛顿有同样的癖好，就是在科学之外搞搞神学，祖冲之有一本《述异记》，专记神仙鬼怪。黄鹤楼上，仙人驾鹤高飞的传说，最早就出自这本书。

大致唐代以前出版的一本书叫《报应录》，记载了更加详细的黄鹤楼传说：仙人为报答辛氏酒店老板慷慨赠酒，以仙术变出黄鹤在墙上翩翩起舞，引得付费观看的人络绎不绝，老板赚了大钱后，在黄鹄矶上修建一座楼阁纪念仙人，名为黄鹤楼——这可能是中国最早的商业楼宇。

这则传说在今天来看，就是典型的商业事件营销，辛老板是酒业、影业与旅游业的跨界高手。这当然是玩笑话，但反映了黄鹤楼自古兴于商旅。

至唐代，黄鹤楼更进一步，融入了诗文化，在中国文化的巅峰上闪耀。

昔人已乘黄鹤去，此地空余黄鹤楼。
黄鹤一去不复返，白云千载空悠悠。
晴川历历汉阳树，芳草萋萋鹦鹉洲。
日暮乡关何处是？烟波江上使人愁。

崔颢这首诗，引入黄鹤楼的神仙传说，反思现实人生的归属，从虚到实，一气呵成，公认唐朝七律第一。李白《黄鹤楼送孟浩然之广陵》写出了黄鹤楼的形，崔颢道出了黄鹤楼的神。

唐朝北宋两代，黄鹤楼频频出现在诗人笔下，仅李白就有十二首诗提及黄鹤楼。其中一首“黄鹤楼中吹玉笛，江城五月落梅花”，赋予了武汉“江城”的别名。

绵延的诗词创作，表明黄鹤楼在这一时期不曾长期荒废，就算有损毁，也能很快修葺重建，哪怕是五代十国的战乱，都没有殃及黄鹤楼。

宋太祖赵匡胤委任曹彬攻打南唐，是看重这个人有组织也有纪律，能将战争破坏性降到最低。曹彬果然善待李煜，黄鹤楼也在这段动荡的历史中安然过渡，至北宋发展成为一个建筑群。

直到宋徽宗宣和五年癸卯（1123年），黄鹤楼仍然是游人如织，丝竹鼓乐喧天，宴席上觥筹交错。有词人李弥逊《念奴娇·癸卯亲老生辰寄武昌》为证：

遥想黄鹤楼高，兰阶丝管沸，传觞如织。

不过这也是唐宋年间黄鹤楼最后的盛宴。靖康之变后，有关黄鹤楼的又一首千古绝唱，是岳飞的《满江红·登黄鹤楼有感》，作于绍兴四年（1134年）岳飞收复襄阳六州驻节鄂州（今湖北武昌）时：

遥望中原，荒烟外、许多城郭。想当年，花遮柳护，凤楼龙阁。万岁山前珠翠绕，蓬壶殿里笙歌作。到而今、铁骑满郊畿，风尘恶。

兵安在？膏锋锷。民安在？填沟壑。叹江山如故，千村寥落。何日请缨提锐旅，一鞭直渡清河洛。却归来、再续汉阳游，骑黄鹤。

中国历史上，南方凭借长江天险抵御北方入侵，枢纽在武昌，一旦失手，敌人就可顺江而下，直取东南腹心，宋金隔江对峙，黄鹤楼周边的商业文化环境荡然无存，黄鹤楼也就迎来了一次衰败。

南宋孝宗乾道六年（1170年），陆游赴四川任夔州通判，途经武昌，黄鹤楼已成废墟，其《入蜀记》写得明白，“今楼已废，故址亦不复存”。或者绍兴五年（1135年）前后岳飞登楼之后不久，黄鹤楼就毁圮不存。

此后黄鹤楼在南宋末年还有零星记载，而在元代是否有黄鹤楼，则让今人争论不休。据元代修建在黄鹤楼原址上的胜像宝塔看，即便有楼台，其风格也可能偏离了一贯的文化传承。

明清两代，有关黄鹤楼的诗词虽然不如唐宋，但在建筑文化上有所创新。前述“四望如一”的直筒状黄鹤楼，有别于中国其他古建筑，拥有独特的地标性质，令人过目不忘，这是符合建筑规律的。金字塔、埃菲尔铁塔、帝国大厦……许多世界地标建筑，都具有三百六十度对称性的特点，无论从哪个方向看都一样，给人以坚实可靠的感觉。

对称性普遍存于物理规律，是这个世界的基石，这亦反映在建筑规律上。

黄鹤楼的兴衰，呼应着中国历史的兴衰。黄鹤楼的存在，俨然已成为国运昌隆的象征。

一代又一代黄鹤楼的重建，前仆后继，连绵不绝。湖北学人王葆心总结这种现象：“兹楼之一兴一废，而国家之兴败，人心之悲愉系焉。”

并非黄鹤楼屹立保国运昌隆，而是国运昌隆投射在黄鹤楼身上。

大多数古代楼阁，都与皇家贵族或宗教门派有关，是神圣、尊贵和威严的象征。江南三大名楼，滕王阁由唐太宗李世民之弟滕王李元婴下令修建，带有帝王的基因；岳阳楼因范仲淹的散文具有浓厚的士大夫气质，是官宦楼；唯有黄鹤楼兴于商业旅游，其浓缩的中国历史，侧重经济文化，远离政治宗教，属于中产阶级。这正是国运昌隆最好的体现——经济文化是检验国运昌隆的唯一标准。开天辟地气吞山河，不是为了耀武扬威，而是为了每一个人的幸福。

动荡与新生

在“三千年未有之变局”后，黄鹤楼经历了一段动荡的历史。

清代最后一座黄鹤楼焚毁二十年后，1904年在其原址上落成了一座“警钟楼”——一栋两层西式红色楼房，西侧建有高高的塔楼，楼内装有自鸣钟，这是一座瞭望火情并通报火警的消防建筑，发生火灾时，可以通过钟声通报火警。

这栋西式建筑并非缘于殖民文化，而是时任湖北巡抚的端方主持修建。端方，满洲正白旗人，热心戊戌变法。黄鹤楼改成洋楼，说明当时中国人对自身文化产生怀疑，欲求新求变。

但无论如何，这栋西式洋楼也无法替代大多数国人心中的黄鹤楼。1907年，为纪念张之洞的湖北政绩，其门生在警钟楼后方不远处，又建起了一座中式传统风格的三层楼阁，最初取名“风度楼”。张之洞对修楼一事并不反对，但又觉得楼名太过高调。他借“恢宏奥略，镇绥南海”之古语，改名“奥略楼”并亲自题匾。

奥略楼成为不少人心目中的黄鹤楼替代品，四年后，一群人在其不远处的一栋红色建筑发起了武昌起义，结束了两千年的封建帝制。

1927年，一位自诩“白面书生”的高个子湖南青年登

1904 年，在黄鹤楼原址落成了一座“警钟楼”。

1907 年，为纪念张之洞的湖北政绩，其门生在警钟楼后方建起了“奥略楼”。

上奥略楼，写了一首词《菩萨蛮 · 黄鹤楼》，一振黄鹤楼久违的诗词文化。

茫茫九派流中国，沉沉一线穿南北。烟雨莽苍苍，龟蛇锁大江。

黄鹤知何去？剩有游人处。把酒酹滔滔，心潮逐浪高！

就是这一年，书生投笔从戎，领导了平生第一次武装起义。其后二十余年，主导了中国历史一个大转折。

1955年，武汉长江大桥开工建设，为给引桥腾出地方，拆除了占据蛇山西段的黄鹤楼故址，包括警钟楼、奥略楼在内的晚清民国时期修建的一系列建筑。在黄鹤楼原址附近，尚留有一个小平台，在这里建起了一座武汉长江大桥通车纪念碑。

对历史上黄鹤楼的纪念，能在桥头堡的设计上找到一点影子。设计人唐寰澄在设计手记中提道："桥头堡建筑的设计借鉴了清代黄鹤楼'攒尖顶亭式'的建筑风格，张扬了中国民族传统建筑的朴素之美。"

据悉，是周恩来总理选中了这个设计，确定为最终方案。

1975年，又冒出重建黄鹤楼的呼声，有人提出豪言壮语，一年建成黄鹤楼，让毛主席登楼赋诗，后来因为众所周知的风云变幻，这个设想成了泡影。

从1884年被焚，到1978年启动重建，近百年来黄鹤楼身份模糊，历经动荡。今天屹立于蛇山之巅的黄鹤楼，建筑外观上回归了历史的审美，地下基础与内在材料却发生了根本变革。

蛇山西段末梢临江的黄鹄矶，自古就是黄鹤楼的楼基，是领略大江之美的最佳选址，但“龟蛇锁大江”“一桥飞架南北”的最佳方案，一头也要架在蛇山末梢之处。

这是农业文明不曾有过的梦想，作为中国第一座长江大桥，武汉长江大桥的通车不仅让黄鹤楼向东退却了一公里左右，建在离江岸较远但地势更高的蛇山顶上，还将武昌、汉阳、汉口三镇连成一片，让武汉真正实现了地理上的统一。

自古以来，黄鹤楼以木料作为主体建材，而今的黄鹤楼是钢筋混凝土结构，寿命更长，不易着火。

中国古代建筑偏好木材，不擅石料，除上述“不求原物长存”的文化思想，梁思成在《中国建筑史》中还从技术角度阐释了原因。

一是匠人对石料的力学缺乏了解。石性强于压力，而张力曲力弹力至弱，中国石匠未能发挥石性压力的长处垒砌，而是仿照木料的用法，凿石为卯榫，使其构合如木，如各地石牌坊、石勾栏，令石性短处承力，故此类石建筑之崩坏者最多。古希腊不惜工力，将石之每面磨成绝对平面，使之全面接触，以避免支点不匀之弊者。

二是垫灰材料不行。垫灰就是水泥之类的建筑黏合剂，中国古代垫灰材料多以石灰为主，仅取其黏凝性，而不知垫灰之主要功用，在于两石缝间垫以富于黏性而坚固耐压之垫物，使两石面完全接触以避免因支点不匀而发生破裂。几千年来，中国一直未能发明结晶粗沙粒与石灰混合的混凝土，而古罗马很早就知道这个用法，“以供应其大量之建筑事业，是故有其特有之建筑形制之产生”。

千年来，黄鹤楼旧址不变，如今让位给长江大桥，并改木结构为混凝土，这是对中国传统的“破”。1840年至1978年间，中国的历史走向也以破为主。

中国建筑不求原物长存，没有什么材料可以不朽，需顺应自然生灭，中国传统又何尝不是如此?

重建

今天看来，黄鹤楼外观沿袭清朝同治楼是一件顺理成章的事，它有历史照片，曾广泛用于海报、商标，是老一辈湖北人的共同记忆。不像很多重建的古建筑，连原样图画都没有留下，只能参考其所在朝代的普遍样式。

但我们很难想象，黄鹤楼重建前后有五年时间，设计样式几经反复，才最终回归人们心目中的样子。

1975年武汉市着手重建黄鹤楼，到1977年已经做好了设计方案，也是以清代黄鹤楼为原型。这个时候突然有人提出，清政府1868年重建黄鹤楼，目的是为庆祝成功镇压

具有明画黄鹤楼屋顶特色的重建方案（第一轮方案编号 13，最后方案编号 8。高介华设计，向欣然绘图）。

向欣然设计的补充方案，最终取代了原来的重建方案。

向欣然以清代黄鹤楼为基础发展演变而成的新楼方案。他的设计思路是：以广大市民熟悉的清代黄鹤楼为原型进行创作，新楼形象易于得到民众认同；采用清楼的塔式楼阁体型，特别适合远离江畔、地段狭窄的新楼址对建筑的要求。这两点是该方案成功的基础。

最终获准实施的向欣然黄鹤楼重建方案。该最后方案在总平面布置及环境设计上做了改进，于 1980 年 2 月 26 日获得湖北省人民政府正式批准。

向欣然绘制的历代黄鹤楼形制沿革图。从历代黄鹤楼图像资料可以发现，距今年代越近，楼体就越高，宋楼高仅两层，清楼高三层（高度约三十米），今楼则高五层（高度达五十一点四米，底层宽度三十米），沿袭了清楼塔式直楼的造型。

向欣然概括的黄鹤楼看点之一：从武昌“门户”（司门口桥头处）观看，新楼形象神似清代老楼，在古楼毁去一百年后，新楼得以重建落成，可谓“似曾相识鹤归来”，令广大市民备感亲切。

向欣然概括的黄鹤楼看点之二：远看“楼高五层，攒尖屋顶，四望如一，层层飞檐”，典型的塔式楼阁造型，堪称古今孤例，令人过目不忘。

向欣然概括的黄鹤楼看点之三：近看黄鹤楼，飞檐凌空，如同黄鹤展翅，“黄鹤一去，百年复归”，令人感慨万千（楼前有“黄鹤归来”纪念铜雕）。

向欣然绘制的黄鹤楼一楼大厅室内设计效果图。新黄鹤楼室内以展示古老神奇的黄鹤楼历史文化为内容，各层大厅分别有不同的主题。一楼的主题是神话传说。

向欣然绘制的黄鹤楼三楼大厅室内设计效果图。三楼大厅的主题是展现以唐代诗人、诗作为代表的绚丽多彩、风流千古的诗文化。

了太平天国运动，新建的黄鹤楼再以清代黄鹤楼为原型，不妥。

那个年代，思想相对僵化，人人都害怕被贴上“政治觉悟低”的标签，重建计划一度暂停。

1978年5月，一篇名为《实践是检验真理的唯一标准》的特约评论员文章在《光明日报》刊发，掀起席卷中国的真理标准大讨论。思想路线上拨乱反正，打开了改革开放的新局面，人们从深处打破观念上的藩篱，冲破思想的枷锁。也是在1978年5月，湖北省委、省政府重启黄鹤楼重建工作，开始征集黄鹤楼重建方案。

当年武汉市人民政府重建黄鹤楼办公室（简称“黄办”）收到了二十多个设计方案，五花八门，甚至有埃菲尔铁塔造型的，什么都像，就是不像黄鹤楼。

中南设计院是重点竞标单位，派出了一位老建筑师作为主力设计，其方案还有那么一点黄鹤楼的影子，然而打动“黄办”的却是它的补充方案：没有太多改动，就是在原方案的阳台上加了飞檐，让整栋楼看上去古色古香。

这个方案的设计者，就是本文开头所说的向欣然。

1957年，向欣然以优异成绩考入清华大学建筑系，这个原本全国最好的设计院抢着要的学生，却因父亲打成右派，辗转于1963年分配到中南设计院，在普通设计员的位置上一坐就是十五年。

黄鹤楼的重建给了金子发光的机会，因为画工好，

1984年夏，向欣然在黄鹤楼施工现场。

向欣然帮助主设计师画效果透视图，同时在其方案基础上“添油加醋”，再做一个补充方案用以比较。

正是这个方案反客为主，让“黄办”的决策者眼前一亮。

补充方案的脱颖而出，给了向欣然放开手脚施展的机会。他后来独立完成的设计方案，体现了“攒尖顶、四望如一、层层飞檐”等核心元素，具有清代黄鹤楼的基因，又更加气派宏伟。

随着解放思想、实事求是的精神深入人心，重建工作的决策也不断走上正轨。1980年2月，时任湖北省省长韩宁夫在最后一次方案评审会上问他：“重建的黄鹤楼会跟你的设计图一样好看吗？”向欣然给出了肯定的答复。

老省长最终拍板：就用这个方案重建黄鹤楼。

这份多年沉淀下来、经得起上下检验的黄鹤楼设计方案，让向欣然有充足的底气面对王杰的怀疑敢于脱口而出：“建不好黄鹤楼，我跳长江。”

1985年6月10日，在历史上消失了一百零一年的黄鹤楼，开门迎客。向欣然露出满意的笑容：“人不能凭空去凭吊那一番古迹，有一个楼阁在那里，就有一个载体，人们的寄托情思就有个地方可以着落了，武汉也拥有了无可替代的地标。”

新建的黄鹤楼吸引游客纷至沓来，开放不到两年，就已经收回了主楼的投资，盈余又投入相关建筑群，逐渐完善蛇山黄鹤楼综合景区。人们用钱，用这种看似庸俗但也是最高效的投票方式，肯定了黄鹤楼的重建价值。

不破不立，破而后立，旧址建材等实体都可以破，承载人们情感的符号记忆，终要回归。

一代代的毁灭与重生，黄鹤楼忠实地传承上一代的记忆，但拉长时间来看，黄鹤楼也在积累变化。

从唐宋的楼阁到明清的亭阁，这是一变。清代同治楼，融入西洋元素，比如它的栏杆是西洋花瓶式栏杆，这又是一变。

古人观察日出日落，冬去春来，认为自然启示的真理是轮回。但若进一步认识自然，就会发现，轮回是螺旋式的前进。

后记

2021年2月22日上午，黄鹤楼重建工程总设计师向欣然在上海因病去世，享年八十一岁。

我收到黄鹤楼公园管理处发来的消息，那一刻心情有些沉重。我与向老素昧平生，因为这篇文章有了交集。

向老看了拙文之后说："本文作者显然熟悉建筑史及建筑专业知识，此文不同于一般旅游文章，还列出参考文献，但也不同于专业论文，表述很有特色，对我很有启发。"

我在大学的专业是建筑，很惭愧毕业之后并没有从事本专业工作，因为这篇文章获得向老的好评，也算是对四年学习生涯有了一个交代。

2020年，疫情肆虐，"震中"为武汉，我萌发了写这篇文章的想法。黄鹤楼的重建是一个跨越千年的典型案例，它象征了一个民族的韧性与自我修复进化的能力，对于彼时彼刻的武汉具有特殊意义。

在查找资料的过程中，我了解到向老的人生，也何尝不是一场重建。

向老毕业于清华大学建筑系，因为家庭成分辗转分配到中南设计院，在普通设计员的冷板凳上一坐就是十五年，直到三十八岁才以辅助人员的身份接触到黄鹤楼重建工程竞标。

谁也没有想到，本是候补选手的他，成为黄鹤楼重建

向欣然绘制的黄鹤楼全景示意图：“这是 1980 年，在黄鹤楼公园规划正式开展前对蛇山整体景观所做的一个设想。”

工程的一匹黑马。试想今天的职场人士，如果在一家单位干到三十五岁还是一名普通员工，大多免不了世故油腻，早年雄心壮志荡然无存。

大多数人的消沉要怪自己，向老的大器晚成，却是因为时代。

黄鹤楼重建工程始于1978年，之前的时代，身份大于身手；之后的时代，身手大于身份。向老没有因为身份生疏了身手，才能在时代大门打开之际崭露头角。

1978年之后的时代，不看家庭成分，不看职务高低，充满了意气风发，一切皆有可能。黄鹤楼的重建，是在一个重建的时代兴起的建筑重建，同时也成就了向老的人生重建。

向老在人间留下黄鹤楼这件作品，也就把他的生命融进了生生不息的历史文化。

我在北京派快件

胡安焉

我把自己看作一个时薪三十元的送货机器。

去S公司面试的那天，是我到北京的第三天。前两天我用来安顿自己，第三天早上起床后，我在58同城投了一些应聘资料，还没到午饭时，电话铃就响了。一位女士，她声明自己不是用人单位，而是属于58同城的一个职业中介部门或公司，在看到我的资料后，想把我推荐给S快递公司，并且约我下午到亦庄去面试。

那天是2018年3月20日，至今我也不知道，当时我去的那个地方是S公司的什么部门，后来我也再没去过那里。

那是在一个行人稀少的工业园区里，S快递公司的那栋楼看起来有点脏，或许说沧桑吧，表明这是个体力劳动的地方。但是楼里并没有什么人，包括我在内，总共十来个应聘者站在一个房间里听一个经理说话。房间里好像没有椅子，要不就是大家都不好意思坐，因为跟我们说话的经理也是站着的。那个经理是什么来头我也没搞清楚，从头到尾就只有他在接待我们。他对我们说，他最初也是个快递员。这就是他的开场白。我们围着他，认真听他说话。他提高声音，确保每个人都能听到，那样子就像个导游。

他的工作也确实接近于导游。他说，网上经常有人说，快递员的月薪早已过万了，所以难免有人觉得做快递员收入很高——是有高收入的快递员，但那只占少数，对于刚入职的新人，手头没有积累的客户，不可能拿到那么高的工资。不过第一个月试用期，公司保底给五千。接着他又说，干快递上班时间长，客户难伺候，每天日晒雨淋，很多人没干之前觉得很轻松，干了之后才发现自己受不了……显然他担心的不是我们不想干这工作，而是干两天就跑掉。不过我原本就没想过月薪上万、工作轻松之类的事，其他人大概也没有，反正在他说完之后，并没有人因此失望地离开，或提出什么疑问。看见我们都没有怀着过高的预期，经理大概有点满意，拿出了一叠表格让我们填。我们很快都填好了，接着他让我们就近选站点。他先念出了一个地名，我没有听过，当时北京百分之九十九的地名我都没听过，所以这很正常。然后我担忧地想到，万一到最后他读的地名我都不认识，我该怎么办？就在这时他念到了“梨园”，恰好我就落脚在梨园。北京那么大，有那么多地方，而他第二个就念到梨园，我觉得这是命运推了我一把。我马上就报了名，得到了梨园站点利经理（化名）的电话。

出来后我看时间还早，就给利经理打了个电话，我说我马上过去报到。但我有点过于乐观，这时候已经快到下班高峰了，北京的交通很快给我上了一课。两个小时后我又打去电话，说我赶不过去了，明早再去。

第二天早上，我见到了利经理。他的办公室设在S快递云景里营业点的二楼，包括云景里站在内，他管理着附近四个站点。这时我发现原来还要回答他的一些问题，大概这才是正式的面试。利经理戴一副细框眼镜，四十多岁，说话时带着中年男人的优雅微笑。我们聊了一会儿，基本上是他问我答。我有些紧张，除了必要的回答以外，什么都没说。他问我来北京多久了，我说刚到第四天。他又问我为什么想送快递。我不知道自己算不算想送快递，如果有更好的选择，我应该不会来送快递。不过我猜他想听的不是这种答案，而且我也不敢这样说。这时我犯了一个错误，我应该说我对S快递向来有好感——加入一个我喜欢的公司，这合情合理，完全说得过去；尽管这样说显得虚伪，但它不损害任何人，它不是最为人憎恶的那种虚伪。可是我在慌张中却说是因为我住在附近，所以想做这份就近的工作。这当然是事实，但不全面——在我能够胜任的工作里，送快递可能是收入最高的一种——听起来有点勉为其难，就像我来S公司是为眼前的生活所迫。

果然利经理对我的回答起了戒心，他旁敲侧击地试探，问我想在北京待多久、为什么要来北京等等。我知道他在担心什么，所以再不敢说错半句。接下来我回答的都是自己认为他喜欢听的答案。他说：“这个工作没有你以为的那么好。”我就说：“我没有以为这个工作有多好。”他说：“送快递很苦的。”我就说：“我不怕吃苦，我的上一份工作比送快递还苦。”这样的对话让我感到尴尬，但我尽量不动声色，死皮赖脸。最后他好像不大情愿地接收了我，让我第二天到邻近的临河里营业点试工。

临河里营业点原来确实在临河里路，后来因为消防检查不过关，站点被查封了，于是搬到梨园地铁站对面，但站点的名称没有改，还叫作S快递临河里站。这些是我后来听小高说的。小高是带我试工的快递员，也就是我的师傅，但他比我小很多，是个九五年的东北小伙。我刚坐上他三轮的时候，他告诉我他有两辆快递三轮，其中一辆出了点毛病，搁浅在家里，他又开走了站点里的另一辆。为此他很得意地说：“×××在这里干了快十年，但还开着原来那辆老车，而我都有两辆了。”就好像车是他个人的资产似的。那时我还不认识干了十年的×××，也不知道小高因为擅自开走这辆车，每天都在和站点里的人扯皮。他还告诉我，休息的时候，他和他的女友就开着这辆快递三轮到菜场买菜。

在S公司试工是无薪的，要试三天，说是不用干活，只跟着师傅看看学学，但实际上肯定要帮忙——谁好意思光看不动手呢？所以我和小高合作，他把车开到楼下停好后，我们就各上一个单元。他对于自己负责的小区非常熟悉，经常提前告诉我哪户家里有人，哪户没有人；没有人的时候，哪户快件可以放门厅，哪户放鞋架，哪户放电表井。看来这工作没什么技术含量，只要记性好，在一个地方待久了，效率自然就上去了。

试工的第三天下午，我抽空到站点旁的中建二局附属医院做了体检，没想到取结果要等三天。早知道这样，试工前就该先体检。然后我休息了一天。第二天小高电话喊我去帮忙，说货太多了，他送不过来。我想反正自己也没事，去熟悉一下也好。那天中午他带我到梨园东里菜市场，请我吃了顿饭。我没有客气，毕竟是来白干的，不能让他心里不安。

小高的小组总共有六个人，每人负责一到两个小区，下午大家会聚在滨江帝景门外等货。聊天的时候，另一个刚入职的小哥对我说："你那个体检报告只要多给五十块钱，隔天就能取到了，不用等三天。"我说："我问过的，护士没说给钱能加快呀。"那个小哥说："他们就是为了多收钱才故意拖延时间，你要主动给，问她也不会说，收这个钱是不合规的。"因为这是他的亲身经历，所以我不好怀疑他，他骗我也没有任何好处，但我也不想怀疑那个接待我的护士，因为她看起来也是个认真负责的人。那天下班的时候，小高约我明天再来帮忙，我爽快地答应了。

第二天我干了半天活，下午去取了体检结果。临河里站的章主管（化名），我感觉他不是个友善的人，也不太喜欢说话，我问他的问题他很多不回答，甚至连看也不看我。我和他说话就像小学生和老师说话，明明自己没做错什么也有种在挨训的感觉。因为我先面试了两天，再试工了三天，等体检报告又等了三天，这时已经是3月27日了。他让我在旁边等着，自己在办公桌上操作电脑，也不知道是不是在处理我的事情。过了好一阵，他才告诉我三月份的入职名额已满，要等到4月2日才能入职。我想我都试完工体完检了，你才告诉我没名额，这无论合不合理，最起码不太尊重人——没有名额你们招什么聘呢？而且他通知我的时候，也没有任何抱歉的意思，就是一副你爱干不干的表情。

第二天一早，小高又打来求援电话，说站点要收回他挪用的那辆三轮，而他自己的三轮一直没去修，所以想我帮他去修车。见了面后，我发现他有些气急败坏，大概刚和站里的人吵过架。我们开一辆好的三轮把坏的三轮拉到临河里路，那里有家门面只有一米宽的迷你修车店。然后小高自己去送快递，把我留下来等着。我还记得自己坐在修车店里百无聊赖、东张西望的情景；我看到店里的水泥地板已经被砸得坑坑洼洼，因为覆着一层油污而乌黑发亮；各种零配件沿着四边墙杂乱地（但在老板眼里可能是有序地）堆放。我还记得来过两个顾客，其中一个大姐来取订购的电瓶，老板收了她六百或七百块，比我猜想的便宜。另外一个中年男人也来问电瓶，但最后没买。奇怪的是，我记得这些琐碎的事情，却独独忘了当时为什么让我留下来等。现在回想起来，当时我们把车交给老板后，我留下来完全就是多余的。不过车子并没有在那家店里修好，老板好像是说缺少配件，所以中午我们又把车拉到梨园东里菜市场一家大点的修车店。结果那里也说修不了。到下午四五点，修车已经基本无望，于是我步行把车从梨园东里菜市场推回到站点，路上走了一个多小时。

接下来我又去白干了两天。小高好像很依赖我，大概我比他年长，他觉得我可靠；也可能他和别的同事处不好，宁愿寻求外人的支援。为提高效率，我们改为分头行动，我把我要送的快件装在纤维袋里，扛在背上，骑一辆共享单车进小区，他则去送别的地方，送完之后我俩再会合。他每天让我去帮忙，当时我以为，从此以后我就留在他的小组里了，实际上却不是。他们组里还有一个莫名其妙的人，听了我的情况后，吩咐道："那你就先义务干着吧。"这人因为入职时间最长，在组里还是个带队的，兼担安排协调工作（但是是无偿的）。他说他刚来的时候也白干了十几天，当时没有人提醒他办入职，他也没主动去找主管，他甚至不知道不办入职是没工钱的。隔天聊天的时候他又说，他特别崇拜S公司的老总，每年春节的时候，S公司会在全国四十万个快递员里，挑出最优秀的一百个，包机送到深圳参加年会，他渴望自己被选上。他说这些的时候是那么诚恳，以至于我不知道该怎么和他聊天，只好尽量不理他。

出于无产阶级的自觉，以及对资本家剥削的痛恨，第二天一早我给小高发短信，说我有事不会再去帮忙了。我在家待了两天，买菜做饭搞卫生，第三天就是4月2日。

早上，我先到临河里站找到章主管，跟他要了签好他名字的入职表。下午一点，我又去到云景里站找利经理，可他的办公室没人，门上贴着一张告示："入职手续在下午两点后办理"。我看见办公室旁边有一个开着门的会议室，于是坐到里面等。过了一阵又进来几个人，都是要办入职的，大家好奇地互相打量一眼，然后各自埋头玩起手机，没有人说话。直到快三点，也可能过了三点，利经理才和两个办事员回来。原来他们去吃午饭了，其中一个女办事员既是财务，同时也负责办理我们的入职手续。这个女财务和同事有说有笑，但一看见我们就板起脸，丝毫不掩饰自己的厌恶。

我递上自己的材料，她先是在电脑里查找，但找不到我的名字，这时才发现临河里站只给了我入职表，但没有上传我的入职资料。然后她又看了我的材料，说我的体检没过关，其中一项"中性粒细胞比率"稍高于正常值，不能办理入职。

从办公室出来，我马上赶到体检的医院，问医生："为什么这项数值异常，你却在总结栏里写一切正常？"

他看了我的体检报告，然后吃惊地反问我："就为了这个不让你入职吗？"我说是。他说："这个数值不影响的啊，正常人身上随便哪里发炎了，这个数值就会波动，过几天就恢复了。为了这个不让你入职，太荒唐了！"他反复说了几遍"太荒唐"，也不知道是真的很荒唐，还是为了安抚我，因为我看起来很生气。我说："既然这是正常的，那你帮我改回来吧。"他说："哎这不行的，这有规定。"我问："那怎么办？"他说："你可以重新验一次血。"因为验血又要花钱，所以我问他："那要是我再验一次血，结果还是一样呢？"他说这个你放心，保证不会的。当时我感觉很奇怪，这个他怎么敢保证，万一我身上还在发炎呢？不过还是听从了他的建议，第二天又去验了一次血，因为我也没有别的选择。然后我回了一趟临河里站，提醒那里的办事员上传我的入职资料。

复检的结果当天下午就拿到了，果然一切正常。这也证明之前的体检报告根本不用等三天，因为在体检的所有项目里，除了验血以外其余都是立刻出结果的。而且多验一次血，我终究还是多掏了五十多块钱。这个小医院确实令人疑窦丛生。

4月4日早上，我第三次去到利经理的办公室，结果那个不耐烦的女财务请假了，没法办理入职。利经理让我改天再来。可是不知道为什么，我没有听从他的话，大概我已不太信任他。我也没有回家，而是转头又去临河里站找章主管。当时我刚到北京，每天都做简单的日记，但只记下了每天的行程，却没有记下自己的想法。总之我找到了章主管后，他随即建议或者说打发我去位于顺义的公司总部办理入职。

我到总部后，发现公司人力资源组的职员都很年轻，教养很好，也很热心，当然文化水平和学历都更高，和站点里的人完全不一样。他们问我为什么到这儿来办入职，我说梨园那个女财务没上班。他们之中有人说，又是她。接着他们又发现，临河里站的办事员没有提交我的身份证复印件，我的手续还是办不了。

我立刻联系临河里站的办事员，她在电话里说："没道理会这样啊，已经发过去了呀。"于是大家研究了一会儿，发觉她把邮件发到了某个人的个人邮箱，而不是按照规定的那样发到工作组里。于是我把身份证取出来，当即让他们复印。可是他们说身份证要提交到公安局审核，当天无法返回结果。然而次日是清明节，和周六日调休连成了三天假期，也就是说我又要再等三天。

回家的一路上我都在琢磨，自己经历的这些不顺，究竟是因为我特别倒霉，还是有人——比如说利经理——授意针对我。因为当时我心情并不愉快，所以倾向于认为是利经理在故意使绊。不过我已经白干了七八天活，无论如何得把这钱挣回来。

从应聘的第一天算起，这时已经过去了大半个月，小高后来还联系过我，他听说我的入职一直没办好，就劝我别办入职了，因为他有事要回趟老家，说不准啥时候回来，所以想让我先用他的工号上班，等他回来以后，我也可以继续帮他干活，钱他私下算给我。我当然是拒绝了他。

4月8日下午，我又去到云景里站的办公室，利经理和两个办事员照例到三点才回来。这天来办手续的只有我一个人。女财务告诉我，又有个什么名额没有了，我入职得改一种名额。这意思就是说，我又得再等一天。看到她板着脸不耐烦的样子，我不敢问她说的那些名额是什么含义，反正她要怎么折腾就怎么折腾吧。

大概他们终于把能想到的借口都用完了，我始终不离不弃，他们也拿我没办法。第二天早上我去临河里站找章主管，他不在，别人说他去了云景里站，要十二点回来。我根本不等，马上赶到云景里站，但利经理的办公室门锁着，一个人也见不到。我看时间还早，就回家待了一会儿，到十一点又赶过去。这次我碰到了章主管。他问我："你到这儿来干什么？回临河里站等我。"

下午，我拿到了新的入职表。这天女财务又没来上班，不过我已经习惯了，而且我也不想见到她。所以我又坐了两个多小时车到顺义，终于把入职手续办妥了。

临河里站总共有六十多个快递员，分成十几组。开始的时候，我没有自己的三轮车，因为站点里的车已被分配完了。我每天跟着一个叫飞哥的快递员，和他一起送件。

飞哥说自己很小就出来打工，在山里挖过隧道，当过修路工人，后来还养过各种牲口。我记得他提到他养过驴，我顺口问他养马难不难，要多少钱。他不屑地说养马赚不到钱。不过后来他又告诉我，他养驴也没赚到钱。有一次我们在一个小区里看见一户人家在阳台养鸽子，他说他也养过，还告诉我赛鸽要几千块一只，好的甚至要几万。后来我发现，他对养殖业怀有很大的兴趣，要不就是始终对之前的投资失败耿耿于怀，期待着有天可以卷土重来。如今他和他老婆以及在念幼儿园的儿子一起，租住在通州东南边广袤的郊区某个我没听说过的地方。

和飞哥一起干活的日子很轻松，但赚不到什么钱，因为他在站点里属于得过且过、不求上进的那拨人。四月份香椿开始冒芽，他就带着我到处摘香椿。奇怪的是，梨园的很多小区里都有香椿树，但香椿芽在菜场里还要卖十几块一斤。飞哥很懂得和人打交道，有次我们看到一对老夫妻，在用绑了镰刀的长竿子钩香椿芽，他就走上去和他们攀谈。北京人普遍开朗大方，富有主人翁精神，聊了几句之后，他就厚着脸皮跟人讨要，人家很高兴地给他了。不过这样每次要不了多少，远远满足不了他的胃口。所以遇到粗细合适的树时，他也会亲自爬上去摘。

还有一天，我们索性翘班去逛了一个在乔庄的花鸟鱼虫市场。那天下过一阵雨，天气有点凉，市场外围是一片泥泞地，还矗立着几座高压线塔。他显然对那里很熟悉，带着我先逛了几家卖盆栽的，但跟人砍价没有成功。然后我又跟着他去看了卖猫狗的摊子，因为他觉得我会喜欢看猫狗，而不是看植物，他不好意思带着我光办自己的事。之后他找到一个卖宠物龟的店，又跟老板砍起价来。老板是个四十岁左右的中年人，不是很热情。飞哥家里已经有一只成年的鳄鱼龟，他想给它找个伴儿，这是他事后告诉我的，当时我并不知道。他伸手揪住盆里一只起码有八九斤重的大龟的尾巴，把它倒提起来，然后教我看龟的肛门来辨别公母。那只龟看样子很凶，其实很温驯，完全没有反抗。老板站在旁边看着我们，也没做任何干预：既没有向我们推销，也没有像我担心的那样大喊一声“不买别碰！”当时我还不知道飞哥会买下它，而且对鳄鱼龟也一无所知，不知道有真鳄龟和拟鳄龟之分。如今回忆起飞哥提着龟尾巴的画面，可以肯定那是只尾巴更粗壮的拟鳄龟。飞哥装出并不太想买，只是随口问问的模样，连我也被他骗了。那只龟大概不容易卖出，最后老板让步了。买了龟之后，我们又折回到卖盆栽的摊子，但价格仍然谈不拢，只好作罢。

在我把飞哥的地盘都摸熟之后，他好像变得比原来更懒了，每天到中午就回家，让我下午开他的车去派件。其实我俩开一辆车干活，效率比一个人高不了多少，所以他索性少挣钱多休息，反正他原本也并不勤奋。现在回想起来，他人其实不错，虽然老是咋咋呼呼的，令人觉得不真诚，实际上他从没让我吃过亏，也没提出过什么占我便宜的要求。而且他喜欢动植物，自己也养了很多。有一次在一个小区里，他突然指着围墙上一个看着像鸡埘的洞对我说："这里住了一窝流浪猫。"然后他就学起猫叫，想把猫引出来。可惜后来我换了小组，和他碰面的机会少了。再后来我换了公司，慢慢地在微信上也不再说话。但他的朋友圈还三天两头地转发S快递的业务广告，说明他至今仍在S公司混着日子。

大半个月之后，我终于领到了三轮车。

车是我自己从顺义开回来的，全程三十多公里。我去到一个叫作天龙汽配城的地方，但汽配城其实已经倒闭了，只是公交站还叫这名字而已。那里是真正的郊区，过往的车辆不少，但看不见行人，S公司在那里租了一片露天的空地，用来存放旧的快递车辆，放眼望去有好几百辆，很多已烂得不成样子。三个年轻人接待了我，他们都是修车师傅，其中两个像未成年人，穿着背心短裤，身上有点脏。他们指着旁边几辆车对我说："这些都修好了，你挑一辆吧。"

我失望地看到，他们让我选的那些车情况都很糟糕，各有各的毛病。车门大多关不严，从车厢里往上看，车顶有小洞射进光来，下雨时肯定要漏水。而且车里很脏，大概从来没有清洁过。其中一辆甚至有一只后轮的轮径大了一号，导致车身是倾斜的。飞哥入职时领的是新车，虽然他已经开了半年多，但仍然比这些车好得多。我也支持物尽其用，只怪之前自己预期太高，此时心里难免有落差。我勉强挑了一辆，感觉就像在一包掉到地上的饼干里挑出一两片没弄脏的。然后小师傅帮我装好电瓶，再安好车锁，把钥匙交给了我。这时我才发现，我的车配的不是锂电瓶，而是铅酸电瓶。两块铅酸电瓶超过六十斤，我住在六楼，而且没有电梯，从此每晚都要把电瓶提上楼充电，早上再提下来。

下午我开着自己的车在土桥送货，一次正常倒车后车突然不动了。我把它推到华远好天地对面的一家路边修车店，因为车里装满了货，我费了不少劲。店主是一个侏儒，但也是个自信的熟手技工。他不容置疑地告诉我："控制器坏了，要更换一个。"于是这辆车还没帮我挣到一分钱，我就先为它掏了一百五。

回头碰到同事，他们都对我说："你被骗了，可能就是线路接触不良。"事实上侏儒告诉我控制器坏了的时候，我也是这样想的：假如他发现问题只是接触不良，他会帮我接好线路，然后收我十块钱，还是告诉我控制器坏了，然后收我一百五十呢？但是既然我已经换了控制器，我决定还是相信他，毕竟他也有可能是诚实的。

有了自己的车，我被安排到另一个小组，负责颐瑞东里的高楼金、新城乐居两个小区，以及旁边的环球影视城工地。这个工地的面积非常大，被围墙围了起来，总共有二十多个出入口，我只负责群芳南街南侧的三号大门。工地的快件并不多，每天就十几个，但不容易送，因为里面太大了，有的人走出来要二三十分钟，而我又不能进去，只能在外面干等。大门外没有树荫，夏天的时候，我的三轮车才刚停下没多久，铁皮就晒得烫手，等我打完十几个电话，往往已经汗流浃背。我一般每天去工地两趟，经常得等将近一个小时。有的人迟迟不出来，我就反复打电话催。他们说快了快了，其实只是缓兵之计，并不是真的快了。有时我都走了一个多小时，他们才回我电话："我已经出来了呀，怎么没看见你？"

高楼金是我每天的第一站，早上我从站点出发，到高楼金大约要花二十分钟。这是个回迁安置小区，住户里有一半是回迁的本地农民。进小区大门，右前方有一块五米宽、三米高的大屏幕，每天早上我开着三轮进去时，屏幕上正好在播放早间新闻，这大概是继承了从前农村放露天电影的习俗。碰到村里有人去世，家属会在小区外搭一个临时的灵堂供亲友吊唁。灵堂是彩色的，而不是像我认为的那样是黑白的，用可拆装铁架支撑，覆上防水帆布，整体有三四十米长，三米左右高，四米左右宽，出入的一边还有檐柱牌楼，当然也都是可拆装式的。第一次看见这种灵堂时，我还以为是哪个家电品牌在做促销活动。

高楼金总共有十六栋楼，其中一到七号楼住的是回迁村民，八到十六号楼是外来的租客。回迁楼的快件都很好送，他们是本地人，白天有老人在家，即便碰到外出买菜，快件也可以放在门边或水电井里。因为村民们彼此熟识，邻里间会互相关照，连贴小广告的都不敢上去，怕被楼里的老人逮住。租客住的几栋楼相对就鱼龙混杂，他们大多是北漂的年轻人，有的还是合租户，白天都去上班后，屋里就没有人了。而且住户之间彼此不认识，楼里进出的陌生人也多，快件很容易丢失。我刚到高楼金的时候，同组的一个同事就让我送八到十六号楼，他自己送一到七号楼。于是我每天送半个高楼金，一个新城乐居，加影视城工地，三个分开的地方来回跑，经常疲于奔命，心浮气躁。

渐渐的，我在工作中陷入一种负面情绪。我发现小区有的好送有的不好送，谁送了好送的别人就得送不好送的，同事间就像在零和博弈：要不就你好，要不就我好，但不能大家都好。刚来的时候，谁都是从最烂的小区送起，有的人因此走了，有的人没走，没走的人可能会换到一个好点的小区。最后得到好送的小区的人会长久留下来，剩下不好送的小区就让新人去送。新人刚来时一般都不会太计较，但会逐渐察觉到其中的不公平，这种心态的转变一般只需要一两个月，甚至更短。假如迟迟没有改变的机会，新人就会离开。于是小组里总有一半的人雷打不动，另一半的人却换个不停。

我不想和同事闹翻，不想难看地和人争执、讨价还价，但也不想和占我便宜的人继续共事。假如每天都下班比别人晚、挣钱比别人少，我就会变得烦躁和不满，然后不太在乎这份工作了。就像深海里的鱼都是瞎子，沙漠里的动物都很耐渴一样，我是一个怎样的人，很大程度上是由我所处的环境，而不是由我的所谓本性决定的。其实我在当时就察觉到，工作中的处境正在一点点地改变我，令我变得更急躁、易怒，更没有责任心，总之做不到原本我对自己的要求，而且也不想做到了。这些改变有时会让我觉得痛快，当痛快的时候，我就不太能感觉到烦躁和不满。

比如有次我骂了一个不认识的妇女——我很少骂人，因此记忆深刻。平常我们在小区里送货，一般离开三轮时都不会拔下钥匙，因为每天上百次地插拔钥匙很浪费时间，也没有实际意义，小区里没人会偷快递车。有次我搬一箱饮料上楼，才刚走到二楼，恰巧往楼下瞟了一眼，正看见一个五十多岁的妇女，把她三岁多的娃娃抱到我的驾驶座上玩耍。娃娃的手扶在了车把上，模仿在开车的样子，可我知道他只要轻轻一拧，车就真的会往前冲出去。我吓得赶紧撂下饮料往楼下跑。不久前我同组的一个同事因为上楼时忘拉手刹，三轮车被大风刮跑了，蹭到旁边的一辆小轿车，最后赔了一千六。我不敢想象一个小娃娃启动了我的三轮会造成什么破坏和伤害，他可能会撞到停在前面的轿车，那是我赔不起的。也可能会剐到行人，或更糟糕，他自己从车座上摔下来，被车轮碾过——想到这里我几乎要眼前一黑……我记得自己很生气地骂了那个妇女，虽然我不太擅长骂人，我说她：“小孩子不懂事，难道大人也不懂事吗？！”——这是我在葛优主演的一部电影里听来的台词。

说到赔钱，对于快递员来说，这是家常便饭。大多数时候是由于丢件，但也有别的情况。当时高楼金有一个韵达快递员，在小区里三轮开得太快，避让一个孕妇时，自己的车侧翻了，前挡风罩脱落碎裂。孕妇虽然没被撞到，但受了惊吓。后来他修车加赔偿花了近两千，当即就辞职不干了。我还记得他事后瞪大眼摇着头和我说“我已经不干了”时心有余悸的表情。我听说过的金额最大也最离奇的赔偿，发生在临河里路的方恒东景小区：一个快递员在把快件塞进消防栓时，水管还是接头被他弄坏了，水喷出来灌进电梯井里，导致电机损坏，最后赔了三万块钱。我在S公司的半年里运气还好，既没有丢过件，也没有赔过钱。

还有一次，我让一个六七十岁的老人在路边等了我近三个小时，事后我震惊地发现，自己甚至没有感到丝毫内疚。

很多人出于各种原因，不喜欢在快递单上留下完整的地址，这给我的工作增添了麻烦。有次我送一个高楼金的快件，地址里没写楼号和门号。我在路上提前五分钟打去电话，收件人说他并不住在高楼金，只是每天要到高楼金菜场买菜。他又说半小时内能赶到，让我在路边等他。但我满车的快件一个都还没送出去，别说半小时了，五分钟我都不能等，我让他到了再给我打电话。然后我就进小区，转头就忘了这茬。

那个收件人一直没给我打电话，直到我把早上的快件都送完，出来准备接次班货的时候，一个老人在路边叫住我。他头发花白，戴一副眼镜，看起来有六十多，甚至过七十了。他问我：“小伙子，你是S快递的吗？”我说是的。这时我已经猜到他是谁了，我赶紧把快件找出来交给他。他有点生气地说：“我在这儿等你一上午了，你早上怎么不等我呢？”我吃了一惊，他竟然等了我近三个小时。我问他：“你怎么不给我打电话呢？”他说：“你的电话打不通啊。”我的电话是不容易打通，在高楼金的所有电梯里，以及部分楼道里，联通都没有信号。早上我跟老人通电话时正开着车，心急火燎的可能语气不太好，加上我向来反感地址不写全的人，可当时我并不知道他年纪这么大。我跟他解释，我每天要送很多快件，有些人一早就打电话来催，我只能争分夺秒，确实不能停下来等他。也不知道他听清我说的话没有，他又接着批评我：“你这样干活真不像话，顾客就是上帝，你懂吗？”我愣了一下，本能地为自己辩解道：“可是上帝应该只有一个，我却要伺候很多个啊。”他听到后笑了，原来他并没有生气，只是假装生气逗逗我而已。他摇摇手里的快递盒，压低声音对我说：“我老伴不让我买，所以不让你送到家里去。”

在S公司经常会碰到电视购物的快件，有些客户订购了衣服，收货时要先试穿，试完又拒收，这种情况我们一分钱提成都没有，白白在门外等半天，完后还要把产品叠好打包好。我还送过一只电热茶壶，客户拆开来看后拒收了，十几个小配件我要一一嵌回到结构精巧的缓震材料里，我研究了半个小时才把它装好。因为这些缘故，我们都对电视购物深恶痛绝。

有次我在高楼金送一个电视购物的快件，收件人是位老阿姨，对我很亲切。她买的是一个学英语的机器人，是送给孙子的礼物。她想打开来试一下，但不懂操作，于是我边看说明书边教她用，虽然这不是我的分内事。我发现那个机器人从包装、说明书到产品本身都很粗糙，感觉像华强北的山寨产品，顶多能卖三四百块钱，但这票订单的应付金额却是两千多。

老阿姨对机器人也不太满意，她觉得机器人太小了，和她在电视里看到的不一样。虽然我认为这产品不值它的价格，但我只是个送货的，所以我告诉她："这些科技产品并不是体积越大就越好，有时小巧的反而更贵。"老阿姨显然还在犹豫，她让我等等，然后拨通了销售客服的电话。对方没有人接听，但她挂断后却马上有人拨了回来。我站在她身边，看到她的手机屏幕上，拨入的电话号码被自动标注了"推销诈骗"。我听见客服在电话里一味地哄她付钱，说使用后有问题可以电话咨询，不满意还可以退货。

挂了电话，她显然没有感到释然，但看到我满头大汗的样子，或许觉得过意不去，就对我说："那我先给你拿钱吧，有问题我再找客服。"突然之间我觉得很难过，我也说不清楚为什么，她的经济条件显然比我好，但这不完全是钱的问题，虽然说我平常很在乎钱。我鼓起勇气对她说："你付了钱之后，客服就不会对你那么耐心了。"老阿姨吃惊地看着我，琢磨着我的用意。我接着解释："我觉得这机器人不值两千多块钱。"老阿姨说："我也觉得不值，但我不想让你白跑一趟。"我说："没关系的，我只负责送货，你买了这钱也不是我挣的。"

假如她买下的话，我会有二十多块钱提成，但我不想很多年后还为这件事情耿耿于怀。

对于物流业来说，一直到入秋前都是淡季，按照章主管的说法，淡季我们要练兵，旺季才能打胜仗。所谓的练兵，其实就是听他训话。章主管是个退伍军人，他很喜欢训话（但不喜欢一对一的交谈），尽管他口齿有点含糊，我站在队列后面经常听不清他在说什么。

每天早上我们卸好货后，虽然心里都急着去送货，但在出发之前必须听他训训话。他的口头禅不多，主要有以下这些："我说的你们都要做到！""想干就好好干，不想干就快滚蛋！""公司缺谁都行，你离开公司寸步难行！""不是你有多了不起，而是这个平台给机会你！"以及诸如此类含义相近的话。光开早会还不够，我们每周还要开两到三次晚会。晚会要等所有快递员忙完，揽收的快件全部装车运走后才开始，一般在九点半之后，开到十一点左右。开始的两个月我每次都去参加，发现晚会的主要内容就是揪出犯错的人来羞辱。

记得有一次开晚会，我因为下班早，先回家吃了个饭，待赶回站点时，发现晚会已经开始了。我看见章主管正对大家破口大骂，他把几个同事揪出来罚做俯卧撑。其中一个同事受不了这种管理方式，跟他吵了起来，几乎就要动手。我知道这个同事不久前刚丢了个快件，赔了三千块钱，所以心情不好。我本身就迟到了，看见里面这种情形，更加不敢进去，幸好里面的人还没有发现我。不过我的三轮只要一倒车就会自己喊“倒车，请注意”，连关都关不掉。为不暴露行迹，我蹑手蹑脚地把车倒着推出了站点的院子，回到家还心有余悸。

那个和章主管冲突的同事第二天就被调走，据说去了邻近的站点，后来我再也没见过他。那次之后我就不去参加晚会了（但幸运地从没被发现）。我想我可以被解雇，但不能被羞辱。不过在客观上，通过这种方式，S快递确实淘汰掉了部分服从性差、自由散漫的人。而且这些人都是自己走的，公司不用补偿一分钱。而留下的人则大多比较驯顺，性情和善，或最起码能屈能伸。

我在很早之前就知道S公司的口碑好，是“快递界的海底捞”，它自己肯定也知道，所以站点要求我们派件的时候，要主动提出帮客户把垃圾带下楼扔掉。但我从没问人要过垃圾，我发现自己开不了口，也不太认可这种企业文化。换了我是收件人，我是决不会把垃圾交给快递员丢的。经常有客户当面夸奖我，连带着夸起“S快递的服务就是好，和那些什么通不一样”。这每每让我感到尴尬，因为我向来是挺羡慕“那些什么通”的——他们送快递就是送快递，不用早晚开什么会，更没有丢垃圾之类的事情，也不会动不动就被投诉。

到了七月份，北京的温度动辄超过35℃，当时我的住处没有空调，经常半夜被热醒，浑身被汗浸湿。大概因为休息得不好，加上上班时不方便如厕，就很少喝水，在这些林林总总的原因下，我得了感冒，而且拖了很久都好不了。六七月份本是物流淡季，组里的两个老员工因此请了长假，各回了趟老家，这导致我连续两个月无法正常排休。当时我发着烧，每天出门前吃一片布洛芬，下午在太阳底下曝晒时，感觉脑子里像有团火，有时候眼前冒金星，耳朵里嗡嗡响。我这样坚持了大约两周，有天终于扛不住了，晚上回家后测体温，发现已经烧到39.7℃。

我马上请了假，第二天一早去潞河医院看门诊。诊断结果是病毒性肺炎，医生让我先输一周液，然后再复查。当时我还没有医保，在潞河医院输液每天都要花五十块钱挂号。我觉得这不太合理，我付了输液的钱，又不用医生诊治，为什么还要每天挂号？所以我问医生，这个病会自己好吗？我这倒不是无知轻狂，因为过了一晚后，我的体温降到了38.8℃，从趋势上来说是往好的方向发展，何况我除了吃布洛芬以外，并没有采取什么治疗措施。但是医生冷冷地看了我一眼，告诉我不行。“不过，”她又说，“你可以拿处方到小诊所去输液。”

于是我骑车找到一家离住处很近的社区医院——没人能小觑我在省钱这件事上的决心，哪怕是在我病了的时候——一进门我看见旁边就是输液室，里面已经坐了一排在输液的老人。看来我找对了地方，输液是这里的主打业务，但是医生看了我的处方后说：“这个是消炎药啊，我们输不了。”我只觉得有点奇怪，怎么能把生意往门外推呢？但我不想探询这个问题。我出来又扫了一辆共享单车，很幸运地在不远的地方又找到一家小诊所，之前我根本不知道这里有家诊所。

不过这个小诊所似乎生意不好，里面只有一个医生，没有护士和病人，大概医生就是老板，独自在看店。她看了我的处方后，也显得很犹豫。她问我是肺炎吗，我说是的，她沉吟了一会儿，说了些我没听清楚的话。我没有追问她到底想说什么，当时我身体很虚弱，不想去探究，只想听到行或不行的答案。最后她勉强同意了。只是这时轮到我犹豫了，我对她的态度起了疑心，我想万一输液时出了问题，她这里怕是没条件抢救吧？否则她为啥要犹豫呢？再说她的诊所也过于袖珍，布局不像个医院，倒像个按摩店或保健养生馆。犹豫再三之后，我找了个借口开溜，还是回到了潞河医院。

这次生病我休息了一个星期，每天早上去输液，下午在家睡觉。到第八天，我觉得自己已经痊愈了，也没按医生的要求回去复检——我怕她要我再照一遍CT，我已经照过一次，要三百多块钱。后来我算了下账，这次治病连误工总共花费了三千多块钱，相当于我半个月的工资。

很快到了九月份，S公司开始为即将到来的旺季做准备。先是在站点里开了个动员会，大家围坐着吃了西瓜喝了汽水。利经理亲自跑来主持，他先让2018年春节之前和之后入职的人分两边站开，这时我发现约有三分之二的人和我站在同一边，可见大多数人都只干了几个月而已。老员工们开玩笑说，淡季的时候领导拿着鞭子，动不动就抽我们，可到了旺季就得跪着求我们送货了，哪怕有投诉也会帮我们摆平。

又过了半个月，我们梨园地区四个站点的快递员，一起在九棵树西路一家东北菜馆聚了次餐。那顿饭菜非常丰盛，是我到北京后至今吃得最好的一顿。我一直生活在南方，之前不知道东北菜也这么好吃。在又厚又浓的芡汁包裹下，那些高油高糖的菜肴闪着金光，充分地灌溉了我枯竭已久的食欲。我平常对吃不太讲究，所以很少人能猜到，一顿免费的大餐对我有多大的吸引力。我放开肚皮吃，很快就吃不动了，但服务员还在不断地上菜，啤酒和二锅头也是无限供应，我简直心疼得说不出话来，就像在状态不好时吃了顿昂贵的自助餐。可惜我们开饭时已经十点多，第二天一早还要上班，没法多坐一会儿，等缓过劲来后再继续吃。这顿饭是我在S快递的半年里感觉最满意的一件事了。

在这期间还发生过一件趣事，有天我正在高楼金派件，飞哥突然打来电话，说要过来看看我。我觉得很奇怪，他的工作区域在葛布店南里，而我在颐瑞东里，彼此相隔几公里，他来看我做什么呢？不过他向来游手好闲，我想他可能想打发时间。他来了之后，也没说有什么事，只是跟我闲聊，看我派件。我问他："你想调来我们组吗？"他说没有的事，只是来看看我而已。趁我上楼的时候，他给我买了汽水，俨然还是一副带头大哥的风范。一个多小时后他走了，留下莫名其妙的我。后来我听说，他因为上班摸鱼摸得太过分，被当作典型处理了。毕竟他每天干了多少活，在系统里实时就能看到，旺季马上要来了，站点开始对劳效低的快递员加强管理，而我成了他的学习榜样，领导指定他来看我干活。显然这会让他感觉丢脸，毕竟他也算是我的师傅。当然，这就是领导的用意，让他知耻而后勇。

那顿聚餐之后，我觉得没留下什么遗憾了。毕竟，下次聚餐太遥远，我等不到了，于是去找利经理辞职。这我在得肺炎时就决定了，不过这时候辞职，有点顶风作案的意思。章主管经常对我们说"养兵千日用在一朝"，他说的“一朝”，就是指双十一、双十二这些物流高峰段。然而公司开的动员会我听了，饭我也吃了，还吃得不少，现在开战在即，我却要当逃兵。

利经理脸有愠色地接待了我：“马上就到挣钱的时候了，你怎么反倒不干了呢？”不难理解，这大概更印证了他当初的看法：我在S公司不会干久的。看见他不高兴的样子，我不禁又紧张起来，好像自己真的亏欠了他什么。其实我大可以理直气壮，尤其是考虑到我入职时的遭遇，他可从没有器重过我。而对于S公司，我入职前白干了那么多天，就更不亏欠什么了。再说我已经找到了新工作——不过这没必要告诉他，以免惹得他更生气。我随便编了些理由，当然是温和的理由，其中包含了无奈，我说我父母年纪老了，需要我的照顾，所以想换一种工作时间短一点的职业。实际上我父母并不在北京，我也没打算回家。他大概也猜到我在胡说八道，但我彬彬有礼，俗语说，伸手不打笑脸人。

办离职手续那天，我又见到了那位坏脸色的女财务。她似乎比半年前更不高兴了，大概因为我们这些人来了又走走了又来，好像海浪冲刷沙滩一样折磨她，给她带来无穷无尽的麻烦。不过我很高兴，因为那是我最后一次见她了。

总的来说，我不是个爱抱怨的人，但偶尔也会和同行抱怨一下自己的公司。当我和别的快递员在小区里碰面，比如一起等电梯、坐电梯的时候，抱怨各自任职的公司是自然而然、很惯常的话题。并不是说我们心里有多么不满，只是这些话能拉近我们的距离，赢得彼此的好感和信任，建立一种同仇敌忾的情谊。说白了那就是些社交话，和北京人见面问一句“吃了么”差不多。但就是在这些有一搭没一搭的交流里，有人听到了我对S公司的不满，并且为我介绍了新的工作。

一切都很顺利，也可能是我要求不高，总之，2018年9月，我离开S快递，加入了唯品会自营的品骏快递。

我的新站长是个长得有点像弥勒佛的年轻人，胖，和善，笑的时候会眯着眼，待人很热情。我的入职表是他帮着一起填好的，虽然我没请求他这样做。他帮我在“上一份工作”栏里填上了务农，尽管我是城市户口，根本无农可务。他叮嘱我：“不能写你在S快递干过，否则他们会叫你开证明。”

我的新同事总共就七人，都很年轻，看起来很好相处。事实证明我没有看错。这时距离双十一还有一个多月，我正好用这段时间来熟悉新的工作环境。

品骏的快件不像S公司的那么集中，每个小区每天可能只有十几个，甚至是几个，所以我每天要跑八个住宅小区、两个商场、两栋写字楼和两个创业园区——假如我想多挣钱，还可以要更多地盘——因此必须采用和S公司不同的工作方式，一种更高效的方式。但我开始时没有意识到这点，因为当时还没有忙起来，无论用什么方式，我都能完成当天的工作。

我负责的其中一个小区叫玉兰湾，是个园林式的高档小区，里面布置有小山、树木、花丛、草地、水道、小桥、亭子等等，对于居住在这里的人来说，环境优美，鸟语花香，曲径通幽，但对快递员来说它不太友善，里面的步道太绕，有时候两栋楼明明靠得很近，却要绕一个大弯才能到达。偏偏这个小区还禁止快递车进入，我只能拉着板车走路进去派件，耗费很多时间。很快我就遇到这种情况：派件的时候收件人不在家，电话里让我把快件放到小区门外的快递柜。可是没等我把小区送完，收件人又打来电话了："师傅我的快件您放哪儿了呢，我怎么没收到取件码？"我说："小区还没送完呢，您耐心等一下吧。""既然您还在小区里，那麻烦还是帮我送上家吧，我已经回到家啦。"一般这时我都快走到小区门口了，专程为一个客户再进去一趟，要浪费很多时间，我心里并不乐意，但是我不懂怎么拒绝。

就这样大约持续了一个星期后，主管忧心忡忡地找到我谈话。他说："双十一马上要到了，然后是双十二，每天的货量起码要比现在翻一倍。你现在都这么吃力，到时该怎么办啊？"老实说假如不是他找我，我都没发现自己出了问题。因为我并不觉得吃力，我在S快递已经习惯了晚上七八点下班，到品骏后每天下午六点前就完工，自己感觉还有点心虚。但是他的担忧也不无道理，假如货量翻一倍的话，我确实送不过来。另外我也想知道其他同事是怎么高效完成工作的。于是我和他复盘了当天的工作过程，当他听到我在玉兰湾的情况，立刻打断我："你到他家时他不在，假如他要你二次派送，你就第二天给他送。""可他先让我放快递柜，我还没放进去，他肯定猜到我还没走，我用什么理由拒绝他？""那你就告诉他，快件已经放进快递柜了，但短信有延时，要过一会儿才能收到取件码。"他这样说了之后，我马上就领会了，相对于S公司要求的高质服务，这里要求的是高效。而且我举一反三，另外一些我没提到的情况，也自己做了反省，并且想到了改进的办法。S公司的优质服务建立在高成本、高收费之上，光一个玉兰湾就有三个快递员，每人只负责四栋楼。而我每天要跑方圆几公里的区域，我没办法做到随叫随到，尤其是不能走回头路。不过品骏快递的运费低廉，客户应该能够理解这点，虽然有时他们不愿意理解，或者假装理解不了。

不久之后，我和玉兰湾的一个S快递小哥混熟了。他和我几乎同时进入S公司，但不在一个站点，我在临河里站，他在云景里站。那次的聚餐他也去了，只是我和他当时还不认识，对他也没有印象。对于快递员来说，玉兰湾不是一个好地方，他每个月税后只有五千多，除了申请换一个小区，他没有办法提高收入。有一天我和他闲聊，他说有个客户让他把快件放在家门边，后来客户回家发现快件丢了，幸好他有通话录音，可以证明是客户要求他放的；而且他还拍了三张照片，可以证明自己的清白。为此他很得意，但在我看来这太愚蠢。我问他："难道每次客户让你把快件放门外，你都拍三张照片吗？"他说每次都有拍的。我说："你派一个件才一块六，又要打电话，又要录音，还要拍照片，费那么多劲，你划得来吗？"

我这样说并不是针对他，而是在针对我的前东家。我在S公司的时候，主管是这么对我们说的："客户让你们把快件放到快递柜、小卖部、消防栓、水电表井……你们可以放，但假如快件丢了，你们就得自己赔，公司要求的是每个快件都交到收件人手里。"然而有一次，附近杨庄站的一个同事因为要求客户当面签收快件，客户大概心情不好，或者觉得签字多此一举，在那个同事一再坚持下，客户投诉他"服务态度恶劣"。这个投诉被受理了，杨庄站对他的处罚是停工三天，每天去一个相邻站点当众朗读自己的检讨。他在我们站点的早会上读完检讨后，主管问我们："大家觉得他冤枉吗？"我们一起回答："冤枉。"主管说："我觉得不冤枉。客户在四通一达发个快件只要十块钱，在S快递要二十三块，你们还觉得这冤枉吗？"大家于是不说话了。可是，二十三块是公司收的，不是我们个人收的，我们送一个快件只有一块六，和四通一达一样。像这种训话我在S公司每天听，一度还以为这个行业就是如此落后，从业人员普遍未开化，欺压和糊弄司空见惯。然而此刻，在我离开后回过头看，我发现这可能并不是普遍的情况，只是我运气不好而已。

那个小哥听了我的话后，却一脸悻悻然。自此之后，他对我的态度改变了，不再每次见面都笑着打招呼，也不再和我互相调侃，总是一副闷闷不乐的表情。一个月后他不见了，他的同事告诉我他辞职走了。他丢的那个快件后来也找到了，是被一个上楼收废品的人当废纸盒捡去的，因为小区保安认识那个人，所以在看了监控后不久就追了回来。

我不知道有没有人发自内心地喜欢送快递，反正我和我认识的快递员都不是这种人。一般来说，只有在发工资时我才会感觉自己的付出值得，而不是在客户露出感激的表情或口头表达谢意的时候——虽说那种时候我也很欣慰。我给自己算了一笔账：我们这里，快递员和送餐员在不包吃住的情况下，平均工资是七千左右。这是由北京的生活成本和工作强度决定的，是长年累月自然形成的市场行情，低于这个数字，劳动力就会流动到其他地区或其他工种。按照我每月工作二十六天算，日薪就是两百七，这就是我的劳动价值（我避免用“身价”这个词）。那么我每天工作十一个小时，其中早上到站点后卸货、分拣、装车花去一个小时，去往各小区的路上合共花去一个小时，在剩下用来派件的九个小时里，我每个小时就得产出三十元，平均每分钟产出零点五元。反过来看，这也是我的时间成本。我派一个件有两块钱提成，那么我必须每四分钟派出一个快件才不至于亏本。

渐渐的，我习惯了从纯粹的经济角度来看待问题，用成本的眼光看待时间。比如说，因为我的每分钟值零点五元，所以我小个便的成本是一元，哪怕公厕是免费的，但我花费了两分钟时间。我吃一顿午饭要花二十分钟（其中十分钟用于等餐），时间成本是十元，假如一份盖浇饭卖十五元，加起来就是二十五元——这对我来说太奢侈了，所以我经常不吃午饭。为减少上厕所，我早上也几乎不喝水。在派件的时候，假如收件人不在家——工作日的白天约有一半的家庭没人——我花一分钟打个电话，除支出零点一元的话费外，我还付出了零点五元的时间成本。假如收件人要求把快件放去快递柜，我将付出更多的时间成本，而且往快递柜里放一个快件还要付零点四元，那这笔买卖我就亏本了。如果收件人要求改天再送到家里，我将亏损更多，不仅打了电话，还将付出双倍的劳动时间。这些还只是顺利的情况，假如电话没人接听，我将在等待中白白浪费零点五元。还有的电话打通后就很难挂掉，客户百折不挠地提出各种我满足不了的要求。有时打完一个电话后，花去的时间成本已经超过了派件提成，可这快件还在手上没送出去。

有一次，还是在玉兰湾，我在客户预约的时间上门取一件唯品会的退货，但客户不在家。电话接通后，是一把亲切的中年女声，她说她晚上七点后才到家，让我到时再来。七点后我已经下班了，所以我让她把预约时间改到明天。她说明天也是七点后到家，她每天都是这个时间。我说："如果是这样的话，我建议您把退货带到工作的地方退。"可是她说，她在医院上班，工作的时候不方便处理私事。像这种情况，她只能自己找快递把退货寄回。不过这会麻烦一些，因为玉兰湾的快递员除S公司的以外，其余的都不上门收件。但S快递的运费远高于平台补偿的十元，因此大多数人都不愿意发。而发其他快递，她要自己带去快递站，不一定能找到，或者不愿意费这个劲。相比而言，在电话里动员我是更省心的解决办法。何况她显然是个乐于沟通的人，相信凡事只要争取就有可能。在我拒绝了她的几个提议后，她问我能不能下了班吃过晚饭之后，到玉兰湾来散散步，顺便把她的退货取了。她始终保持着良好的沟通态度，措辞很得体，语调温婉，富有感染力，简直无可挑剔。不过晚上到她的小区去并不像她说的那么诗情画意，我来回得花上一个小时，还得忍受一路的交通拥堵、喇叭、废气、红绿灯……谁会为了散这个步，而不留在家里休息和陪伴家人？再说从经济角度考虑，专程为她一个人跑一趟也很不明智。或许她自己是个工作狂，义无反顾地愿意为工作付出和牺牲，在这个竞争激烈的社会里，她认为我理应和她一样。可是我的觉悟没有达到她的水平，而且我还想反过来建议她：不如你晚上吃了饭出来散个步，顺便找个快递站把退货寄了得了。当然我没有这样说，我随便找了个理由拒绝了她。后来我还给她送过几次货，面对面的时候她仍然很礼貌，丝毫没有因为我曾拒绝过她而心存芥蒂，或者最起码没让我感觉出来。

有一个事实是：我并没有因为切身意识到时间就是金钱而赚到更多的金钱。实际上我的基本工作方式并没因此做出调整，我没有不管三七二十一地把所有快件扔进快递柜里，也没有不接电话或索性屏蔽掉陌生来电——我像是变得既在乎钱同时又不在乎钱。显然，有些小区比较好送，而有些小区不好送。对于不好送的小区，我会这样看待：我把从好送的小区里盈余的时间补贴到不好送的小区里了，因此住在不好送的小区里的客户应该感谢住在好送的小区里的客户，而不是感谢我。但实际上他们经常感谢我，当然他们也只能感谢我，因此我没有什么好抱怨的。

我发现很多人对快递员的工作很不了解，尽管他们几乎每天都在收发快件。我倾向于把所有这些不了解看作对我劳动报酬的不了解。有天我在罗斯福广场里派件，一个收件人——她是售货员——工作调动到通州万达广场去了。在电话里，我告诉她把快件转到万达要第二天才能送到。当然，我不必说的是，那将不是由我来派送。她吃惊地反问："这么近怎么要花一天时间呢，你一会儿给我送过来不就得了吗？"——不只她一个人提出这样的问题，实际上我经常听到这种疑问。首先，罗斯福广场和万达广场并没有离得那么近，不是出门过个马路就能到的，我开三轮来回要大半个小时。其次，这取决于以什么身份看待这个问题，对于一个在假日逛街的女孩来说，城里的任何两个商场之间都不存在距离；可是快递员很多每天只在一两个小区里活动，对我们来说，几公里外的万达广场或几十公里外的天安门广场都同样遥不可及。最后，万达广场的面积很大，对我来说很陌生，我步行进去找一个店铺要花不少时间。逛商场可不是我的特长，在稍大一点的商场里我经常分不清东南西北。这些都是她在一定程度上不难想象得到的，假如她愿意换位思考的话。而她想象不到的就是我送一个快件只有两块钱这件事了——我尝试带着善意这么理解，因为我不愿相信她在知道我的报酬的情况下，仍然提出要我把快件给她送过去。

从九棵树地铁站出来，一边是罗斯福广场，另一边是新生活广场，这两个商场都是我的地盘。不过新生活广场这个名字很少人知道，大家习惯叫它家乐福——其实家乐福只租下了整栋商场的第二和第三层。

家乐福不允许快递员进去送货，我们只能在楼下打电话联系，让收件人自己出来取件。我在家乐福的快件很少，平均每天就三四个。有时我懒得等，索性就自己送进去。不料我没送几回就被保安逮住了。保安拦住我的地方在四楼国美的出口，我已经快走到我的目的地了。我对他说："我刚来这里送货，还不知道规矩，"——实际上我知道，但我必须这么说——"大门口也没有贴告示说不能进来送货，我刚才走进来也没人拦我，要不我现在出去好了。”但他不让我走，他攥住我的板车拉手不放。我问：“你不让我进去，又不让我回头，那你想怎么样啊？”他说：“我要扣下你这几箱货，你屡教不改。”

就这样我们僵持住了。我咬定自己什么都不知道，我也确实是新来的，我是第一次和他打照面。虽说其他快递员早就告诉我这商场不能进，但他并不知道这些，他从来没有教育过我，所以没有理由说我什么屡教不改。此外我不信他能扣下我的货，除非我不是活在一个法治国家——他这样要挟我很荒谬，我做错的事情并没有给商场造成实质伤害。我又不是小偷，出力气干活挣钱，哪怕犯点小错，但既不是道德问题，也不是法律问题，犯不着让他疾恶如仇地瞪着我。我决定不买他的账，我不会惯着他那从这么一丁点权力中滋生的虚荣心。我对他说：“你还是让我走吧，你们没权扣留我的货物。”他大概没听懂或根本没听我在说什么，只是死死揪住我的板车不放，就像一只咬住猎物的斗牛犬。我说：“你再这样我要报警了。”他说你报啊。于是我拿出手机打了110，如果我没有记错，这是我平生第一次打110。

接线员记下了我的信息后，说等会儿会有片区民警给我回电话，让我注意接听。这时候保安也用对讲机喊来了同事和上级。我倒想看看，为了这么点破事，他们能闹到多大。

保安的上级来了之后，先装模作样地训了我几句。我还是推说我是新来的，什么都不知道，不过我重申，商场无权扣留我的货物，所以我已经报警了。这人明显比他的下属机灵，听说我报警后，立刻对我说："你给110回个电话，说事情已经解决了，这货物你可以拉走，但以后不准再进来。"

我以为事情到此就结束了，不料一波三折，我的收件人——四楼一家健身房的负责人——赶过来了，刚才我在电话里告诉了她情况，她来到一见那保安的上级就骂了起来，原来他们之间早有龃龉。她骂他是流氓之类的，虽然语气很凶，但并不算特别脏的话，在我看来也接近事实。这些保安和流氓仅有的区别就是他们穿了制服而已。前面没提到的一点是，那个保安的上级脸上有一道刀疤，而且他说话确实也流里流气，我敢说他从前保准不是个老实人。刀疤被骂之后似乎气坏了，他转过头来对我说："这货你不能拉走了，我就要扣下来，我看她能怎么样！"

于是我只好跟着他们到了商场的中控室，我得盯牢我的货物，毕竟这时客户还没签收，责任还在我身上。这时九棵树派出所的民警给我回电话了，我告诉他事情经过，从他的语气里，我听出他有点埋怨我们没事找事的意思。他问我现在在哪里，我说在中控室。接着他打通了中控室的座机，看来派出所和商场物业是有联系的，连电话号码都知道。刀疤接了电话，他的语气仍然很强硬，不过挂了电话之后，他同意把货物还给我，但不是直接交给我，而是吩咐我把健身房的负责人找来，他要让她写个什么保证书或检讨之类的才归还货物。我说："这货她都还没签收呢。"他说："你直接签收吧，把人找来就行了，没你的事。"

很快双十一就到了。我记得在大促开始前，准确来说是从11月1日到10日的这段日子里，我们的快件量逐日地减少，甚至下午三四点就可以下班。顾客们远比我以为的更在乎平台的大促活动，已经纷纷按捺住购物的欲望，就等在双十一当天尽情释放了。

这段短暂的闲暇时期是压抑的，我每天忧心忡忡，就像眼见暴风雨即将到来，然而又没法提前做些什么。我发现同时有两种心理在我身上发生作用：一种是对钱的渴望，一种是对犯错的恐惧——事实证明在大促时谁也免不了忙中出错——而后一种对我的影响力要远远强于前一种。

为不让我们在促销期间掉链子，站长每天在微信群里督促我们修车，这时候修车可以报销一半的费用。可是我的三轮找不出什么毛病，三条外胎都还很新，内胎应该也没问题。刹车片有正常磨损，制动距离稍有点长，但还远远够不上要修理的程度。车灯当时也还能亮，虽然不久后就坏了，而且直到最后我都没去修它。

或许因为有了充分的心理准备，当促销正式开始后，我感觉并没有原来预料的那么累。最初的三四天，我们的货量翻了近三倍，接下来的几天保持在平常的两倍左右。

早上我们把货从车上卸下来后，原本就逼仄的站点就像只盛满水的瓶子，我第一次发现快件也可以像水一样淌出门外，向四周漫散。

我早上六点半吃了早餐开始干活，到晚上九点多才吃第二顿，但我并不觉得饿。可能在我本应感觉饿的时候，由于过度地集中精神在工作上，没有留意到身体的感觉；而当时间点过去后，那种感觉就消失了。我的身体会自觉地调整内分泌水平，就像逆来顺受的劳工在发现雇主并不打算满足自己的需求后，默默地放弃了自己的权益。

相比于十一月，十二月的工作其实更困难。一方面这时的白昼变得很短，早上七点过了天才亮，下午五点不到太阳又下山了，这令人感觉时间稍纵即逝，因而容易焦虑。另一方面北京的温度这时候已经降到很低，经常一整天都在0℃以下。我可以长时间承受比较低的温度，比如我可以在5℃的天气里只穿一条牛仔裤——我在南方从小到大都这样过冬天。但我没有很多应付0℃以下天气的生活经验。我前后在五个城市居住过一年以上，其中只有两个温度会降到0℃以下，而只有一个——也就是北京——属于北方城市。现在我要长时间地待在户外工作，因为要频繁地使用手机，我只能戴半指的手套，很快我发现就连操作手机都成了困难的事。此外为方便搬货和爬楼梯，我们都不会穿得很臃肿，也不会穿太贵的衣服，因为很容易弄脏，甚至弄破。不过我也没有很贵的衣服，我身上最贵的是一双两百多的NEW

BALANCE，穿一年多破了。我上班时一般上身棉秋衣打底，套一件羊毛衫和一件棉芯拉链马甲，再加一件中等厚度的外套；下身棉秋裤外面套一条冲锋裤。送货的时候实在冷到受不了的话，我就在楼道里缩一会儿。

2019年的春节我在北京度过，作为值班人员，我的假期只有五天。春节假期过后，我发现有些老客户消失了，要不就是他们不再在唯品会下单，但这个可能性很小，要不就是他们离开北京了。不过也有一些人只是搬了家而已，这样的人还不少。在节后的一个多月里，我遇到起码十几个留错地址的快件，全部是收件人搬家后忘记修改收货地址的。而且这些搬来搬去的人大多住在合租房，一旦留错了地址，快件就会被室友代收。遇到这种情况，我只能自己掏钱帮客户转发快件，因为发现的时候快件都已经签收了。但我还是要尽力挽回一下，以减少自己的损失。

比如有一次，一个客户在电话里让我把快件放在门边的电表井里。晚上她回我电话，说没找到快件。这时才发现原来她留错了地址，实际上她已经搬到昌平去了，我白天和她通电话时，她以为我正在昌平给她派件。我对她说："明天我可以帮你把快件取回来，再转寄到昌平去，但你得付一下运费。"她觉得给我添了麻烦，心怀歉愧，很爽快地同意了。不过这样的人是少数，大多数人不愿给钱，是要和我扯皮的。比如另外一次，我在电话里对客户说："转寄的话你要付下运费哦。"他说："为什么呢？

我买的是包邮的呀。”我说：“你留错了地址，快件已经签收啦。”他说：“为什么会签收呢，我又没收到？”我说：“我送到你留的地址了，屋里有人收下了啊。”他说：“但那不是我啊。”我说：“我又不认识你，我只管送到你写的地址。”他说：“那你不核对一下吗？”我说：“我派件的时候报了你的名字啊。”因为住合租户的人大多不知道室友的名字，只要地址是对的，都会帮忙把快件收下，然后放在公共区域。他当然也明白这情况，但是他说：“那我跟客服沟通一下吧。”谈判到这里就破裂了，因为我不能让他打客服，所以只好自己掏钱帮他转寄。虽然每次就十块八块钱，但我恨这种人恨得牙痒痒的，假如他们当时站在我面前，我很可能会动手揍他们。

不过有一次我还是被人投诉到了。那个收件人刚从瑞都国际小区搬到通景园小区，买东西的时候没改地址。我在派件的时候并没察觉到异常，我记得是一个男青年开的门，我报出收件人的名字，他接过快件时什么也没说，既没说他不是那个人，也没说谢谢——不过这也正常，有的人就是不爱说话。再说我又不是侦探，不会动不动就对人起疑心。而且我很忙，为节省等电梯的时间，我有时会用杂物卡住电梯门，所以出于良知，我派件时得速战速决，不能和收件人聊天，否则就会耽误其他楼层等电梯的人。过了两天投诉来了，主管在微信里通知我，说这个订单的收件人反馈快件没收到，但显示已签收。这就是所谓的

“虚假签收”，一次要罚五十块钱（但我可以申诉）。

我马上就给收件人打去电话，当时我在九棵树街的路边，刚从金成府小区出来，天上正飘着毛毛小雨，我坐在三轮车的驾驶座上。平常我会边开车边打电话以节省时间，但生气的时候不会。我在电话里对收件人说：“这是你犯的错，不是我犯的错，你竟然还投诉我！”她委屈地说：“但我没收到快件啊，你怎么能说我签收了呢？”我说：“你的地址有人帮你收了，难道我还检查他的身份证吗？”她说：“对不起啊，我在App里看不到你的电话，没法联系上你，我只能打客服，但我没说过要投诉你，是客服帮我处理的。”

我并不太相信她的话，物流信息里是可以看到我的电话号码的，何况别人都能联系上我，怎么只有她不能。不过我还是去帮她把快件取了回来（快件还搁在那个房子的客厅里），然后送到了她的通景园小区。通景园小区并不是我的地盘，但和我负责的旗舰凯旋小区只隔一条马路，我每天都要路过。

见了面之后，我发现她难过得快哭出来了，说要赔我五十块钱。但这个投诉我可以申诉掉，并不会被扣罚，所以我没要她的钱。我生气也不是因为钱，而是因为被冤枉，以及平白增添的麻烦。我实际损失的是：把快件送到她错写的地址，又上门取了回来，再送到正确的地址，相当于付出了三倍的劳动，但只收到一份报酬。不过这点损失折算成三个派件的提成也只有六块钱，这完全不能匹配我的愤怒，所以我宁愿不要她补偿——我不会拿我这么多的愤怒，去换她那么丁点的补偿。可是当她说出要赔我钱之后，我的愤怒就消失了。结果我既失去了我的愤怒，又没得到钱的补偿。

不过我也有一直愤怒到最后的时候。有次我在新城阳光小区送一箱冷温水果，早上八点多到客户家，敲门没有人应。因为冷温件必须尽快送出去，所以我在门外打了三遍电话，但收件人都没接。按照正常流程，我该把快件带走，下午来第二趟的时候再送。

但当时已经是夏天，我的三轮车在太阳底下跑，车厢里热得像烤箱。我想等我下午再来的时候，水果恐怕已经坏了，收件人可能只是出去吃早餐或买菜，没准一会儿就回来。于是我把快件放到了小区的丰巢柜里，那个丰巢柜离收件人家就几十米，立在两栋楼中间，从早到晚都晒不到太阳。然后我给她发了短信，提醒她取件。我想快件保存在阴凉的地方，起码比被我带走好，万一她一直不回来也不接电话，我下午再把快件取出退回发货商。我们站点里没有冰柜，送不出去的冷温件当天就要退走。我九点多离开小区，大约在十点和十一点还给她打过两次电话，主要是怕她没看到短信，想提醒她取件，但她都没有接听。到中午十二点多，她突然给我回电话了，当时我在旗舰凯旋小区，离新城阳光有三四公里远。

我满心以为她要感谢我，不料她却这样说：“我买的是榴莲，你怎么能放到快递柜里啊？”我说：“早上你家里没有人啊。”她说：“那你也不能放快递柜啊，你现在就给我送上来。”这我就不高兴了，因为她的语气很不友好。我说：“我现在不在新城阳光，你自己取一下好吗，等我过去的话还得两个多小时呢。”她说：“我等不了，我马上就要出门了，你现在过来给我送。”我当时正忙着，又晒又渴，不想和她磨叽，所以我说：“我现在过不去，你能等就两小时后给你送，你不能等就自己取一下吧。”她马上就要挟我：“那我现在就投诉你，你问都不问就把我的快件放到快递柜。”既然她这样说，我也不浪费时间了，直接就挂了电话。

不料她马上又打过来，我想了想，还是接了。“你到底给不给我送？”她问。当然，不是以礼貌的语气。我告诉她我当时身处的位置，但我感觉她并不在乎我离她有多远。“反正现在我过不去，”我说，“等会儿去到你小区我会给你送的。”“你为什么把我的快件放快递柜，我同意了吗？”“你的榴莲如果没放到快递柜，现在就得跟着我晒太阳，一直晒到下午两点半。”“你早上根本就没上过我家！”她说。这下她真的惹火我了。我问她：“我不但上了你家，还在你家门外给你打了三个电话，你为什么不接？”她说：“反正你不能把我的水果放到快递柜里。”我说：“行，那你别去拿。”说完我就挂了。结果，她自己去拿了快件，然后打电话投诉了我。她投诉我没有送货上门，但我有早上打给她的拨号记录，还有短信记录，所以她的投诉被我申诉掉了，我没有被处罚。

大约过去半个月，又到了一箱她的冷温水果，装在和上次一样的白泡沫箱里，不知道还是不是榴莲。早上她家又没人，于是我换了一个号码给她打电话，上次我用一个公司配的天津电信号联系她，这次换了我自己的云南联通号。我希望她不接这个陌生电话，那么我就可以立刻把快件带走，放在车顶上晒一天太阳，到下午再给她送来。可是这次她马上就接电话了。我不知道她听出我没有，我问她："这快件是下午给你送吗？"我希望她让我下午送。但她犹豫了一下，说："你帮我放到快递柜吧。"在那次之后，我就再没送过她的快件了。

在品骏的一年多里，我从来没有因为投诉被罚过钱，当然这也没什么了不起的，但我还是赔了三次钱。其中两次是我上门收取唯品会的退货时，因为没有核对仔细，收回的衣服和订单里的不符。不过这两笔都是小金额，赔就赔了，我连眉毛都不挑一下。但另外一次是被偷了一个快件，损失非常惨重，我至今记忆犹新。

有天我在玉兰湾送完快件出来取车的时候，发现我车顶上一箱当当网的快件不见了。我的快递车停在人行道上，和别的快递车停成一排；我每天都停那个位置，那里可以说是我的固定车位——不过这只有其他快递员承认。

我在那里停了整整一年，从来没丢过快件，也没听说其他快递员丢过快件。我们放在车顶上的快件一般都是车厢里塞不进的大货，偷这种快件费力不讨好，而且引人注目，很容易被抓住。大多数快件其实价值并不高，或只对收件人有价值。比如我被偷的那箱书，我相信偷书的人绝不会去读，三十多斤书当废纸卖，也就值个十几块钱。当然，小偷很可能没听说过当当网，所以不知道箱子里装的是书。但无论他以为那是一箱油，一箱米，一箱苹果，或一箱洗衣粉，偷它所付出的体力和冒的风险对比回报都是不明智的，更不用说对他人格的损害了。我立刻去找小区里的其他快递员、保安、环卫工人打听，但没有人看到事情的发生。有的人甚至不相信我丢了快件，他们觉得是我把快件落在站点里了。当排除了一切其他可能，确定快件是被偷了之后，我几乎失去了继续工作的动力——我像被一列火车迎头撞翻在地，精神上再也爬不起来。事后我完全不记得那天自己在接下来的时间里做了些什么，我好像一直怔在原地，但实际上我麻木地去了下一个小区、再下一个小区……直到送完所有快件。

回到站点后，主管帮我查到那个快件的价值是一千零几十。他安慰我说：“我刚来的时候也被偷了一个电瓶，赔了一千多。”但这并不能真正安慰我。在他的建议下，我去了九棵树派出所报案，虽然对于寻回失物我并不抱有多大希望。

在派出所大厅等候的时候，有一个还不算太老的老人进来报案，说被电话诈骗了二十万。他讲述案情的时候神态平静，我不禁可耻地感到有些宽慰，但也有些心虚——我想像自己这种价值千把块的偷窃案，在见过世面的民警看来或许微不足道，而我却小题大做。不过这时又进来一个中年人，看样子有点冒失，说话声音很大，明显缺乏耐心。他说他出差的时候，他妈帮他收了一个S快递的到付快件，付了两百块钱。他回来后发现信封里是空的，而且他也不认识发件人，所以觉得被骗了。我看到两百块也可以理直气壮地报案（换了我可能两百块就不来了），虽说民警会不会帮他侦办得另说，但公民确实是有这个权利。

接待我的是一个年轻的胖民警，说一口地道的北京腔，有点儿贫嘴。做完笔录，我问他："你觉得能抓到小偷吗？"他说："这个谁也不敢保证，我肯定不能和你说一定能破案，但也不能说一定破不了，否则要我们干吗用呢？"我又问："那能让我看一下你们的监控视频吗？"他说："那个你看不了，我们有规定的。我看了之后会联系你。"但我在S公司的时候，曾经有同事报过案，是可以和民警一起看监控的。我跟民警提到了这点。不过这时正好是2019年的9月下旬，北京正密锣紧鼓地筹备着新中国成立七十周年庆典，为阅兵排演的各式战斗机群、直升机队列每天在我们通州的上空盘旋穿梭，发出隆隆巨响。民警向我解释："现在是非常时期，上面管得很严。"

我走后没多久，他打来了电话，大概是在边看监控边和我通话的。他问我当时停车在哪个位置，我详细告诉了他。然后他说：“这个摄像头离你停车的位置有点远啊，中间还隔了好多树……我再想想办法吧。”从此之后就再无音信了。

那箱书是玉兰湾旁边的一家幼儿园订的，在确认快件找不到了之后，我上门和收件人商量赔偿的问题。收件人是个中年女老师，她说幼儿园是连锁的，这个书由总部统一订购，她也不清楚里面有些什么书和值多少钱。过了一会儿她又说，好像收到过一份总部发来的书目。然后她加了我的微信，给我发了一个Excel文件。我问她想我怎么赔，她说：“我不能收钱，要不你帮我把这些书买回来吧。”

回到家之后，我立刻装上当当的App，把那些书一本本搜了出来，都是些幼儿图书，价钱却不便宜。我还发现有些书在淘宝上折扣更低，所以我两边同时下单，最后只花了九百多块就把书买全了，比他们下单时少花了接近一百块，算是对我的一个小安慰。

这个时候我们还不知道，品骏快递很快就要在2019年12月结束业务，我们全部人都将被遣散。

公司一直把消息捂到最后几天，但是国庆过后，我们陆续从S公司快递员口里听到消息，说唯品会开始和S公司测试对接，部分订单已经分拨给它。如今回过头看，种种迹象表明，最迟在2019年上半年，最早可能在2018年底，也就是我刚入职不久的时候，唯品会就已经决定要放弃自营的品骏快递了。不过，我和我的同事们都情绪稳定，心安理得。毕竟在北京，快递和送餐的工作很好找，这家倒了我们就到那家，而我也不像2018年初刚来时那么战战兢兢了。

我们自嘲成了“亡国奴”，公司一步步地关掉各种业务，我们的货量也一天比一天少，经常下午两三点就能下班，甚至连双十一也只忙了四五天。年底工作不好找，但大家好像都不着急，都说过了年再说。似乎有一种终于解脱了的氛围笼罩着我们所有人，尽管我们也知道这只是暂时的。当时也没有人会料到，因为即将暴发的新冠肺炎疫情，来年的日子将会更加艰难。

但相比于找新工作，我们更关心的是公司会补偿多少钱，每天都要兴致勃勃地讨论一番。对此有的人乐观有的人悲观，但总的来说乐观的人占多数，大家都对未来怀着殷切的好奇与憧憬。

公司最后公布的方案是“N+1”，我的工龄是十四个月，因此补偿了两个半月的工资。此外还有另一个选项：因为唯品会和S公司新建立了合作关系，我们可以平移到就近的S快递站点入职，保留工龄并续保，但那样就拿不到补偿了。我当然不会回S公司，其他同事也都选择要补偿。他们都说：“就算是去S快递，也得拿了钱再去。”实际上他们全不想去。我们在职的最后一天，主管通知我们，说S

公司会来人招揽我们。因为我们是熟手快递员，对他们来说，比从社会招聘的人靠谱。但是我们对S公司都不感兴趣，尤其是我，很担心来的人会是利经理（他是S公司梨园地区的负责人，我们站点离他的办公室不到一公里）。无论如何，我不想看到他，更不想被他看到我，所以我和大家一起提前走了，只留下主管一个人在站点里等候，他无奈地问我们："你们都走了，一会儿S公司的人来了我说什么呀？"

在品骏最后的日子是轻松的，来自工作的压力似乎全部消失了，干活的时候也不再心急火燎。早上我们装好车后，甚至还聊会儿天才出发。在之前的一年多里，我每天都按照固定的路线派件：新城阳光、孙王场、金成府、玉兰湾、罗斯福广场、金成中心、家乐福、瑞都国际中心、瑞都国际北区、瑞都国际南区、弘祥产业园、东郎影视文创园、旗舰凯旋、海通梧桐苑——这对我来说是最合理，也最高效的顺序。有些时候甚至我不按这个顺序就无法完成当天的工作，但现在我可以试着反过来走，尽管会多耽搁些时间，甚至跳过中间的一些地方——我反过来走的话，路过两个产业园时客户都还没上班——然后再折返回去。

我的时间突然变得充裕了，就像一个曾被人看不起的穷光蛋一夜暴富，我可以报复性地享受一下挥霍时间的奢侈。因为我被所谓的分秒必争压迫很久了，一直以来我的时间都是紧绷绷的，就像我的神经一样，只能左支右绌地应付工作。

这时我发现，原来自己还从没见过早上八九点钟的海通梧桐苑和旗舰凯旋小区，而我在这些地方都工作一年多了。如今我到达每个地方的时间都和原来墨守成规的不一样，看到和感受到的也因此不同。事实上我发现自己正用一种全新的眼光看待这工作，这不仅仅是关于习惯的改变，或者时间和空间的对应变化，而是比如说不带目的性，从一种我从前因为焦虑和急躁而从没尝试过的角度去观看事物——我不再把自己看作一个时薪三十元的送货机器，一旦达不到额定产出值就恼羞成怒或忿忿不平。

有天我在旗舰凯旋送货，这是个我很喜欢的小区，尽管有些破落，但里面地方宽敞，居民不多，环境很安静。当我站在单元门前，在门禁键盘上逐个输入房号数字时，不难想象，铁门背后的某个屋子里会突然响起刺耳的铃声，同时安装在门边的可视对讲屏会亮起来，我的头部或半身像出现在屏幕里——视我站位的远近而定——正尴尬地盯着摄像头看，难掩焦急地等待着屋主的发落。这常常不是一件有趣的事情，尤其是对于我和屋主来说，对方都是个陌生人。屋主可能正专心地做着自己的事情，对此安静的环境是不可或缺的。甚至这可能是一个刚上完夜班，正沉浸在睡梦中的人，铃声粗暴地打断了他们的生活，于是他们皱着眉头，恼怒地走到屏幕前，想看看到底是谁在兴风作浪。这样就不难理解，为什么在我的经验里，多数屋主在门禁对讲机里的语气都是恶狠狠的了。

那天我揿响的是一户101房的门铃，那个单元有六层，每层两户，从单元门进去几步远，左边就是101房，而右边隔着楼梯是102房。我清楚地听到急促的铃声同时在对讲机里和在101房里响起，然后有一个男声问我是谁。虽然我们之间隔了两层门，但他离我实际上只有几米远。在我回答了他之后，他就开始为我开门了。在他的可视对讲机上，有一个开门的按键，这个按键显然是机械式的，因为当他揌下去的时候，我能听到响亮的“啪叽”一声。我每天在这里送货，发现这个小区的门禁开关普遍地存在接触不良的情况，经常要反复揌多次才能把门打开。也有些屋主大概厌倦了和这些按键周旋，在问过我是谁后，就亲自跑下楼来给我开门。

可是这次我遇到的这位屋主，显然是个百折不挠的人，一个在原则上决不轻易让步的人。他很清楚这个按键时灵时不灵，因此他没有奢望事情会一蹴而就，他一上来就疾风骤雨般地连击按键，于是对讲机里传出一阵连绵而密集的啪叽啪叽声，好像有一群小鸭子边拍打着翅膀边扑向水里。由于他在不懈地努力着，我只好尽力地对着镜头绽放出包含着鼓励和期待的微笑。这样，当这位藏身幕后的爵士鼓手边打着鼓点边看向屏幕时，就会感到自己的付出无疑是值得的——有人正被自己所感染，一心一意地准备着迎接自己的表演到达这样一个高潮，也就是把门打开。于是他似乎变得更有干劲了，一倏忽的停顿是为了给接下来更猛烈的敲击做铺垫，精彩的段落恰到好处地带出更精彩的段落，而更精彩的段落向观众发出挑战，看看是观众绷紧的神经能撑得更久，还是因压抑而迟迟不来的高潮能推延更久。

作为这场精彩演出的唯一观众，尴尬逐渐爬上了我僵硬的脸庞。时间一秒一秒地淌过，我很难一直保持从容自如的微笑。可是假如我突然不再笑了，就要比一开始就不笑还要糟糕得多。用一句现成的话来形容我的感受就是：时间仿佛静止了一般，每一秒都好比一年那么漫长。半分钟过去了，接下来就是一分钟，这到底有完没完？就算我入戏再深，也到该醒醒的时候了。我甚至开始怀疑，这个屋主是不是在故意作弄我，从一开始他就没打算开门，并且为了惩罚我，他故意策划了这出戏，旨在既不和我撕破脸，又能让我知难而退。这个时候，在我的身体里面，有一个比我本人更小，但无疑更诚实和无畏的人已经忍不住破口大骂了：你个傻逼就是走出来给我开门都用不了十秒，再看看你摁开关摁了多久！

但是，不得不承认，这个世界令人宽慰地还存在着一些超越于诸如优劣利弊得失盈亏等等向来被我们笃信的功利法则之外的价值信条；有些人因为各自莫名其妙的原因遵从着旁人无法理解的原则处世为人，并且也能获得一个安稳的立足之地，这让人愿意相信世界确实有可能变得更好。基于一种自己也说不清楚的博爱精神，我始终还是等到了开门的那一刻。我拉开门走进去，屋主已守在家门口了。他是个四十岁左右的中年男人——顺带一提，四肢健全。我把他的快件递了过去，他接过并谢谢我。我礼貌地对他说：您客气了。

我试着和客户们相处得更好，尽管开始得有点晚，因为我即将和他们告别了。对一些客户我是怀有感情的，虽然还算不上是朋友，因为我们对彼此所知不多，但也不仅仅是业务关系，我觉得我参与和见证了他们的部分生活：他们居住的地方，他们的家人，他们的宠物，他们各不相同的性格和待人接物的方式以及在唯品会上的消费内容等等。我尝试带着戏耍的心情，当然是善意的，用谦卑得过分的口吻和他们说话。当他们不在家的时候，我问他们几点回来，假如我等不了，我就说："没有关系，我下班后给您顺路送来吧。"而实际上我并不顺路，我下班回家不经过所有我工作的小区。我专程多跑一趟，仅仅因为我心情好、时间充裕，以及有些好奇：假如我不计成本地满足他们的要求，他们会感觉受之有愧吗？

事实证明，只要我不在乎自己的工作效率，也就是说不计较付出回报比的话，那么几乎所有客户都很好相处，都懂得对我绽放真心的笑容。这证明了假如没有利害得失，这个世界确实可以变得和谐融洽。然而即使这样，我也没有用完我的所有时间。于是在下了班之后，我又重新拿起书来读。我读了罗伯特·穆齐尔的《没有个性的人》，这花了我近一个月时间。我读得很慢，有时读着读着分神了，我又回过头重读。然后我又读了詹姆斯·乔伊斯的《尤利西斯》。这两部书都是我从前读过但没读下来的。我已经有几年没读书了——不是完全没读，是读不了费力的——因为工作的缘故，我读不进去，而且也不想读。

在工作的最后几周，我经常在送完所有快件后，坐到罗斯福广场里，打量逛街的人流和店铺里的售货员，以及看不同的送餐员跑过来跑过去。我打量他们的举止，揣摩他们的心情，我猜他们中的大多数人在被我观察的时候都是麻木的，脑子里什么都没想，什么都没感受到，只是机械地动着，就和我之前一样。我还发现当我获知我很快就要脱离这份工作后，我的大多数感受都是正面的、美好的，我变成了一个比原来的我更好的人——最起码比在之前工作中的那个我更好——更温和，更平实，对人也更有耐心。这说明我其实讨厌这份工作，甚至讨厌所有我做过的工作。当我被迫去工作的时候，我很容易烦躁、怨恨，满腹牢骚，而且总是不公正地把我每天伺候的客户看得比真实的他们更自私自利、蛮不讲理和贪得无厌。

当然我不总是个糟糕的快递员。相反，我除了不喜欢也不善于和客户沟通以外，其他方面我可能都是站点里做得最好、最认真负责的。我并非能力出众，主要是我从不多揽活——有的人为了多挣钱会吞下自己照管不过来的地盘，然后频繁地被投诉——也就是说我的收入并非最高，甚至都不属于站点里收入高的那几个人之一。但是我觉得客户在评价一个快递员好不好的时候，很少会考虑到他收入高不高这个方面。

在结束工作之前，我发了一条朋友圈，仅客户可见，告知了品骏快递的解散，以及我将不会再负责唯品会订单的配送。很多顾客在微信上给我留言，称赞了我的服务态度，并且感谢我此前长久的付出。这令我对自己的工作评价也随之提高了一点——此前我一直感觉自己做得实在糟糕。其中一个顾客说道："你是我见过的快递员里最认真负责的。"我没想过她对我的评价会如此之高，但相信她是真心诚意的，因为她和我已经没有业务往来，很可能以后都不会再打交道，她没有必要违心地奉承我。所以我想可以用这句话来总结我这段快递工作经历，它并没有夸大其词：

我曾经做得比一些客户见过的所有快递员都好。

鸣谢：副本制作及刺纸

我在上海开出租

黑 桃

我熟练地开车前行，像轻轻摇动一艘悠然的船，摆渡着这个城市与我有缘的乘客。

北方狼

一天晚上，在浦东的一个小镇上，我通过叫车软件接了一个单子。

乘客发消息说他定位准确。到达起点后，我看见一个男人拄着双拐从巷子口一步一步挪出来。我还心想停车不能影响这个不方便的人走路，停好车，正准备给乘客打电话，拄双拐的人已经慢慢移动过来，开了车门，艰难地往车里坐。

正要说话，他说："是我叫的车。"

我赶紧把他的拐放在不碍事的地方，看他把带着不锈钢支架的一条腿艰难地往车里挪，心里惊呼：这腿是怎么回事？

这是个四十岁左右的小个子男人，有些瘦，一上车他就说：“目的地是我随便定的，你帮我找个卖栗子的地方，我买点栗子。待会儿还把我送回来。”

我说：“前面不远处好像有一家炒栗子的连锁店，叫‘栗不了’，我带你过去。”

我很好奇这位大哥腿的情况。

一般来说，我想知道什么，就会知道什么。这次也不例外。

上车后，小个子便打开了话匣子。他说：“唉，我的腿断了，在北京接好后，没回家，我老婆在这里上班，我就来这儿了。来这儿屁用也没有，老婆给人家做保姆，也没多少时间管我！”

我问：“这事儿发生多久了？”

“一个多月了！动了个大手术，这会儿疼得还不是太厉害，但医生说，未来在骨头愈合的阶段，会狠狠地疼很长一段时间。北京的医生太搞笑，他问我，听过《狼》这首歌没？我说没有。他说，过段时间你就会像北方狼那样，牙龇着，为什么牙龇着？疼得牙龇着！你就准备着哭吧你！”

他说的时候自己笑了起来，把我也乐透了。医生既然这样跟他打趣，肯定在接触的过程中知道他是个乐观的、能开得起玩笑的人。

他又说起他的腿是公交车轧断的。这时候，到了“栗不了”。小店里老板娘一个人在，我把右侧玻璃窗按下，小个子朝老板娘喊：“来三斤栗子！”

老板娘说：“不好意思，栗子今天卖得快，已经没了。不过还有别的干果。”

小个子喊道：“有什么好吃的你拿过来让我看一下。”

老板娘可能在想，这个人架子挺大，买仨核桃俩枣的，不下车，还要都拿给他看。正好这时候，有别的顾客进店，于是老板娘对小个子说：“种类太多了，你自己下来看呗！”

小个子大声说：“我下不去！”

老板娘顾不上他，还是让他自己到店里选，我在座位上低下头，隔着腿断了的大哥朝老板娘喊：“他腿脚不方便！”

但是老板娘好像也没听清。

小个子急了，举起双拐喊道：“我腿断了！”

老板娘这才知道怎么回事，说：“你想要什么，我帮你拿。”

“就十多岁小女孩吃的零食，明天去朋友家，给他孩子带的。”

老板娘举起一个袋子说：“那就要开心果吧，一袋三十块。”

“可以，可以。”小个子把开心果接过来，很开心的样子，然后问，“别的呢，还有啥？”

老板娘说：“女孩嘛，推荐腰果，好吃，而且女生容易肚子疼啦胃疼啦，吃腰果对这些都有好处的。”

最后，小个子对这两种坚果照单全收，用手机扫码付款，但是由于光线太暗，屡试不成功。他把手机给老板娘，让老板娘去店里明亮处扫，并且把密码大声念给老板娘听，让她直接操作。老板娘扫到二维码以后把手机递给小个子，笑着说：“密码还是你自己来摁吧。”

回去的路上，小个子说：“唉，我不好意思说是自己吃的，只能讲给小女孩的。你说，这腰果就是腰子果吧？男人吃了肯定也有好处对吧？”说完他嗤嗤笑了起来。

我终于忍不住好奇，问：“公交车怎么会轧到你的腿了？”

“平衡车！都是因为平衡车！那天傍晚，我踩着平衡车在路上走，突然电话响了，电话不是装在我裤兜里嘛，我就用手去掏，没掌握好平衡，突然就滑倒了，正好把一条腿插在旁边公交车后轮底下！”

说到这里，我仿佛听到了骨头碎裂的声音，心里咯噔一下。

他继续说：“当时我就疼得昏迷了。后来司机说，他从后视镜里看到我，轧上来的时候他没敢踩刹车，要是踩了，骨头肯定被碾碎了。你想想，公交车，都是后置发动机，那么大的重量，轧断腿很轻松。说实话，能捡回来一条命就不错了！”

我不由得感叹一番，然后说：“那医药费公交车公司不得全包吗？”

“什么啊，其实责任在我，平衡车在大马路上是不能走的！不过公交车公司挺仗义，很够意思，看我没什么钱，主动给我报销医疗费，前后花了人家三十多万！命能捡回来，腿还能接上，已经很不错了，我知足了！”

看来，他还真是个乐观的人，心放得比较宽。想想也是，事已至此，天天唉声叹气并不能改变事实，更不能减轻痛苦。

后来路过一家副食店，他嘱咐我停下车，朝老板喊：“老刘，给我拿一瓶二锅头，一包利群烟，再捏几个花生。我这儿还买了两包干果，明天啊，我就不出门了。”

用手机付款后，我把他送到来时的巷子口。临下车前，他说：“苦日子还在后边呢，现在腿疼了喝几口酒还能忍过去，往后会更疼——但总比截肢强！”

希望这匹有意思的北方狼能早日康复。

我开着车继续游荡在大街上，情不自禁地哼起来：“我是一匹来自北方的狼，走在无垠的旷野中。凄厉的北风吹过，漫漫的黄沙掠过，我只有咬着冷冷的牙，报以两声长啸……”

失物送还

某个星期天的早上，在南昌路，一个年轻女人乘车，她说："师傅你能不能等我一下？我还有电脑什么的没有带出来。"

我指着前边的摄像头说："你看见没，有电子警察，你得快一点，这地方停车不能超过三分钟，不然会有罚单，超过三分钟我可不等你了。"

"好，我尽快。"

她倒不慢，一两分钟后，抱着一堆东西重新出现了，有手提袋，有电脑包。她坐在了后座。

她要去几百米外的一家快捷酒店，我挂挡，起步，出发。

年轻女人说："哎，师傅，你得掉头啊，往那个方向走，宾馆在那边。"

"这是单行道啊，只能往前走，单行道懂吗？"

"那你岂不是要给我绕一大圈子？我待会儿还要去教堂呢！"

"你去的地方这么近，这边虽说到处都是单行道，但道路密集，一百多米一个路口，我就是给你绕成麻花，也还是起步费的价钱，我何必呢。"

"也是哦。"

过了一个路口，她问："师傅，有件事我是不是做错了？"

我很好奇，于是问：“什么事情？”

“昨天晚上我来这边租房子，就在刚才上车的地方。那个房东阿姨家没房间了，但她好心，怕太晚了我找不到住处，就收留了我一晚。是跟她家一个女亲戚一块住的，一个房间两张床。但是那个房间吧，没有窗户，感觉不透气，一整晚我基本上都没睡着。你说我当初是不是应该拒绝她？”

这倒有意思了。那个房东阿姨挺善良，她呢，也无非是想省那么几百块钱，可是睡不好就太划不来了。我说：“如果是我，我肯定会拒绝啊，毕竟以前不认识，贸然接受是不是不妥？又不是深山老林没处去。再一个，你不是也没睡好嘛，花上几百，在酒店洗个澡，睡得舒舒服服的。便宜点的酒店二百多就差不多了吧，虽说房间会很小，可是床肯定舒服，也没人打扰。”

“对哦，我要去的这个酒店也就不到三百，我现在真有点后悔了，我还要去教堂做礼拜，也没什么精神。”

记得有人说过，当一个人提出关于自己的问题时，他多半已经有答案了。这个女人就是这样，她明显后悔了。

我问她：“你是来上海找工作的吗？”

“你怎么知道？我以前就在上海待过，后来去了北京，这又回来了。”

很快，酒店到了，付款，下车。

没想到的是，她有一个小包忘在车上了。等我发现的时候，距她下车已经有十多分钟了。我赶紧掉头往那家酒店驶去。

到了酒店，她正在门口焦急等待，看到我过来，很是高兴。

我把包递给她，她一个劲道谢，我说："你太粗心了，如果不是等红灯的时候我一扭头看到了，说不定又被别的乘客带到偏远的地方去了。到时候你要多付很多钱。"

她惊讶地问："怎么还要付钱？"

我把发票撕下来，说："从发现你包的时候打的表，二十块。在出租车上丢东西都是这样的，送回来，打表计费。"

"还有这样的？我以前没在出租车上丢过东西。"

"一般都这么处理。当然了，你要是不愿意给，我也不强要，于情于理，你自己想一下吧。"

"那我能选择不给吗？"

我说："别的司机也许会执意问你要，但在我这里，不给也可以啊，没关系。"

我这么说，不是标榜自己高尚，毕竟三四公里过来，油费也就两块钱，为了两块钱，双方不愉快，也没什么意思。

她想了一下，说："那不好意思，不过我还是要谢谢你。"

"没事，再见。"

我起步走了几米，看到她又向我招手，停下车，她追了上来。

递给我一张二十元的纸币，她说："刚才不好意思，应该给你的，谢谢你。"

我欣然接受。

我是比较赞同"有偿助人"的观点的，尤其是那些见义勇为的，更应该得到相应甚至更多的嘉奖。一味宣扬"高风亮节"其实是对做好事的一种抑制，如果人人都那么无私，对社会是有很大伤害的，因为这跟生物个体的本性相悖。

虽然观点坚定，但同时我的心态也比较好，相应的报酬给我，我接受起来也没有一点心理负担，但没有报酬，该做的我还是会做。

这种约定俗成的有偿送还，最好能加入行业规范里，这样无论对司机，还是对丢失物品的乘客，都是一种保护。

乘客遗忘在车上的东西真的不少，饮料、香烟、打火机、雨伞这些是最常见的，还有帽子、发卡、口红、电子烟……

曾经有乘客把眼镜忘在了车上，是几个喝得醉醺醺的人落下的，可是他们没有拿发票，我想送回去也找不到人；还有一天晚上，我在车后座发现了一串钥匙，应该属于一个去酒吧的年轻人，他倒是拿了发票，但我一直没接到公司的电话，看来，他自己也搞不清楚钥匙是怎么丢的。

丢了手机在车上，最容易找回，直接打电话就行了，但如果是好手机，也有司机会昧下，找人去解锁、刷机。

我的出租车生涯里，车上遗落的最贵重的东西，是一袋子的资料，里面是某个公司的各种证件、材料，其中还有产权证，失主是一位去行政服务大厅办事的年轻女性。当时她坐在后排，自己私人的包都记得拿，却把公司的重要资料忘车上了。

后来一位乘客坐的是副驾驶位置，再后来的乘客才发现，我一看袋子里的内容，马上保管起来，等着公司打电话。果然，没几分钟，电话就打来了，与乘客取得联系后，我赶紧给送回去。她爽快地付了我车费。

发票是个好东西，所以打车行程结束的时候，一定要记得拿发票，它不但是报销的凭证、投诉无良司机的依据，还能让你找回失物。

握不住的沙

某个星期六的晚上，在赤峰路附近，一个女孩扬招叫车。

上车后，她坐在了副驾驶位置。

“去哪里？”我问。

她愣了一下，过了两三秒钟，说：“师傅，前面上内环，在内环上兜一圈。”

内环上兜一圈？我有些不明白她的意思，可能是想兜风吧，在上海这个地方，有什么想法都不奇怪。于是我问：“往哪个方向？”

“杨浦大桥方向。”她说。

我看到，她的眉间有一丝忧郁。

很快就上匝道进入内环高架路了，我不再想为什么要兜一圈的问题，专心开车。内环一圈下来四十八公里，是个不小的长度，从这一点来说，我对这个活儿还是比较满意的。内环高架路基本上没有红绿灯，开起来比较省力，如果时间赶得巧，车辆较少的话，在上面开车就像用手抚摸绸缎一样滑顺、美妙。

已经九点多了，城市里灯火依旧辉煌，车流也算不上拥挤，很快便驶入杨浦大桥，我偷看女孩一眼，她正望着窗外发呆。

看不出她的年纪。这个世界跟以前不一样了，可能二十二岁和三十五岁的样子差不多，可能三十岁和四十八岁也看起来很接近。

越过浦东的万千灯火，汽车驶入了南浦大桥，往东北隐约能看到杨浦大桥的索塔，往西南望去，卢浦大桥几乎尽收眼底。

过了桥，顺着螺旋形状的路面快速下降，感觉一辆辆汽车像是深海里滑溜溜的鱼。

我问女孩：“一直顺着内环走吗？”

女孩说："嗯。"

我继续走在最外侧的车道。

女孩突然轻声问："师傅，你知道下了桥，转到内环线上之前的这两圈有多长吗？"

"这个还真难不住我，大概接近一公里。"

女孩说："不对，是一千一百米。"

"你知道得这么清楚？"

"以前我跟男朋友经常开车走这里，不止测量过一次，无聊嘛。"

"哦？"

她纠正道："不对，是我和我前男友。"

"看来是刚刚分手了。"

"分手好久了，有两年了吧。"

过了一会儿，她问："你愿意听一听我们的故事吧？"

有钱赚，还有故事听，我当然乐意啊。但我同时预料到这可能是个悲伤的故事，毕竟是前男友了。我说："你讲吧，我听。"

沉默了一下，她说："我来上海有十年了，换了两份工作，兜兜转转，进了我前男友所在的公司。不在一个部门，上班的时候没说过几句话，但是后来一块学车，我们接触得多起来。慢慢的，就开始两情相悦。他是个非常阳光的人，说话还比较风趣，我呢，也算开朗可爱吧，反正就是气味相投，慢慢在一起分不开了。我们一块练车、考试，一块拿到驾驶证。

“那年我生日，跟同事们去吃饭、唱歌，当然，还有他。聚会结束后他送我回家，走着走着，不知道怎么搞的突然变出来一束鲜花，他跟我表白了。我当然是很欣喜的，我知道早晚有一天他会跟我表白。其实我向往的，是在很多人面前，他大声地说他喜欢我，想跟我在一起，但那是不可能的，因为我们公司明确规定禁止办公室恋情。

“我们商量着接下来该怎么办，是我辞职还是他跳槽。他在公司三四年了，我来了才七八个月，显然他留下更合适一些，但他执意要我继续待下去，说这个公司氛围好，人都不错，也能学到真东西。两个月后，他去了另外一家公司，我们的地下恋情才得以公开，出现在阳光下。

“过了一年多，他买了一辆二手车，我们也住在了一起。都不用再挤地铁了，两家公司离得不远，他天天送我上下班，我们像小夫妻一样，买菜，做饭，偶尔去影院看看电影，过得别提多开心了。他跟我一样，不喜欢宅在家里，到了周末，我们就开车就近转转，上海周边都玩得差不多了。我们都特别喜欢江南水乡，所以去附近的很多古镇打卡，除了上海的枫泾、朱家角，长三角的古镇，什么乌镇啦，西塘啦，甪直、南浔、同里，对了，还有周庄，我们都去了，有的还不止一次地去。宏村和西递是跟别人一起包车去的。除了逛，就是吃，我们都喜欢吃辣，还什么都要尝尝，遇到什么好吃的菜啦汤啦就研究一下，然后回家自己做，有的时候能做到口味比较接近。慢慢的，他变胖了，我还是这样，他说我是在养猪……”

说着说着，她嘻嘻哈哈笑了起来。

听着她开心的笑声，突然感觉好像认识他们很久了一样。

我说：“你们真有意思，然后，猪——出栏了？”

她扑哧一下又笑了。

这时候已经过了沪太路，即将过南北高架，她说：“待会儿转逸仙高架再转中环，中环上转一圈，转南北高架到临汾路。”

我还担心听不完她的故事，这下没有顾虑了。

她继续说：“然后……上海以及周边逛得差不多了，那段日子别提多快活了。酒吧、夜店什么的我们从来不去，时不时去看个展览，演唱会就看过两三次。没什么玩的也不想待在家的时候，就到超市买东西，买完了之后看场电影，然后还不想回去怎么办？就扫一遍街再回去。我们‘扫街’的意思就是开车瞎溜达，有时候不想走地面，就上内环高架转一圈，后来中环全线贯通后有时候也沿着中环转一圈。我也有驾照，但大部分时间是他在开，我喜欢坐在副驾上看窗外的风景。虽然我心里知道可能永远买不起上海的房子，但是在高架路上这么兜圈，听着喜欢的音乐，看车辆熙来攘往，看无数的灯火明明灭灭，身边是陪伴的人，感觉特别踏实，很多次都希望一直开下去，直到永远……”她沉默了。

等了一会儿，我以为她会接着讲下去，但是她没有。

好奇心使我决定打破沉默，我问：“后来呢？”

她淡淡地说：“后来就分手了。”

“不是挺好的吗？为什么分手？他家里不同意，还是你家里不同意？”

“不是。”

我继续追问：“他出轨了？”

“也不是。”

过了半分钟，她又喃喃地说：“我也没有移情别恋。”

我感觉没法再问下去了。

这时候已经转入逸仙高架路，没多久就进了中环。一段下坡后，车辆穿越邯郸路地道，再上坡，道路又变成了高架路，五角广场环绕中环的巨型钢铁装饰架，依然闪烁着灯光。

我听到了女孩小声啜泣的声音，不知道如何是好。那就沉默吧。

哭声渐渐大起来，我把纸巾递给女孩。

等到进入军工路隧道，风噪声逐渐变大，渐渐掩盖住了哭声。

出隧道后，她慢慢地止住眼泪，用沙哑的声音问我：“师傅，你说，人跟人相处就那么难吗？”

“唉。”我叹了一口气，“不是有首歌里说过嘛，相爱总是简单，相处太难。”

过了一会儿，她说：“没有任何外因，我们的温暖巢穴是从内部溃败的。争吵，我们开始争吵。两个人的默契仿佛突然间没有了，争吵也不是为了什么大不了的事情，都是小事，可是像中了魔一般，我们开始互不相让。吵过之后我们应该都感到后悔，最起码我是后悔的，但是丝毫不耽误下次再吵。

“以前的耐心哪里去了？以前的好心情哪里去了？以前的相互包容哪里去了？我们的自尊心都太强了吗？他有出差任务，回来后通常会好很多，可是过不了多久，又被那种怪圈吸了进去，相处变成了相互折磨。我不知道这一切是怎么发生的，两个人也曾谈过话，可时间久了又成了无用功。

“后来，我妈妈生病住院，他跟我一块到武汉，忙了几天，就回上海了，我继续留在武汉照顾妈妈。这一段时间倒是很好，他的关心很到位，在医院里我也想了很多，能遇到他这样各方面合辙的非常难得，这么多年的感情也使我留恋，我有什么理由放弃？

“回上海后，我们仿佛真的又回到了从前。那时候的我不知道，裂缝一旦产生，只会越来越大，时间能熬过所有不足的耐心。两个月后，又是那样的针锋相对，那样的争吵、眼泪。个别时候他会让步，个别时候我会选择沉默，可是，真的没有办法了。我们都太累了。

“几个月后，他搬出去了；而我，没有挽留。就这样，两个人不欢而散，形同陌路。是我们没有坚持住，还是我们根本就不合适，以前的默契都是假象？我很迷惑。又过了几个月，他有了新的女朋友，我明白，我不可能再拥有他了。”

突然间很安静，除了窗外呼啸的风声。

她问：“你们男人都这样没心没肺吗？这么容易就找好下一个？”

我笑了，淡淡地说：“也不能这样说，有人分手第二天就有了新对象，有人一辈子都不再想谈了。看个人吧，不分什么男女。”

她说：“后来，我花了一年时间，终于走出来了。”

“人生很长，也别太挂念过去了，朝前看吧。还顺着中环一直走吗？”

“不直行了，转弯，走卢浦大桥、南北高架。中环西边都是地道，也没什么好看的。”

“好。这样还省不少钱。”

到临汾路之前，她一直没有说话，只是呆呆地望着窗外。

快十一点了，车辆依旧很多，不疾不徐地往前滑动。

女孩突然问：“你不会笑话我吧？”

“不会的。”我不由自主地摇摇头，突然想到一句话，但显然用在这里不合适，于是我变通了一下说，“谁还没有一两把握不住的沙？”

在彭浦新村下车之前，她说：“后来一个高中同学联系了我，两个人聊得不错，前些天回武汉见了一面，我们好上了。分别的时候他说要来上海看我，我没让他来。我辞了工作，明天回武汉。说实话，武汉也挺好的。”

“嗯，武汉确实很好！”我用肯定的口吻说，实际上我还没去过武汉。

车费四百一十七块，我收了她四百元整，下车后，她笑着跟我挥手再见：“谢谢你，一路上听我唠唠叨叨。”

其实我更应该谢谢她，让我听到这么多，虽然结局不圆满，虽然没有激动人心的事件、峰回路转的情节，可是很真实，像是很多恋人关系发展的缩影。更何况，还有车费赚。

有多少有情人终结于琐碎的争吵？又有多少伴侣憔悴于俗事的操劳？

喝不惯的咖啡

我跟大虎是在出租车蓄车场认识的。

不是大城市的出租车司机，一般不会知道这世界上还有出租车蓄车场这种场所。它属于大型机场、火车站、游乐园的配套场地，送站的出租车司机大部分都会进蓄车场排队，也有专门不舍远近赶来的（一般是浦东机场蓄车场）。

蓄车场内设有专门的隔离车道，司机按顺序泊车，停留一段时间后按顺序放闸通行，再排队去接乘客。蓄车场里餐厅、超市、洗手间一应俱全，师傅们可以在这里吃饭和休息。虹桥枢纽的几个蓄车场一般不到两个小时就会放行，快的时候二十分钟、半个小时；浦东机场蓄车场比较大，二十四小时开放，可以停大几千辆车，颜色各异高矮不同的出租车一排一排伫立，蔚为壮观。但这里等待的时间就久了，至少也得三个小时，四五小时很正常，有时候还会隔夜——对于司机来说，吃完饭打个盹是最好的选择。

那天我进了虹桥的某个蓄车场，车辆只蓄了一半不到，估计会很快放行，吃饭可能来不及，所以就去餐厅接了一杯热水，慢慢悠悠地往回赶。

相邻车道的一辆车右后轮瘪着，一个小伙子正在吭吭哧哧地卸轮胎，但是无论他那瘦弱的胳膊在套筒扳手上怎么用力，螺母依旧岿然不动。

我对小伙子说："你这样拧不动的，脚踩上去试试！"

他把头抬起来，一脸的汗水。这是个阳光少年般的小伙子，年纪应该比有资格考取驾照的最低年龄大不了多少，外形跟当年的小虎队、如今的TFBOYS成员比起来，也毫不逊色。他擦擦额头上的汗，笑着问道："还得用脚？"

我点点头。

他调整了一下扳手的角度，试着用脚往下踩，扳手依然定在那里，然后他直接站上去，以整个身体的重量压了几下，螺母像被感动了似的，终于松动。一旦突破第一道防线，以后的就好办多了。

他高兴地笑了起来，转过身对我说："原来得这样！刚才费了很多劲，都是白忙活！谢谢谢谢！"

他把螺丝各个击破，最后一个实在有点紧，试了好几次，依然没能把它攻下。我说："我来吧。"

凭借我七十五公斤的标准体重，站上去狠狠一踩，扳手就顺势而下。松完了四个螺丝，就该千斤顶闪亮登场了。但这小伙子是个标准的新手，看他别扭地摆弄，我觉得有必要上前搭把手。

我一边升千斤顶一边跟他攀谈："以前没换过备胎吧。"

他笑着说："这是第一次。开出租我才开了三个月。"

"看你就不大。不过换上一次，以后就熟门熟路了！"

"刚才在外边，没停车的地方，有个地下车库出入口那里有块空地，明明不影响通行，那个保安就是不让我停！"

"保安也是按规矩办事，来这里正好，还不耽误接人。"

他手忙脚乱地卸下轮胎，又装上备胎，先用手拧上螺母，直到拧不动，再按对角交叉的顺序用扳手上紧——看来是提前做过功课的。

这时候，车道已经陆续放行了，正好前面有一辆车的司机还没回到车上，调度员通过对讲机报告给了调度中心，广播台马上开始广播：“A区车牌尾号为××××的强生出租车驾驶员，请听到广播后速回车上……”

在那辆车的司机急匆匆赶回之前，我帮小伙子搞定了换胎的事情，总算没有阻塞队伍。小伙子一个劲对我道谢，我说：“赶紧发车吧！尽快找地方去补胎，备胎不能久用。”

巧的是，没出几天，在虹桥机场的蓄车场，竟然又神奇地遇见了他——他叫住我，笑盈盈地跟我说话。他还惦记着上次的事情，要请我吃饭，我赶忙摆手拒绝：“小事一桩，用不着的，我刚才也吃过了。”

他说：“不是在这里，哪天收工早了，咱们找个地方好好吃！”

这个阳光、爱笑的小伙子挺会来事，但些许小事真不值得吃他一顿。

我们聊了一会儿，他叫大虎，刚二十岁，高中辍学后在宁波打了两年工，被开出租车的爸爸叫到上海来，子承父业，父子两人合开一辆。

“喜欢上海吗？”我问。

“当然喜欢啊！”他转变了一下腔调说，“上海滩，满街都是钱，遍地都是女人，谁能够下决心，就可以争得赢；谁能够把握机会，就能出人头地。”

我心想这小子可以啊，把周星驰电影里的台词套上了。

我加了大虎的微信，他的网名很浮夸，叫“你瞎啊，撞我心上了”，看来也许是个情圣，泡妞老手。

后来，我们通过微信有一搭没一搭地聊，互相晒单，收工之前比对一下流水额，也是一种放松的方式。我能提供给他一些经验，他也有自己独到的心得体会。渐渐的，我们熟悉了，我住浦东，他住淞南，距离不算近，每次出车，都是在这个城市里做布朗运动，凑在一块的机会不多，两个月就碰了三次面（那种四五天内在蓄车场遇见两次的情况，实属幸运）。不过，碰面之后，即使开车不能喝酒，两个人在小馆子里也聊得不亦乐乎。我少年时就喜欢跟年龄小几岁的孩子玩，没想到现在重温了那种情形。

有一天，他给我发消息：哥，有个女乘客要请我吃饭，你说我该去吗？

我跟他开玩笑说：你在跟哥炫耀是吧？我比你入行早，还没有女乘客要请我吃饭呢，连给我留联系方式的人都没有，说清楚，你这到底是什么意思？

他说：别闹，找你出主意呢，你别挤对我。

其实以他这样阳光帅气的外形，被小姐姐们惦记上是很正常的，他还说过，有不止一个上海阿姨要给他介绍对象。

我继续跟他开玩笑：为什么不去啊？去呗，不去多对不起你的微信名啊！女乘客多大年纪？是个小姐姐肯定没问题，这次她请你，下次你请他，慢慢就有故事要发生了；是个大姐姐就更要去了，说不定都不用开出租了呢！

末尾，我加了三个坏笑的表情。

他说：也就你，天天幻想着被包养！

大虎这种说法是不对的，我知道自己的斤两，世界上百分之九十九的男人被包养了，才能轮到我。这种不切合实际的幻想，不可能发生在我这么理性的人身上。不过我的乘客里，还真有被包养的小年轻，只是，那又是另外一个故事了。

过了一会儿，大虎说：是个小姐姐，比我大，没你大，在写字楼上班。那天我送了她以后，她要了我电话号码，说坐车再联系我，后来又接送了她两次。

我说：你小子行啊，是专门跑去送她的？

他说：有一次正好在附近，还有一次跑了八九公里过来的。

我说：原来故事已经发生了！舍近求远的，你这么优秀，你爸知道吗？

他说：这些事儿跟他说干什么啊？我也就能跟你说说。

正好第二天我出了一趟远门，大虎的桃花事件如那落花流水一般，离我渐渐远去了。五六天后，我跟他联系，才想起这件事，马上追踪事情的发展。

两个人是在一家网红火锅店吃的，排队就排了两个小时，一边吃商家送的果盘，一边聊天，吃饭又吃了很久，据说聊得不错。女孩在南京上的大学，毕业后就来上海，工作一年多了。她正好比大虎大三岁，而大三岁一般被认为是比较吉利的。女孩姓杜，不叫杜鹃，却有个意思为杜鹃花的英文名“Azalea”，音译阿泽利亚，很好听也很别致。我对大虎说：“英文名如果叫‘rose’就好了，心有猛虎，细嗅蔷薇，那就是绝配。”

女孩的照片他也给我看过，是一个很漂亮且有气质的女孩。

后来，他请女孩看了一场电影，女孩带他去咖啡馆坐过两次。

大虎说：“在咖啡馆坐着太别扭了，怪怪的，总感觉不是我坐的地方，咖啡又不好喝。”

我说：“你要想跟她交往，就得学会喝咖啡，慢慢就习惯了！我这么粗糙的人才不适合喝咖啡，估计一辈子也学不会了，你不一样，你还年轻。据说咖啡会上瘾，等你爱上那个味道的时候，没事就想来一杯！”

如果两个人相互有意思，实在是件很有意思的事情，没事请客吃饭意思意思，相处得久了，意思到了，就自然而然地在一起了。我期待着这一天的到来，世界上少了两颗年轻而孤单的心，多了一对相互倾心的情侣，总是好事。说不定什么时候两人吃饭把我捎带上，对我来说也是好事了。

但我始终没能见到大虎的杜鹃花。

偶尔我还会拿他俩打趣，但是渐渐的，大虎对他们之间的事情有点支支吾吾了。

对于我，这是个可供调侃的花边新闻，对于大虎，却是无比认真对待的人生经历。他们又约会过几次，但大虎还是喝不惯咖啡，两人仍然谈笑风生，可是很明显，他们之间的共同话题越来越少。毕竟，两个人的生活轨迹不同，所思所想更不一样，有一道无形的墙，把他们无情地阻隔。有了乍见之欢，却无法做到久处不厌，这是大多数男女都会遇到的问题吧。

大虎不是没有过感情经历，高中时就恋爱了，在工厂上班后也谈过一个女朋友，处了几个月，后来经历一次争吵，分手了。这次虽然还没来得及进入恋爱状态，但对他的打击，也是不小的。

多天之后，我又拿杜鹃花打趣大虎，他说："哥，咱能不提这事儿了吗？我这么有职业道德的人，泡谁不行，怎么会对自己的乘客下手呢。"

我明白，大虎已经不再黯然神伤，彻底从这件事里走出来了。这么优秀的阳光小青年，有大把大把的好事等待着在他身上发生，杜鹃花不适合他没关系，命中注定的娇嫩可爱的蔷薇，必定会在某一个时间、某一处地点跟他相遇，任迷人的花香洒满小径。

一人饮酒醉

有两位老人让我印象颇深，虽然他们有很大的不同，但是某方面的气质却极其相似。

一位老人出现在半夜。在杨浦夜深人静的某个路口，一个中年女人拦住了我：“师傅你往里面走一点，接一下我的客人。”

走了大概一百米，女人进入一间昏暗的小酒吧，我停在路边，不一会儿，她招呼一个瘦高的男人搀着那位老人出来了。老人走一步，停一下，走得极慢，估计是腿脚不方便。瘦男人和中年女人把他艰难地扶上车，挥手跟他再见。

老人要去的地方不远，出发没多久，他问：“小弟，老板娘你们不认识吧？”

我答：“不认识。”

“真不认识？”

“真不认识。”

“小弟，老板娘长得挺漂亮吧？”

说真的，对于那个年龄的女人，我还暂时欣赏不来，风韵犹存也好，风姿绰约也罢，可能更吸引老人这个年龄的人。我含糊地答道：“还行吧。”

老人又问：“你真的不认识她？”

“真的不认识，她在路口拦的车。”

老人终于展现出放心多了的神情，说：“小弟弟你别看我喝酒了，我清醒着呢！我的腿没事，就是这个腰椎啊，搞坏掉了。我没有别的爱好，就是爱喝酒。这小酒吧很对我胃口。”

我心想，是老板娘对你胃口吧？同时，我被老人排除万难出门喝酒的精神所感动，好奇地问：“腰成这样了不耽误喝酒？”

老人大声说：“不耽误！喝酒嘛，喝几十年了，现在照样能喝。医生不让我抽烟，这个酒啊，喝点没事。”

“小弟啊，你说这个人啊，什么最厉害？人的身体最厉害，最起码让你用几十年吧？我腰椎不行了，但也能慢慢挪着走路；牙齿不行了，哎，但是舌头还可以，还能尝出来酸甜苦辣咸，喝起酒来还是有味；最厉害的是心脏，扑通扑通工作几十年，一刻也不停的，停了就麻烦了，是不？”他说道，“等心脏不跳了，人就没了。就是这么简单！人活着，别太在乎那些不应该在乎的！你看我，都成这样了，我该搞的事情，还是要搞，别人说什么，不管他们。钱啊什么的，我也不准备带走，我也不准备留下，这辈子正好花完是最完美的，儿孙自有儿孙福，我这点钱他们也懒得惦记。”

我一边开车一边听着他的奇谈怪论，有一种说不出的新鲜感，这位老人有点意思。

后来他说：“我最大的财富就是一套房子，是多年前用我父亲的身份买的，那时候花了两万七，也就现在售价零头的零头。在那之前我住在武定西路万航渡路，武定西路原来叫开纳路，万航渡路原来叫极司非尔路，1943年改的名。其实是先改的梵皇渡路，后来才改成万航渡路。上海的很多路名以前都是洋人的名字，后来都改成了中国的地名。最早用中国地名当路名是在当年英美租界合并的时候，租界合并以后啊，英国人和美国人都很鸡贼，都要用各自国家的人名或地名来命名公共租界里的道路，都不让步。后来没办法，想了个主意，就是全都舍弃不用，而是改用中国的地名。中国本来就是上海的主人，但这些老外开了上海用地名当路名的先河。当时他们还定下，南北走向的用省名，比如河南路、福建路什么的，东西走向的用城市名，你回头查一查，很有意思的。”

确实，很多人来上海，都会惊奇于上海有这么多以地名命名的道路，大部分人还能在路名里找到自己的家乡。其他城市也有类似的现象，但规模都远不及上海这么大。

其实，我以前就关注过这件事，后来更是仔细地去查了相关资料，正如老人所言，上海的道路命名史，简直是一座趣味十足的宝库。

最早用行政区命名道路，确实源自当初的租界，南北走向为省名，东西走向为城市名。当然也有例外，比如东西走向的，不但有广州路，也有广东路。这可能源于翻译的问题，因为当初起名时都用英文，“CantanRoad”这个词在早期中外交往中既可理解为“广东路”，也可理解为“广州路”，只是被中国人翻译成了“广东路”，而广州路是后来才出现的。

1865年英美租界当局提出的这套以中国地名命名道路的规则，基本停留在公共租界的中区，即原黄浦江、苏州河、泥城浜（今西藏中路一线）和洋泾浜（今延安东路一线）四条河流的范围之内。就整个上海来说，大量道路是以外国人名命名，夹杂着其他各种杂乱的命名情况。以省市命名的规则进一步扩大，是在日本占领期间，通过汪精卫伪政府施行的。

一方面是去殖民化，以欧美人名命名的、以除日本外其他国家地名命名的、带有旧租界痕迹的道路统统改名，另一方面中国地名更大规模地出现。有趣的是，在路名整改过程中，少部分参照音译，居然暗合了中国的地名，可以说是藏匿在历史变迁里的彩蛋。比如邓脱路（Dent Rd）改为丹徒路，窦乐安路（Darroch Rd）改为多伦路，海能路（Hannen Rd）改为海南路，海勒路（Hailar Road）改为海拉尔路，韬朋路（Thorburn Rd）改为通北路，爱而近路（Elgin Rd）改为安庆路……

新中国成立后，这种命名规则延续下来，并且根据该地区在上海市中的位置，对照选择出全国范围内相应方位的省份，然后就以该省的地名来命名这一地区的道路。比如杨浦在上海的东北，所以辽宁省和吉林省各城市的路名基本上都出现在这里；更偏东北的宝山，是黑龙江省路名的天下；陕西省的多在普陀；而新疆则对应嘉定的路名；山东省的多数集中在浦东；云南省的一般出现在闵行；广西的则是在徐汇……

再说回这位老人，快到目的地的时候，他说："小弟弟，待会儿你能不能扶我一下，走平路还可以，上那个路牙子有点难。”

我这么助人为乐的人，马上答应他了。

在他指定的一个路口停了车，结完账，他执意不让我找零。我扶着颤颤巍巍的他穿过马路，能感觉到他的胳膊很有力。上了路牙，我正纳闷这里没有小区的入口，他指着前面的花坛说：“我在这里靠一下，有人开车来接我，你忙你的去吧，谢谢了！”

我有点搞不明白了，看来，他还没有到家，不过既然他这么说，肯定会有人来接他。

我告别了这位神秘的老人。

龙柱之谜与澳大利亚

另一位老人也是晚上出现的，时间要稍微早一点，九点多，从提篮桥附近上的车。

这老人戴着眼镜，头发花白，一上车就说：“前面大转。”

我说：“没问题，大转。”

有的乘客不跟你说目的地，喜欢指挥你左转、右转或者直行，一般都是对路比较熟的人，需要转弯了会提前告诉你。

我以为这个乘客也是这样，但其实不是。

他又说：“小弟弟听口音不是本地人啊？”

“确实不是。”

“那我说大转、小转你能听懂吧？”

“肯定能啊，怎么说也开半年了，不过这种说法好像就上海有吧？”

“应该是，上海人的左转就是大转，右转就是小转，直行都说笔直开，但上海哪有那么多笔直的路啊，都是弯弯曲曲、斜儿八扭的。”

“上海的路况确实复杂，我也是好久才适应。”

“开半年了，路也差不多熟了，你跟我讲，去莘庄怎么走？”

“前面进外滩隧道，然后上延安高架转南北高架，鲁班路立交再转内环，接下来转沪闵高架，这是最近的路。”

他笑了：“哈哈，小弟弟还可以，就这么走，我去莘庄找朋友打麻将。怎么样，喜欢上海吗？”

“当然啦！不喜欢就不会来了，就是在上海开车有点难开。”

“有什么难的？你是还不够熟悉，熟了就简单了。黄浦的司机嫌在普陀开车麻烦，有个苏州河十八弯，还有铁路，到处都是桥，兜兜转转；普陀的司机又嫌黄浦动辄就是单行道，去哪里都得弯弯绕绕——都是因为路不熟，路熟悉了，一切都简单了，车也好开了。”

“也是，上海这么大，即使是天天开，没一年两年，也是熟悉不起来的。”

“找规律，你得善于找规律。上海市区的几座大桥，你知道为什么叫这样的名字吗？”

我说：“徐浦大桥，徐汇区的大桥；杨浦大桥，杨浦区的大桥；原来的卢湾区的卢浦大桥；至于南浦大桥，我不太清楚。”

老人说：“你是只知卢湾，不知南市啊！不过知道原来有个卢湾区已经很厉害了。南浦大桥是原来南市区到浦东的大桥，哪个区到浦东的大桥，就叫‘×浦大桥’。你要是善于观察的话，还会发现，从正面看，徐浦大桥的立柱是个瘦‘A’，卢浦大桥的钢拱是个胖‘A’，南浦大桥立柱是个‘H’，杨浦大桥是个倒‘Y’，这些都很有意思的！”

我回想了一下几个大桥正面的形象，还真是这样。我说：“真是听君一席话，省我十本书啊！”

老人哈哈哈哈笑了起来。

这时候，车已经上了延安高架，即将转入南北高架，延安东路立交桥上有点堵车。

延安东路立交是上海的交通中心，中间那根装饰有龙纹浮雕的圆柱，顶天立地，气势恢宏，跟其他立柱合力托举着多达四层的高架路主路和匝道。每次经过，我都要多看这根“龙柱”几眼。

老人说：“你知道‘龙柱’的故事吧？”

我说：“听过一些，说是桩基往下打桩的时候打不进去，因为地下有‘龙脉’，后来请了一个和尚作法七七四十九天，然后再打，才打进去了。这事儿是不是真的？”

老人笑了一下，说：“都是乱讲！有人说请的是法华寺的和尚，有人说请的是静安寺的和尚，还有说请了尼姑的，都是胡说八道！根本没有的事情！我也是搞工程的，当时的施工队有我认识的人，上海是长江下游的冲积平原，地质情况不复杂，桩打不进去，是技术不行。你想嘛，‘龙柱’高三十二米，桩基的钢管得深入到地下六十多米，以当时的技术，是有很大难度的，后来换了专门造桥的专家，叫张耿耿，把这事儿给解决了。”

我问：“那柱子上的龙纹不是为了镇住‘龙脉’？”

他笑了起来，然后突然用很低的声音说：“我告诉你一件事啊，你不要跟别人讲。”

一般情况下，当有人这样讲的时候，是希望倾听者告诉别人的。

他说：“其实，上海真有龙，我见过。正是当时‘龙柱’桩基的钢管打不进的时候，1993年。那时候很多人说半夜看到有东西从屋顶上边，或是路边的树梢掠过，但什么也看不见，就跟一阵风一样，有时候高压线上还会闪出火花。很多人说是有鬼，只有我知道那是龙。因为别人看不到的，我能看到，我小时候就见过真的貔貅……”

不管他的话是真是假，我顿时来了精神，赶紧问：

“你一共见到过几次？龙具体长什么样？”

他说：“就两次。一次是在静安，一次是在黄浦。那时候我三十多岁，住在南京西路，有天晚上骑摩托车回家，突然听见头顶有树叶相互摩擦的声音，哗啦哗啦，赶紧抬头看，看到一条像是巨型带鱼的东西，正缓缓从树梢经过。后来看到了爪子，我就知道那是龙了：龙身是土黄色的，有鳞，但是鳞片跟画里的不太一样，画里的都是像扇形的鱼鳞，真的鳞片是梯形，很大，看上去湿漉漉的。”

我问：“龙头呢？是什么样子？”

“这一次我没看见龙头，追着跑了两条街，最后跟丢了。第二次的时候看到了。我是主动去找的，因为见过第一次后，我隐约感觉还能见到它，所以晚上没事的时候就在那附近转悠，后来果然见到了，可是那东西是人能追得上的？追着跑了十多分钟，它不见了。还好看见了龙头的模样，龙的两只眼睛是亮的，闪着绿光，好像有一次转身的时候还看了我一眼，把我吓了一跳！龙角没多长，也不是多好看，它鼻子上湿漉漉的，没有吐火，吐着哈气……后来我把这事告诉我身边的人，他们都不信，我也再去找过它，可是后来就再也没见到了……”

听着这些稀奇古怪的事情，时间过得很快，车辆已经转入沪闵高架了。

“我知道你不信，如果不是亲身经历，我也不信。我……太怀念那条龙了。”

老人不说话了，好像一瞬间便坠入伤感的深潭里。

过了一会儿，他说："龙这件事我身边很多人都知道。不过还有一个秘密，我从来没有对别人讲过——你知道内环跟澳大利亚有什么联系吗？"

一个是上海的内环高架路，一个是澳大利亚，能有什么联系？我摇摇头。

他问："你不觉得内环线的轮廓很像澳洲的海岸线？"

我脑海里对比了一下，觉得还真是这么回事。

他笑了笑："对吧？"

沉默了一下，他又说："我干的。"

我问："内环路是你设计的？"

"我是设计成员之一，当初大家集思广益，好几套方案，最后选了我的，因为我的更合理。其实当时我也很头疼，后来灵机一动，才想到这个方案的。我在澳洲留过学，还交了一个当地的女朋友，她非常漂亮，有点像戴安娜王妃……我们经常骑着摩托车到野外玩，有时候去桉树林里寻找考拉——你知道考拉吗？比澳洲遍地都是的袋鼠要少得多，基本上等于澳大利亚的熊猫，是国宝级动物。考拉也叫树袋熊，但不是熊，这跟熊猫正好相反，熊猫别看叫猫，其实是熊的一种，不光吃竹子，饿极了也吃肉，很凶残的。考拉只吃桉树叶，桉树很高，考拉一般待在上层，所以我们即使发现了考拉，也得用望远镜才能看清楚，偶尔运气好能在地面遇到，它只有生病或者换树的时候才会下来，这小东西见人也不逃，你可以随意摸它，抱起来玩也行，很可爱，反射弧很长。有意思的还有桉树，一棵桉树上有好几种叶子，新叶子卵形，有绿色的也有苍白的，长成了之后细长，很像特大号的柳叶。澳洲很是好玩，不过哪怕我再喜欢澳洲，还是要回国的，而我谈的那个姑娘不愿意跟我来上海，所以就有缘无分了——水清路出去，走到报春路小转。”

他突然横插进来一句指路的话，打断了我对美丽澳洲的遐想。

后面的气氛有些诡异，他不再说话，我呢，一边琢磨着他这些话的真实性，一边又期待着它是真的，因为那确实够浪漫——几十公里的内环路走向，居然隐藏着一个小小的私心。

下车前，他说："我们最后一次通电话是三年前。"

然后他用很快的语速说了一段英语，接着说："这段话是她挂电话之前跟我讲的，翻译过来就是：一生一世是有穷尽的，我对你的思念是无穷尽的。你瞧，她也想着我呢。"

这位老年人真是一座活宝藏，以至于我对他讲的故事揣摩许久。

见到龙那段肯定是逗我玩的，甚至是临时编出来的；而不走运的爱情决定了内环路与澳大利亚轮廓相近这件事，也八成是杜撰，因为一个道路方面的工程师，是不可能把几座斜拉桥的索塔叫作"立柱"的。

不过，即使是杜撰出来的，也很有趣，他应该有过在澳大利亚生活的经历，别的我不了解，但我去过云南，那里有大量从澳洲舶来的桉树，奇怪的树叶同样吸引了我，他所描述的跟我仔细观察的相一致。虽说老年生活已经安逸如斯，可是那块大洋彼岸的广阔陆地，依然萦绕在老人的心里。一生一世是有穷尽的，对另一块土地的思念是无穷尽的，对吧？你瞧，他还想着澳大利亚呢。

直播圈

有一天半夜，从一家咖啡馆，载一对年轻男女去一家午夜影院。

两个人看样子是情侣，也可能不是。他们在后座聊天，聊着聊着聊到前男友、前女友的话题上，女孩开始吐槽她的前男友："我前男友真是个控制狂、吃醋的傻逼，当初不知道怎么看上他了！不允许我跟任何男人交流，看见我跟谁说话就直接甩脸。有一次我包不是被偷了嘛，手机、身份证、银行卡统统都丢了，就用他的身份证办了张手机卡用。后来因为一点小事儿我们两个人吵架，他就去移动营业大厅把我所有通话记录打印出来，然后逐个给那些人打电话，盘问跟我是什么关系、打电话给我都说了什么，让我把一辈子的脸都丢完了！几个朋友给我打电话，我还莫名其妙，一时间搞不清楚发生了什么。知道是他干的好事后，气得我呀，把他臭骂一顿，直接跟他分手了！”

男孩说：“看看你都遇到的什么人，还有这样玩的？长见识了。”

女孩说：“还有一次差点落入虎口，很有意思，我都不好意思讲。”

男孩说：“讲呗，有什么不好意思的，我想听。”

其实想听的，还有我，专心致志的出租车司机。

女孩笑了一下，说：“那时候我不是喜欢一个游戏主播嘛，感觉他帅得不要不要的，很符合我的审美。后来跟他私聊，他竟然回了我，让我很激动。聊了一段时间后，我想见见他，他也答应了。于是坐火车去南昌奔现，没想到的是，一见到真人，我直接懵了。真人实在是太丑了，怎么形容呢，只能说让我大失所望，可能是期待太高了？一边跟他说话，一边心里嘀咕着太丑了太丑了。强聊了几句，我说坐车太累，需要休息一下，于是在酒店开了房间，让他过几个小时再来找我……”

这时候，过四平路地道，一辆摩托车突然逆行驶过来。

女孩大吃一惊，说道：“这骑摩托的有病吧？”

男孩说：“是啊，没见过在地道里逆行的。”

我说：“大连路隧道里逆行的电动车我都见过，别说这短短的地道了。”

女孩嘀咕：“这人不要命了吧？”

我突然明白是怎么回事了，于是说：“应该是前面有查酒驾的！不然他也不会冒这风险。汽车没法掉头逆行，摩托车可以，这家伙肯定喝酒了。”

果然，到了地道出口处，有几个交警举着酒精测试仪在逐车排查。

这突如其来的惊吓把女孩讲的事情打断，男孩还惦记着，于是问：“后来呢，你跟那男主播怎么样了？”

这一刻我在心里默默感谢这个男孩，他问出了我想问的。

女孩说：“我不是把他支走了嘛，他前脚下楼，我后脚拎着箱子也下来了，直接到前台退房。前台小姐姐看着我愣了很久，问：‘你确定要退房吗？房费可是一点也不能减的哦。’我说：‘我确定，该多少钱就多少钱吧，没关系的，快点，我赶时间。’哈哈，小姐姐一边疑惑，一边给我办了退房手续。然后，我以最快的速度打的到车站，坐高铁回了家……”

男孩说：“傻眼了吧，让你再花痴！”

女孩说：“你说真人跟直播上差别怎么这么大？后来我才知道，他们直播时用了特定的插件，再丑，都能给转换成男神女神！”

男孩说：“我看过那样的视频，我给你找一下，稍等。”

后来男孩找到了，两个人一块看了一遍，一边发出“我去”的感叹，一边说：“科技太强大了！”

后来，女孩又讲到直播圈里的事，说：“很多主播非常没品，都喜欢睡粉丝，有的睡了不少。人家打赏给你，你还要睡人家，这不等于骗钱又骗色吗？不过一个愿打一个愿挨，我们也不能说什么，对不对？据说很多主播和榜一都有故事。映客有个男主播，榜一和榜二是同一个女人，而且巨有钱，给他刷了上千万的礼物，男主播私下里绝对跟这个女人有关系，你信不？”

我好想大声说“我信我信”，可这不是我的主场，仅仅是顺耳听上一听，我就觉得很好玩了。

后来他们又聊到很多人倾家荡产打赏网红主播，有男有女，有的背上了不少网贷。还有一个男人给某个女主播打赏几十万，依然觉得不过瘾，开始诈骗同事和客户的钱，最后坐牢了。有的小孩子也不省心，某家长银行卡里的钱少了于是报警，然后发现是自己儿子偷偷打赏给一个主播了……

正说得起劲，到达目的地了。像很多时候一样，他们下车后，我有了一种怅然若失的感觉。

打车的孩子

那天，天还没黑的时候，在世纪大道某个公交站，我看到一个小女孩，四五岁的样子，独自在等公交车。

为什么我知道她是独自一个人？因为公交车站就她自个儿。她戴着耳机，双手插在裤兜里，目视前方，相当淡定。有这样气魄的小孩真的不多见；当然，她的家长更有气魄。

除了那女孩的自立能力外，也许上海比较好的治安环境就是家长的底气吧。

除了公安系统的守护，上海主城区，甚至郊区，不管白天晚上，都有社区综合管理的人员定点守卫、来回走动，他们骑着电动车，或结伴同行，或独自巡游。很多小区里晚上也有人巡逻，要么是社区的雇员，要么是小区保安。治安这一块，在我走过的城市里，感觉上海是最好的。这是一笔庞大的开支，不过上海有强大的财政支撑——通俗点说，这城市，有的是钱。

较好的治安环境，给了大人允许小孩独自出行的信心。这在小地方是不可想象的，尤其是中西部的小县城，人们成天谣传着哪里哪里的孩子被人贩子拐走了，理智的人会保留意见，人贩子是有，但顶风作案的人，哪有那么多？

在上海，放学独自步行回家、坐公交车的小孩很多，独自打车的，初中生有，小学生也有。

有天下午，一个小学高年级模样的小女孩从公交站打车，路上特堵，到了目的地，她给我一把零钱，二十多块，还差九块，小女孩很有礼貌，她说："叔叔，你等我两分钟，我去找我妈妈拿了钱马上给你送过来。"

我想了一下，说：“几块钱而已，就算了吧，你也不用来回跑了！”

她非常有礼貌地道谢，但是坚持要把差额给我。

我说：“真的不用，这里不方便停车，可能会被摄像头拍下来。”

“那这样吧，我记一下您的微信，回头让我妈妈转给您。”

后来，拗不过她的坚持，我把微信号告诉她，她拿笔记了下来。没多久，我就收到添加好友的信息，是小女孩的妈妈，发给我红包后，一个劲儿地道谢。

还遇到过一个小女孩，六七岁的样子，一位老人把她从小区门口送上车，交代送到真如老街的一家店里，停在店门口，店里会有人出来接。她说了门牌号，手机地图上能查到准确位置。

出发后，小女孩说：“哎呀，我外婆真啰唆，我都告诉她我一个人能打上车了，还非要送我。”

“你这么厉害？告诉我你家的店在哪里？”

“太简单了，这难不倒我！在兰溪路×××号！我爸爸妈妈爷爷奶奶外公外婆的电话号码我都记得清清楚楚，一个数字也不差，我们老师的我也记得！”

“厉害厉害，你几岁了？”

“六岁半！打出租车我也会打，看车顶显示屏！虽然那些字我都不认识，但是如果字是绿色的，就是空车，就可以打；如果是红色的或者不显示字，就表示坐不了或者车里有人，就不用考虑了！叔叔你看，那辆车就没显示，车里果然有人吧！”

我瞄了那辆出租车一眼，她说得确实对。仔细一想，还真是这么回事：空车都显示“待运”两个绿色字体，乘客上车打表后不显示任何字，“电调”和“停运”则是红色字体——汉字还认不全的小孩子，能靠自己的观察，用字体颜色来分辨车辆状态，这观察力和分析能力简直不能再强了，一瞬间让我这个成年人深深折服。

没多久，就到了兰溪路那家小店门口，刚停下车，小女孩的妈妈就迎出来了，很漂亮的一个女人，付了车费，微笑着道谢、挥手再见。有个这么聪明可爱的女儿，每天的心情都很好吧？

也遇到过一群孩子结伴打车的。

那是在张江，几个小朋友兴奋地朝我扬手，清一色的小男孩。上车后问他们去哪里，他们说出一家烤肉店的名字。烤肉店是他们在大众点评上搜的，在不远处的花木，大概九公里，不过对于小孩子的活动范围来说，够远了吧？

上了车后，几个孩子嘻嘻哈哈地逗笑。我问他们：“你们几年级了？”

前排的小胖墩儿说：“小学刚毕业，等着上初中呢。”

那么，这就是毕业聚餐了。但是我突然发现，后排坐了四个人，也就是说，超员了。怎么办呢？我头疼起来，也不能把他们赶下车去啊！好在路程不远，开慢一点，侥幸一下吧。

但我也得让他们知道这件事情，于是就对他们说："刚发现你们是五个人，这次就算了，以后五个人打车，记得要打两辆，不然被警察逮到了，要罚我钱的。"

小胖墩儿说："啊，不是吧？要罚多少？"

我说："应该是二百吧！"

小胖墩儿对小伙伴们说："你们还有多少钱？"

然后统计了一番，说还罚得起，我一听乐了："就算是被逮到，也不能让你们出罚款啊。"

小胖墩儿开玩笑说："待会儿停车，把张士宁扔下去得了！这样就不用被罚了。"

叫张士宁的男孩也不甘示弱，说："把体重最高的扔下去！"

小胖墩儿说："我去！"

有人说三个女人在一起，叽叽呱呱的效果跟五百只鸭子差不多，今天我才知道，几个兴奋的小男孩凑到一块，至少是一千只鸭子的体量。

几个孩子除了吃饭，显然还有别的目的——小胖墩儿对小伙伴们说："我专门在大众点评上找的这家饭店，因为离得近的，就他们家有Wi-Fi，而且能充电！"

听明白了吧？肯定是要玩游戏。于是小伙伴们商量要玩到几点，然后又合计吃了饭剩下的钱够不够打车回去，他们身上的钱几十到一百多不等，合计来合计去，虽然差不多也够了，但再多一点不是更好吗？他们开始怂恿一个男孩打电话让妈妈用微信再转一些钱过来。七嘴八舌地，一个说就讲打车钱不够，被司机锁在车里不让走，另一个说就讲被饭店关小黑屋了让刷盘子洗碗……

电话打通了，几个出主意的人憋不住哧哧直笑。

男孩说：“妈妈，我们去梅花路吃烤肉，钱不太够……”

电话那头的声音问：“梅花路？怎么跑那么远？”

男孩撒谎说：“张士宁去吃过，说很好吃。我们算了一下，钱不太够，怕到时候老板不让我们走，留我们在店里刷盘子……”

另外的几个男孩已经噗噗嗤嗤笑成一团，声音很大，盖过了撒谎男孩没有底气的说话声，电话那头的妈妈估计也没听明白，最后他们也没有成功把钱“骗”到手。

后来，从他们口中听到一首“黑童谣”：抓住命根，扭转乾坤，连根拔起，断子绝孙……

还有更污的、更少儿不宜的，但是这些少儿们，说起来一点也不觉得不宜。让我这个多吃了二十年米饭也并不保守的成年人，听了之后都直摇头。

宝贝对不起

夜晚十点左右，送一个花枝招展的泰国女孩到了南阳路的一家酒吧——严谨点说，也可能是个泰国男孩。

路上，这位年轻乘客一直在看短视频，软甜又带有颤音的泰语很有识别度。作为一个资深网民，多年来我从泰国广告和泰国恐怖片里耳濡目染了太多。

不知道是男是女的泰国乘客下车，我在酒吧门口逗留了两分钟。各种肤色的年轻男女或在街道上站着，或倚靠在已经打烊的店面的橱窗前，热热闹闹，但并无人乘车，我只好往前开了一段。

没开多远，一个年轻男人上了车，他说："到桂林西街400弄取个东西，再回来。"

作为一个南阳人，我对南阳路还是很感兴趣的。这短短的不到五百米的南阳路，在2002年曾经发生过一次轰动海峡两岸的意外事件，这一年的夏天，香港艳星、电影演员陈宝莲从南阳小区二十四楼一跃而下，结束了自己二十九岁的年轻生命。陈宝莲出生在上海，从小被外婆带大，十多岁到香港投奔母亲，十五岁时参加亚洲小姐选美大赛落选，却阴差阳错开始了出演三级片的生涯，凭借《聊斋艳谭之灯草和尚》一举成名，最为人熟知的角色是周星驰电影《国产凌凌漆》里的美女杀手。戏里的陈宝莲风情万种，戏外的陈宝莲情路坎坷，后来，事业发展受阻的她，做了台湾著名丑男富豪、花花公子黄任中的干女儿，并与其在感情上纠缠不清。据说，自杀前，陈宝莲有过多次自残和自杀未遂的经历。陈宝莲不幸逝世时，尚有一个六个月大的儿子嗷嗷待哺，被王菲当时的经纪人接走抚养，如今也该长大成人了。

我很想知道上海人对于这件事的描述，副驾驶上这个年轻人，看上去挺随和，于是我试探着问他："你是在这边住吧？"

"对的。"

我问："那你知道陈宝莲吧？"

他冷冷地说："我刚才上车的地方，就是南阳小区。"

我喜出望外："那你……"

他打断了我的话："我搬到这里才八九年。"

他显然不想再往下聊，于是我也闭口不言，专心开车。

经过徐家汇，车辆进入衡山路地道，车载广播突然自己打开了，在播放一首歌，是草蜢乐队的《宝贝对不起》："宝贝对不起，不是不疼你，真的不愿意，又让你哭泣；宝贝对不起，不是不爱你，我也不愿意，又让你伤心……"

正在拨拉手机的男乘客一怔，马上回过神来，急切地说："啊，师傅！快关了，快点！"

说着他就往中控的诸多按钮上按，我不知道他为什么有这么大的反应，赶忙伸出手指，关了广播。

他又说："还是徐家汇，你是故意搞我的吧！"

我有点丈二和尚摸不着头脑，纳闷地说："什么故意的？广播这些天有毛病，经常会自己突然间打开。"

他没再说话。

过了一会儿，男乘客问："师傅你不知道上海人不能听《宝贝对不起》吗？"

我说："这个真不知道。还有这说法？"

"唉。"

他这一声叹息里，仿佛包含了无尽内容，至少有对我的失望，对听不得这首歌的无奈。

我很好奇，说道："那你说来听听呗。"

他沉默了一下，问我："徐家汇的太平洋百货，你知道吧？"

"那肯定知道啊。"

"太平洋百货，从1993年开始，一直到2002年，都一直在放这首歌。"

"为什么？反反复复放？没别的歌？"

"对的，但也不是一刻不停，整点报时，都是这首歌，一天下来，最起码十遍吧。后来太平洋百货别的店也都是放这首歌。"

"这到底是怎么回事啊？"

"说出来怕你不自在。别看大白天太平洋百货里人来人往、热热闹闹，一到晚上，就不安宁了。儿童区经常有毛绒玩具从货架上掉下来，撒得满地都是。第二天理货员把它们一个个码好，晚上又会掉下来一些。这个楼层很多理货员做着做着都不做了，哪怕工资加倍也不行，受不了那刺激啊，后来终于招到了两个胆大的。”

“装个监控不就真相大白了，是人捣的鬼，还是鬼开的玩笑，一清二楚。”

“那时候哪有那么多高科技。再说了，花一大堆钞票装几个摄像头，如果玩具真是无缘无故自己掉下来的，那不就更吓人了吗？现实版《鬼影实录》？所以，还是留点悬念的好。那时候我一个亲戚在太平洋当保安，说有一次夜里关张之前巡逻，听到刚清过场的区域有脚步声，就循着声音去找，结果连个人影也没找见。有时还会听见小孩子的笑声，但是怎么找也找不到人，后来每次巡逻，都得保证至少两个人一块才行。你说徐家汇这地方，是上海的交通要道，西南角最繁华的地方，为什么会发生这些奇奇怪怪的事情？有人说太平洋百货开业后生意太好，惹恼了竞争对手，人家就故意搞事，你不是太平洋百货吗，我就让你不太平！后来有一天，一个妈妈抱着一个八个月大的婴儿来逛商场，那婴儿突然从她怀里蹿下来，一溜烟往前跑了……你说，才八个月大，有哪个婴儿会跑，还跑那么快？当时包括理货员好几个人在现场，都吓坏了，孩子的妈妈吓得一哆嗦，连忙去追，后来在卖玩具的货架那里找到孩子了，正趴在地上大哭呢。”

我也算胆子不小的人，但听到这里，立刻感到毛骨悚然。

男乘客接着说："这件事发生后，老板坐不住了，请一位有名的风水大师来作法。大师说，发生这些事跟商场里滞留的怨婴有关，因为以前这里是育婴堂，也就是基督教会收留弃婴和孤儿的地方。后来淞沪会战，上海遭到炮火轰炸，育婴堂被炸毁了，很多无辜的孩子都冤死在这里，所以他们的魂灵满含怨气，几十年后还没有消散。风水大师出了个主意，于是就有了后面的故事。"

这时候到了寿德坊，乘客上楼去取东西，我则趁这个间隙，飞快地用手机查了查太平洋百货的诡异事件，网上果然有很多玄而又玄的说法，最一致的是，《宝贝对不起》这首歌，就是为了抚慰那些怨婴所放。不知道为什么，我突然想起金庸的《天龙八部》，小说里"四大恶人"中的老二叶二娘，因为儿子刚出生不久的时候被人抢走，悲痛至极，精神受了刺激，就变成了一个每天去抢别人的婴孩并虐待致死的恶魔。小说在后半部分揭晓了谜底，原来，抢走她儿子的是萧峰的父亲萧远山，只为报复孩子的父亲、少林寺方丈玄慈大师，而叶二娘的儿子，就是原先的少林寺小和尚，后来的逍遥派掌门人、西夏驸马虚竹。万事皆有因缘，一切的真相也都会浮出水面。

不多久，男乘客下来了，提着一个大纸袋子，还是坐在副驾驶位，我们马上返回南阳路。

我继续刚才的话题，问他："所以说，播放《宝贝对不起》就是那风水大师的主意了？"

“你只知其一，不知其二。这首歌，根本就是商场老板远赴香港，请草蜢那些人为安抚怨婴创作的！没有那些怪事，也不会有这首歌。”

我感到惊奇，谁会想到，这竟然不是一首情歌。

他接着说：“这首歌是在商场天天播放，然后才慢慢火起来的。每天播放几遍十几遍，百货大楼里果然没有怪事发生了。你说神奇不神奇？对了，你走别的路，避开徐家汇，你这广播再坏一次我心脏可承受不了。”

我心想，一个大老爷们儿，怎么这点胆量？嘴里说：“那行，从斜土路走得了。”

男乘客不再说话，我琢磨着他说的这些事情，心里不由自主地哼起《宝贝对不起》的旋律来。

“嘘！”男乘客突然把食指竖在唇下，朝我眨眨眼睛。

我根本没发出声音来，他竟然也听到了？

就在这时，感觉后座突然传来窸窸窣窣的响声，伴有婴儿咯咯的笑声。我的汗毛马上竖起来了，去看男乘客时，他正在目视着前方，面无表情。我不敢回头看，也不好意思去问他有没有感觉到奇怪的动静，一直故作镇静地开车。

没事没事，我在心里安慰自己，光天化日（实际上是大晚上），朗朗乾坤（光线其实很一般），能有什么诡异的事？我心里兀自忐忑着，好不容易捱到了南阳路，乘客结账下车，我鼓起胆量猛地向后看，后座空空荡荡的，什么也没有。

突然间想到：为什么那首歌放了十年，2002年之后就不再放了？男乘客已经下车了，没法再向他讨教，我不自主地通过后视镜看那个男乘客，只见他呆呆地立在路边，抱着纸袋子，像极了幽怨的叶二娘抱着一个婴儿。

我疯也似的逃离了南阳路，有招手打车的人，也没有停，任他们在风中凌乱。

外国人

有一天大半夜，在美团平台上接到一个单子。

距离起点很近，然而老城区都是单行道，绕了一圈后，到达了乘客上车地点。

半夜的街道空旷至极，一家便利店灯火通明，门前站着一个黑人男子。我想，会不会是他？应该不大可能。

正准备给乘客打电话，黑人男子上车了。

我问：“是去中远两湾城的吗？”

他语速很快：“是的是的，去中远两湾城。”

我很惊讶，因为他的汉语相当流利。

出发了，我夸赞他：“你汉语讲得很棒啊！”

他说：“马马虎虎，马马虎虎。”

我愣了一下——他竟然说“马马虎虎”！我顿时佩服

得不得了，能用这个词，基本上可以说接触到了汉语的精粹，而且很有语境感。聊天中得知，这个黑人男子来中国才两年，是沙特阿拉伯人。

还有一次也是半夜，细雨蒙蒙，两个老外从浙江中路打车去几百米外的上海大酒店。

一上车，坐副驾驶位置的老外给我让烟："师傅你抽烟吗？"

老外抽烟一般自顾自，从来不带让的，这位竟然入乡随俗了。

我说我不抽，他问："那我可以抽吗？"

我说："Just do it，你可以的。"

吞云吐雾了两口，他问："师傅，你是哪里人？"

我有点不适应，按照常理，不是应该我问他"外尔阿尤福绕木"吗？我想回答他"哎木牵尼资"来着，但一想这么回答好像也不对，等同于说废话。

这老外应该是问我哪个省的，于是我说："河南的。"

"我知道我知道。"老外兴奋地说，"在温州就有很多河南人，我还跟他们一起吃过饭。"

这个老外着实霸气，又说："我在中国十五年了！"

"那你基本上是个中国通了。"

"对对，中国通。"

我问："能吃得惯中国菜吧？"

"还可以。中国菜，很好吃。"

在后来的聊天中，我得知他是土耳其人，在中国做贸易。这才想起来，当时他是从一家清真饭店出来坐的车，而那家饭店我正好去吃过两次。

以前在小城市，大街上的老外比动物园里的猴子还少，到上海后，明显感觉各种各样的老外比动物园里所有动物都多。

有一天，我从浦东机场接了两个美国人到一家酒店，酒店门迎帮老外打开车门后，笑眯眯地对我小声说："狠宰他们一顿！"

我意味深长地看了他一眼，他猥琐的样子真不让人喜欢。虽然我曾幻想做一名杀手，但是我真的宰不了人啊，中国人不宰，外国人也不宰。

据说，"要想发得快，就得宰老外"这句话，是很久以前从北京倒爷嘴里流传出来的，很多国家的多个行业都有"宰老外"的"传统"，开车的、卖东西的、擦鞋的、经营旅馆或酒吧的……有些人并不是穷得吃不上饭，但是也实在是没骨气，能坑一个是一个，不管是外国的还是外地的。还有些人见人就坑，哪怕是一口锅吃饭的。

有人的地方就有牛，有牛的地方就有黄牛；有人的地方就有车，有车的地方就有黑车。前段时间的那个流传颇广的新闻又一次让黄牛和黑车上了热搜。

在浦东国际机场，一个来上海出差的老外感受到了异国他乡的凛冽情调：黄牛和黑车，一黄一黑配合得天衣无缝，热情又体贴，短短五十公里的路程，老外不得不支付一千九百元人民币。黄牛的服务相当周到，在老外现金不足的情况下，从口袋里愉快地拿出了POS机。

后来，老外的中国同事看不过去，把这事情在网上曝了光，引起一片沸腾。对于这对魄力十足、服务周到的黄黑搭档，警察很感兴趣，想认识一下，通过POS机的线索查下去，他们的目的很快就达到了。双方热情地交谈，随后，这对黄黑搭档每人得到了一副银光闪闪的手镯，一间安静的房间，以及一段可以放空的时间。

简直大快人心。

一些欧美人有给小费的习惯，给了你可以愉快地拿着，不给你也不能去抢啊。

由于我的英语大部分都早早地还给老师了，所以跟外国人沟通起来有些障碍，但是总体说来都很愉快。会一些汉语的老外，你得从他奇怪的发音里寻得真相；不会汉语的，用手机地图给你指明位置，虽然是英文版，但通过路名，也不难分辨；有的会出示酒店的名片，那就很好办了……

直到我遇到两个印度男人，才第一次感到了为难。前面的司机拒载了他们，当时还下着大雨，我想我来试试吧，然而，他们一句汉语也不会说，那种咖喱味儿的英语我一个词儿也听不明白，交流起来基本等于相互对牛弹琴。雨下得很大，我也不忍心丢下他们，结合旁边的几个行李箱，以及他们着急的神情，灵机一动：他们应该是去机场的，而国外航班一般都是在浦东机场。于是我问：“Pudong airport? ”

他们好像听懂了，开始点头，然后找出来几页满是英文的纸给我。我打开顶灯看了一下，好像是什么资料，但看不明白，他们给我指了指顶端的“Terminal 1”，我猜应该是一号航站楼。

那大概不会错了。马上招呼他们放了行李，上车，出发，两个人用我听不懂的语言交谈了一路，可能是印地语也可能不是。到航站楼，他们朝我竖起了大拇指，然后愉快地付了车费。

老外有的彬彬有礼，也有素质不高的。

有一天晚上载了一个年轻的黑人，我正专心地驾驶，突然听见他在车后座发脾气，嘟嘟囔囔，也不知道是自言自语还是在打电话，时而英语时而汉语。汉语好像是在说“需要好多钱”，并且重复了好几遍。

我一边开车一边不停地摇头：这人是怎么回事，是受不了上海的高消费吗？后来我又考虑到他会不会要赖不给车费，不过事实证明我多虑了，虽然有些不情愿，但他还是把钱给了，也让我失去了跟黑人发生肢体冲突的机会。

日本人的谨慎是出了名的。有一次，酒店电话叫车，我接了单，送两个日本人到兴业太古汇。电话叫车是需要乘客额外加四块调度费的，这个日本人汉语很好，所以送到之后我告诉他要加四元的调度费，并把显示屏上的信息给他看。

他问："为什么昨天就没有？"

我说："昨天可能不是电话叫的车。"

他说："昨天也是电话叫的。"

我说："平台不一样，有的平台不需要，我们平台需要。"

我解释清楚后，他把这四块加上了。

日本男人都有点大男子主义，最起码下面遇到的这个是。

那是在花木（上海的日本人大部分都居住在花木和塘桥），一家五口打车：一位老太太，一个男人，一个女人，两个小男孩，其中一个还坐在童车里。只有他一个成年男人，折叠童车不是理所当然应该他来嘛，可他打开副驾驶车门，犹豫了一下，直接坐了进来。老太太摆弄了一会儿，还没搞定，我看不下去了，下车帮忙，刚打开后备厢，老太太已经试着把车折起来了。

韩国人一般聚集在古北、龙柏和七宝。据说，韩国人愿意到中国来，主要是图中国的牛肉便宜，毕竟韩国大部分资源都依赖进口，很多东西都贵得离谱，一般人家舍不得买来吃。不管这是不是真的，中国菜肴的丰富性肯定会给他们带来震撼，来中国，是个值得的选择。

那天晚上在古北，看见两个大男孩站在路边，我把车停下了，他们有些犹豫，后来还是坐了上来。他们用夹生的汉语说着什么，我听不明白，但能从口音听出来他们是韩国人。其中一个男孩突然说："这样吧，我要……女人！你知道？女人！"

原来是两个想寻开心的人。刚才支支吾吾都是废话，像这样直接说多好啊，我不是瞬间就明白了吗？我说了一声“OK”就出发了。

我把他们送到不远处的老外街，这是著名的休闲一条街，遍布着十多个国家的主题餐厅、各种风情的酒吧，能不能找到他们想要的，就看他们的本事了。

老外街的五光十色让两个韩国大男孩分外兴奋，他们多付了十几块，神采奕奕地下了车。

还有一天晚上，我从世博园载了一对韩国的老夫妻，把他们送到静安的一家酒店，愉快地接过他们付的二十块钱。等他们下车后，我才发现这两张十元的纸币都是上个世纪发行的，一张是1999年版的第五套人民币，还在流通，但是市面上已经很少了；另一张是1980年版的第四套人民币，正面印着两个农民形象的头像，让我一瞬间回到少年时代。后面这张纸币肯定花不出去，留着当作纪念好了。可以想象，这对夫妻应该很喜欢中国，以前没少来，十多年前、二十多年前来中国换的人民币都还留着。

我的车上坐过各种各样、不同肤色的老外，我总是喜欢依靠年龄、长相、语言、穿着打扮以及出没的时间，悄悄猜测他们是否留学生、所处的行业，那是一件非常有意思的事情。

只是我的那些早已迷失在记忆里的英语单词，短时间内不容易补回来了，这真是一件令人悲伤的事情。

依然记得那天晚上，一个金发碧眼的洋妞带着她的朋友乘车，递给我一张名片，地址是华山路1038弄××号，我把这个地址念给导航听，导航马上识别了。

洋妞汉语挺好，她问道："这个字原来是'nong'啊，不是胡同？"

我说："在北京叫胡同，在上海叫弄，都是一个意思。"

汉语很复杂，同时又很简单。英语必定也是这样，如果把我扔在美国，我肯定能学好。

车辆在延安高架上行驶，车流像江水一样流畅，两旁错落有致的大楼灯火辉煌，后座的一个男孩开始用手机放一首歌，四个年轻的老外都跟着轻轻地唱起来。这首歌我没听过，也不怎么听得懂，但是优美的旋律以及车厢里轻松的气氛，让我觉得很舒服、很安心。我觉得，这一刻妙极了。

派出所半日游

下雨的傍晚，我从七宝镇一个产业园接了乘客回浦东，正在赶路，突然右边车体传来一声"哧啦"，我大呼不好，知道我的车被变道的车剐了。

确认安全后，我停下车，没几秒钟，那辆车追上来，停在右边，我们都降下了车窗玻璃，那个司机说："我看了一眼，没事，下这么大雨，就算了吧！”

我心想，是你剐蹭了我，我说算了才是算了，你怎么能抢我台词呢？隔着雨帘，我说：“这么大声响，不可能没事的，我们下来看一下。”

但对方没理会我，直接开溜了。

我又不是吃素的，我的车也不是吃素的，它喝的是油，吐出来的是烟，输出的是扭矩和马力。我赶紧狠踩油门去追，一边追一边记下了对方的车牌号，是一辆“赣E”的车，归属地是江西上饶。可是那辆车像疯了一样往前冲，下雨天，又是晚上，视线特别不好，最重要的是车上还有乘客，我得保证乘客的安全，于是放弃了追截，把车停在路边，打电话报案。民警记录了情况，给了我两个选择，要么先送乘客回去再打报警电话，要么帮乘客打上另外一辆车，原地等交警出警处理。

大家都知道，晚高峰，尤其是下雨天的晚高峰，打车的难度很大，所以我选择先送乘客回家。

把乘客顺利送达目的地，我仔细查看了车上的剐痕，从右前门一直延伸到右后门、叶子板，叶子板还凹下去了一块。我再次电话报案，被告知五天内（当然越早越好）到案发地的派出所就可以了，到时候会有民警协调处理。

三天后的下午，我到那个派出所，在接警处排队等候。

这真是一个热闹的地方，两个受理窗口，加上我一共是五拨来报案的人。

甲男已经来过不止一次了，他的手机掉在一个路口，已经通过监控看到了捡手机的人，央求民警跟进，调查附近的监控，弄清楚那个人的去向。

甲女在网上刷单赚取佣金，一单五块十块的，结算也非常及时，但是刷着刷着就不小心落进了圈套，更确切地说一开始就是圈套：你看重的是一天累计几十、上百甚至几百的佣金；骗子盯上的是你银行卡里的几千乃至几万，煞费苦心，让你一步一步落进他们设下的陷阱。还好这个女人只被骗了五千多，被骗好几万的也大有人在，骗子真是摸准了人的心理。报案一般是没用的，网络诈骗，对方不在本地，网络IP是虚拟的，微信号也是买来的。

乙男是个开麻辣烫店的年轻老板，新招了个店员，一个十八九岁的小伙子，上班的第一天晚上，就把钱箱里的现金和同事的手机一块偷跑了。

民警说："你这不能按盗窃报案啊，这应该是职务侵占。"

"怎么不是盗窃呢？还是在摄像头下偷走的。"

民警问："这个人叫什么？"

乙男支支吾吾说不清楚，只有那小伙子的手机号，和已经被对方拉黑了的微信号。

民警问："连名字都不知道？他到底是不是你的员工？"

"算是吧！"

"是就是，不是就是不是，报案材料上必须写明确了。"

“那就是。”

报案材料写到一半，民警问：“为什么你另外一个店员的手机放在收银台上？”

“上班的时候，为了不影响工作，所有店员的手机都放在收银台。”

“那为什么没有拿别的手机，就拿了这一部呢？”

“因为这部比较贵吧，还比较新。”

又问到被偷手机的型号，机主也来了，可这个小伙子只知道是小米手机，具体什么型号并不清楚，手机是他姐姐买给他的，包装盒也扔了……

后来民警通过电话号码查到那小伙子的身份，眼睛亮了一下，应该是有前科。这种案件的侦破很简单，追回损失的几率很大，不像那些网络诈骗、电信诈骗的案件。所以这样偷东西的小伙子，是没有什么前途的。

乙女也是被骗了钱的，被骗得更多，有二十多万。看样子她闲钱不少，学历也不低，那么她是怎么被骗的呢？玩虚拟币，通过火币网交易，最后血本无归。她对警察说：“我也没想到会受骗啊，我特别谨慎，刚开始就投了两万，一个月利息就两千多，我试了好几个月，才开始追加金额，一下子买进了二十万……”

警察说：“骗子就是这样的，一开始让你尝到甜头，你越高兴，他也越高兴，他知道能骗到你的钱了……”

“也不是我太轻信，可是这个平台是北京大学一个副教授担保的啊！”

“北京大学的副教授你就信了？收益高到反常的东西，别说北大的了，哈佛大学的、宇宙大学的都不能信……”

后来，听警察的意思，这个女人损失的二十多万，大概率是追不回来了。

突然想到前些天，从上海火车站附近载两个年轻乘客去经侦队，言谈中，得知他们通过熟人的熟人，买了若干理财产品，估计是P2P，钱黄了。来金融公司总部讨说法没有结果，气得直接去经侦队报案。我问了下，他们是从无锡过来的。只能说：互联金融尽是坑，理财路上遍地雷。

终于排到我了，又跟民警把情况说明一遍。通过车牌号，民警查到了车主信息，给车主打电话询问。我最担心的是对方不承认，如果对方火速地把车修了，而事发地又没有监控，那不是死无对证吗？没想到，对方竟然承认了，也愿意前来配合调查，说是半个小时之内能到。

等待的间隙，一男一女一块来报案，女人抱着一个小孩。男人说一个朋友失踪了，从前一天晚上直到现在也没有联系到，然后指着抱孩子的女人说：“这是他的老婆。”

民警问：“失踪人叫什么名字？”

男人说了一个名字。

民警说：“不用找了，也不用担心了，这个人在我们这里。”

男人和女人都懵了，人找到了，但是他们更担心了。

男人说："不是吧？在你们这里？"

民警说："这个我干吗乱讲？"

女人问："是犯什么事了吗？是酒驾吗？"

民警说："肯定是犯事了，才会被关起来。具体案情现在还不方便透露，你们回去等通知吧。"

民警进了里面的房间，过一会儿又出来了，男人赶紧追上去问："那能不能让家属跟他见一面？"

民警说："现在不能见，案件查清楚了会通知你们的。"

他们又缠着民警想得知更多的信息，但民警无可奉告，两人在大厅里嘀咕了好一阵子，不知道后来怎么样了，因为剐蹭我车的车主来了。

他们一下子来了三个人，年龄跟我差不多，性别跟我一模一样，车主留了两撇小胡子。

民警让我们双方上缴了行驶证和驾驶证，询问当时的情况，小胡子的说法跟我一致，民警说："事实很清楚了，这是你的责任。"

小胡子说："不是双方都有责任吗？"

民警说："对方正常行驶，你变道，你说是谁的责任？然后，你还肇事逃逸？"

小胡子说："没有逃逸啊，我看了看没事嘛。"

民警说："行了行了，事实明确，责任清楚，你们是要自己协商，还是走程序？”

小胡子说：“自己协商吧。”

我当然也同意。

民警说：“那行，协商好了回来领你们的证件。”

我们一块去我停车的地方，小胡子说：“这么小的事，还至于报案？”

我说：“你不跑，我报什么案？要不是我车上有乘客，我肯定追上你了。”

小胡子说：“没事，大家都是来上海混的，看看剐蹭得怎么样，该怎么赔你怎么赔你。”

我想，你们是来混的，我可是立志要做全上海最阳光、最可爱的出租车司机的，我跟你们不一样。但这些小心思他们没必要知道，我说：“要是剐得轻，也就算了，我干吗这么报案折腾，问题是还要钣金。”

到车前察看了一番，小胡子说：“两个车门只需要抛光，一百块不到，叶子板这里得钣金喷漆，也就二百块，赔给你四百块，你看行吗？”

跟我的预期差不多，我干脆地说：“可以。”

微信转了账，又一起回到派出所，确定协商好，民警把我的证件还给我，对小胡子说：“你变道时疏于观察导致发生剐蹭，要罚二百元扣三分。”

小胡子愣了：“怎么还要罚款扣分？”

接下来的事情就跟我无关了，他肯定得认命，乖乖接受处罚。试想，如果当时他不跑，就地协商，下那么大的雨，也许赔二百块我都会接受。

派出所真是个好地方，是一个切面，一个奇点，浓缩了人世间千千万万的争执与矛盾，报案大厅的民警是何其幸运的人，在方寸之间，就阅尽了人间百态。如果再年轻点，我可能会选择做一个辅警。

人来车往

有一天，日本的一个出租车司机载到了一位中年乘客。上车后，那个中年男人指着前面的一辆保时捷问：“那辆车子漂亮吧？”

出租车司机说：“那还用说，保时捷当然漂亮！”

中年男人得意地说：“那是我的车！”

司机非常疑惑：“是你的车，你怎么不开呢？”

中年男人说：“你傻啊，我自己开，不就看不见我的保时捷了么？”

这个男人就是著名导演、演员北野武。原来，北野武一朝成名有了钱，买了最新款式的保时捷，却因为看不到自己豪车行驶的样子而闷闷不乐，所以才想到如此一招，让朋友开着他的车，自己打车看保时捷帅气前行。

在我的出租车司机生涯里，没遭遇过北野武这样霸气到有些缺心眼的人，但邂逅了更多别的有趣乘客。这些乘客和他们的故事，有的平平淡淡却充满玄机，有的曲折到让人啧啧称奇。说到底，是出租车这种载体和形式，让我得以接触到如此多的有意思的人。

最知名的出租车司机，是个虚构的形象，那就是同名电影《出租车司机》里罗伯特·德尼罗扮演的特拉维斯。这个经历过越战的退伍军人，用一辆出租车讨取生活，同时安顿被战争创伤的灵魂。尽管每天每夜在灯红酒绿的纽约街头巡游，但他跟这个光怪陆离的世界却一直格格不入。电影所营造的冷漠悲凉的气氛，以及人与社会之间的那种疏离感，令人印象深刻。

而中国的纽约就是上海，如果有朝一日，我能够驾驶一辆出租车，在上海的楼山路海、灯火辉煌之中穿梭来往，该有多好！

阴差阳错地，我竟然得到了这个机会，成了一名手握方向盘的街头巡游者。

在老上海人这里，出租车司机被叫作“擦头”司机，这个词来源于英文“charter”，意思为“租用，包租”，属于典型的洋泾浜英语。

洋泾浜是上海的一条小河浜，后来被填平筑路，就是如今的延安东路。当初洋泾浜分割着英法租界，两岸商业发达，中国人为了和洋人做生意就开始学外语，渐渐发展出一种土洋混杂的“洋泾浜英语”，用词简单，以汉语语法为主，往往是汉字和英文单词一对一的直译。比如no can do（不能做），lose face（丢脸），long time no see（好久不见），people mountain people sea（人山人海），one piece how much（一张多少钱）；有时还夹杂着汉语的音译，比如仆人向老板描述一起车祸，听起来滑稽可笑，但也简洁而神奇地表达出了事故经过：One car come，one car go，two car peng peng，people die。

洋泾浜英语主要用于口语交际，在历史发展中大多数词语逐渐消失，一些音译词却有着很强的生命力，它们最终成了汉语正式词语的一部分，比如马达（motor）、幽默（humor）、巧克力（chocolate）、俱乐部（club）、霓虹灯（neon light）等。还有的作为方言依然在使用，比如瘪三，出自乞讨用语beg sir，形容乞丐，后来词义扩充到社会闲散人员、居无定所者、小偷、肮脏猥琐之人等；再比如上海人口中的“擦头”，也就是出租车。

在一百年前，出租车司机相当于上海的黄包车车夫，也算是一个不错的营生；在三十年前、二十年前，出租车蓬勃发展起来的阶段，出租车司机收入颇高，简直是当时的金领，大姑娘们都抢着嫁；哪怕是十年前，出租车的牌照动辄价值几十万，大城市甚至能炒到上百万。

时代在发展，属于出租车行业的鼎盛时期过去了，网约车占据了原来出租车的一部分份额。具体到上海，老师傅在经年累月的操劳之下，基本上都能买两三套房子，他们相继退休，而年轻人又有了更多赚钱的门路，愿意来做这份差事的人少了很多，出租车公司都是去经济相对薄弱的崇明招募驾驶员。渐渐的，崇明人开出租车的也少了，于是，行业不得不放开户籍限制，允许像我这样的外地人入行。

如今，上海有大约四点五万辆出租车，七万名以上的出租车司机，每年服务超过四亿人次，每年累计行驶五十亿公里以上，可以绕地球十二点五万圈。

有朋友问我，在这网约车发展如火如荼的时代，要开也是开网约车，你干吗要去开出租车？

我反问：有区别吗？

其实两者都差不多。中国的网约车发展模式，与别国不同。网约车跟出租车的区别越来越小了：网约车渐渐地也转变成了租车、雇用司机的模式，出租车也有了很多接单的平台，两者的界限越来越模糊。

无论是欧美还是中国，在前几年，出租车行业都遭受到来自网约车的强烈冲击，收益下跌严重。但随后经过一系列应对和变革，再加上网约车补贴战结束，许多投机的车辆腾退，出租车司机的收益回升到原来的百分之七十到八十，并且长期保持稳定。

出租车行业没有以前赚钱了，这是大家的共识，但为了生存，驾驶员师傅们依旧奋战在道路上，有人退出，也有人加入进来。

出租车司机最遭人诟病的是什么？当然是挑客、拒载、绕路、乱要价等，当然，就像大多数快速赚钱的方法都在《刑法》里一样，这些所有让乘客反感甚至气愤的，都早已写进职业规范明令禁止的条文里。

有一次听见一个女乘客跟她的同伴聊天，问："你知道为什么我从不坐网约车吗？"

她的同伴说了几条理由，她都否认了，后来她说："现在大部分网约车都是电动汽车，那么多电池，辐射太大了！"

这种顾虑可以理解，但她的说法其实是没什么根据的。实际的测试证明，日常生活中遇到的各种电磁辐射，都远远没有大到对人体产生不良影响的程度。

有人吐槽网约车，也有人吐槽出租车，出租车有拒载的，网约车也有绕路的，大多数时候，职业操作的规范，不在于组织形式，也不在于规章制度，而在于个人的道德准则，以及企业对司机的有效约束、监管与处罚。

我的职业观很简单，就是追求业务的熟练精进，遵从职业操守以及享受其中的乐趣。

才开始在上海驾车驰骋的时候，对道路肯定是不熟悉的，不过我以及很多新司机都有一个大杀器——手机导航。这是科技的发展带给人的便捷之处。当然，导航只是一个有用的工具，你得对这个城市的道路有直观上的感受，慢慢熟悉之后，脑子里装下一张明明白白的地图，可以利用导航，而不能完全依赖导航，正所谓“尽信书不如无书”。

还有一种不便利，是语言交流的障碍。上海话对于初接触者，真是太难懂了，除了“阿拉”和“侬”，别的什么也听不明白，简直一头雾水，丝毫不亚于外语。

刚开出租车的那些天，最怕老太太老大爷招手打车。这不，中山医院上来了一位老太太，她普通话讲不好，我上海话听不懂，好在明白了她的意图：不太远，她给我指路。然而，还是出了差错。

有一个路口我会错了意，提前右转了。下着雨，再加上出了差错心里紧张，我急出一头汗。老太太说：“那我也没什么好说的，我普通话也讲不好，没讲清楚，绕一下就绕一下吧，不要急，你们开车也不容易……”

我只能心里说：理解万岁！后来从淮海西路绕了一公里，把她送到了目的地。计价器上显示的是二十三元，我对老太太说：“绕路是我没走好，收您起步价，十六块！”

老太太人非常好，说：“放心吧，我不会少给你，我平时打车回来，都是二十块，我还给你这么多！”

我连忙说：“谢谢谢谢！”

很多上海的老人都非常随和，会跟你聊家常，问你是哪里人，有没有成家啊，在哪里借房子住啊等等——老一辈的上海人都不说租房子，都说“借”房子。有人说上海人排外，但我没有感受到多少这样的情绪。

一些司机觉得老年人麻烦，招手也不停，我正好相反。年轻人都会用约车软件，老年人逐渐成了打车人群中的弱势群体，我怎么忍心他们一直站在路边？更何况还能遇到很多有意思的老人。

有一次载了一位八十岁的老爷子，聊天中得知，他是河北保定人，1950年来的上海。他还是一口河北话，我问他：“上海话您会讲吗？”

他说：“普通话我都讲不好，别说上海话了！我比较‘蹦’，‘港’不来。”

“港不来”是故意学的上海口音，他眯着眼笑了起来。

他又说：“我妹妹就可以，她来得比我晚，但她上海话说得好。她学问高，在老家上的初中，在上海上的高中。”

老爷子是个乐观的人，有老年人少有的好奇心，看到有人在路边一个狭窄的地方钻，他指着说：“嘿，你看那个人从那里钻过去！”

进了小区后，一辆送外卖的电动车差点撞到我们车上来，他说：“这家伙，突然间出现！‘哈’我一跳！”

还有一次，两位老先生帮一位坐轮椅的老太太上车，一个人先进来，往车里“搬”，一个在外面，往车里推，大活人不太好折腾，两位老先生为了用力一致，“一二三”“一二三”地喊，老太太不自在地“啊哟”“啊哟”地叫，画面和声音充满了喜感，副驾驶座位上已经上车的大姐咯咯地笑，所有人都笑了起来，一向严肃的我也忍不住笑出了声……

有次在医院门口，接到了一位坐轮椅的老先生，我帮忙把轮椅放到后备厢，回到车上后，老先生的女儿悄悄地往中控台下置物槽里放了十块钱，说：“师傅谢谢你！很多司机看到我爸这样的，都拒载的，还好你停下了。”

我说：“不应该啊，老人小孩应该优先才对的啊！”

她说：“像你这样想的人不多，很多司机都怕麻烦，恨不得躲着。”

然后我们愉快地聊了一路。他们说到前不久的一则新闻，河南新乡一个出租车司机觉察到坐车的女孩不对劲，结单后尾随对方，在千钧一发之际拽住了跳河轻生的女孩的胳膊，接着连忙呼叫路人，最终合力把人救了上来，阻止了一起悲剧的发生。我说：“这真好。粗中有细，是条汉子！”

从那以后，我路过一些医院附近，只要是空车，总是会往那里去。大医院最不好打车，老年人更是如此。

那天在儿童医学中心，一个中年男人上了车，跟我说：“师傅你帮我一下吧，我的小孩在那边呢，要去另外一家医院。别的师傅都不愿意，你能不能帮帮我？”

我说：“没问题啊，人在哪里？”

见到他的孩子，我才明白他对我说话时的顾虑。那孩子十二三岁，躺在一个轮椅改成的担架上，小孩妈妈和另外一个男人已经等在那里了。那个男孩神情忧郁，整个胯部都打着厚厚的石膏，三个人费尽力气终于把他抬到车的后座上。轮椅拆卸了一番，装进后备厢，还有一个装着矫正器的箱子，放不进去。另外一个男人出了个主意，让把包装拆开，纸箱子留下，终于勉强装进去了。

男孩妈妈坐在了副驾驶，男人挤在了后座，弄疼了躺着的孩子。对于男孩的情况，我好奇但不忍心去问，只知道这家人是江西的，看衣着和言谈，他们也并不富裕。治伤花大把的钱不说，这孩子得受多大罪啊。

还在一家医院接过一个病人。病人的家人，一个中年女人办完了出院手续，好不容易遇到愿意进医院接病人的我，一个劲儿地说谢谢。她往楼上跑了两三趟，终于把好几个大包小包全部拎了下来，病人也坐上了车，我忙着帮她往后备厢装东西，没看到病人什么样子。

有一个沉甸甸的大袋子，足有几十斤。女人说："这是他的药，你看看，药基本上都当饭吃了！"

我觉得病人应该是女人的父亲。

路上，女人对病人说："这次手术不算什么，三个月后的手术，就是个大手术了，到时候别怕啊。"

病人说："那就来呗，我又不怕，嘿嘿。"

听病人的声音，没那么苍老，应该是她老公？

女人说："你还笑！真是的……"

后来，病人又说："我饿了，一会儿吃什么啊？去面馆吧！"

女人说："还想吃面？医生开的那些药都够你吃了，头一个月只能吃流食，喝粥啊、吃水果泥什么的。"

看来，大概率是胃病。到了小区，他们下车后，我才看见，病人是一个大男孩，十五六岁，还是十八九岁？看不出来具体的年龄，反正当时我心里"咯噔"一下，接下来大半天都缓不过劲儿来，一直想着这个小小年纪就疾病缠身的少年。

……

还好，世界上有苦难，也有困苦中的欢乐；人们有诸多不便，但也一直都在求取更好的生活。我要做的，就是暂且保留住心中的慈悲，去做一个快乐、生动的人，尽情拥抱这个城市，投入这忙碌的人来车往。

穿梭在高楼大厦之间，奔波于诸多隧道高架，日复一日，夜复一夜，每一天都大概相同，每一天又有每一天的新鲜。无论是熟悉的大街小巷，或是偶尔一探的陌生角落，总是让人感到安心。

我尤其喜欢深夜的上海，灯火依旧连绵不绝，但是大部分的人都已经归于梦乡。除了路上疾驰的车辆、路边等车的人，还有牵手漫步的男女，拖着大箱小箱的独行者，喝了酒的三三两两打打闹闹的年轻人……他们让这个城市的深夜保持着生动的面目。

那个路边啜泣的女孩，让整个夜晚陷入呜咽；跟女友吻别的外卖骑手，又为街头增添了一抹温柔；横穿街道、爬树上墙的黄鼠狼，是暗夜里的精灵——我曾不下十五次与它们邂逅。我熟练地开车前行，像轻轻摇动一艘悠然的船，摆渡着这个城市与我有缘的乘客。

新冠高考

马国兴

2020 年高考，除了因疫情延期，与往年似乎也没有什么不一样。

“别啊，还得多受一个月的煎熬。多给你一个月，能让你多考一百分吗？快乐的暑假时光又少了一个月。”

“再不开学，俺真没啥盼头了，收拾收拾就可以准备高四了。当初俺说过绝对不复读，现在收回俺说过的话。”

“是时候着手处理寒假作业了。话说，作业我都不知道扔到哪儿了。有一个很严肃的问题：我坐在教室的哪里？”

2020年3月31日，距离原定于6月7日的高考开考时间只剩下六十八天，儿子马骁所在的班级同学QQ群分外热闹。

这一天，消息不断：中午，教育部发布公告，2020年全国高考延期一个月举行，考试时间为7月7日至8日；下午，河南省教育厅发布全省各级各类学校返校复学方案，

此文前篇为《家长的小升初》《中考魔方》，分别刊于《读库 1503》《读库 1803》。

其中，高三年级4月7日统一返校复学；傍晚，河南省实验文博学校发布复学后住宿安排，每个宿舍由原来的八人减为四人，上下铺错位就寝。

2020年1月，新型冠状病毒肺炎疫情由武汉暴发，迅疾蔓延全国。1月23日十时起，武汉封城。随后，神州万家闭户，亿人禁足。有同学在群里感叹："人生最长寒假，居然是高三的，唯一一次越放越多。以后可以和孩子们吹：你爷爷我当年高三寒假有俩月！"

文博学校高三年级从1月16日开始放寒假，到4月7日复学，合计八十二天。其间本有望更早时间复学，但在河南省十九天零报告之后，3月11日郑州市又确诊一例输入性病例，"假期又充值了"。

"岂曰无课，与子同钉。"说是放假，其实从2月1日开始，马骁他们已在家上网课，先是在贝壳网，随后转战钉钉。

在家长微信群，班主任张老师每周定时上传自主模拟测试试卷，请家长下载打印，让学生自测。其时街上文印店关门休业，不少家长为此配置了打印机。

相应的，"高考百日誓师"之类的活动，也在网上举行。

"联考可能会迟到，但绝不会缺席。"3月31日，张老师在钉钉群召开云班会，交代复学后疫情防控注意事项，"一定要全程佩戴口罩！当然，就餐时可以把口罩摘下来……"

3月5日，张老师在家长群发起接龙，请外地学生家长填报返回郑州后是否有条件隔离。班里共有二十四名外地学生，有十一位家长表示为难——有八人平时住校，在郑州市区无住房；有两人在郑租房，所在小区与房东拒绝进入；有一人在郑有住房，但家长需要上班，孩子无人照顾。

马骁不是外地生，但上高中以后，就成了一名住校生。他每月有一次双休，其余的周末，周六下午六点放学回家，周日下午三点前必须到班。多数休息日，他也就只能睡个懒觉、洗个澡而已。

马骁住校后，妻子牛牛重新工作，脱离了将近十年的居家日子。我的生物钟未变，每天早上五六点钟就自然醒来，六点半左右出门上班。每个工作日，牛牛在单位吃早餐与午餐，我在家独进早餐、在单位附近解决午餐，只有晚餐我俩才在一起。餐后，两人各忙各的。时间久了，我不由得感慨：我们这是提前进入了老年状态。

离开我们的视线，马骁渐渐放飞自我。高一上学期期末考试成绩出来，他退步明显，从年级排名来看，由期中的第二十六名降至第一百四十七名。牛牛接到张老师电话，赶往学校。张老师交还她没收马骁的两卷金庸，以及一本河南省实验中学的稿纸，上面是他写的武侠小说。

在马骁上初中时，我拟让他接触金庸的作品，便征询朋友的建议，大家一致认为，应该从《射雕英雄传》开始。中考后，我分给他一张因获评“书香家庭”所得的购书卡，并陪他到附近新华书店，请回《平凡的世界》《射雕英雄传》。当日，他开看金庸，手不释卷，废寝忘食，也未再开电脑玩游戏。此后数日，他又天天出门，迟迟不归。某日，见他手持《倚天屠龙记》回家，我对他说，“射雕三部曲”如果按照顺序读，下一部应该是《神雕侠侣》啊。不料他说，前几日已在书店站读此书——因要拆塑封，他带着购书卡，以备店员让他买下。

那时还在暑假，我对此并不在意。然而，开学后，他依然如故。起先，我发现他的书架上多了《斗罗大陆》《天火大道》系列，便劝他，有些书不必买，去图书馆借阅即可。随后，我又发现他在电脑、手机上看起网络小说，某日还带回同学的Kindle在看——我瞄了一眼，是唐家三少的《琴帝》。牛牛刚问电子书阅读器是谁的，他就表现激烈，是怕出卖朋友导致严重后果吧。我劝他适可而止，不要影响学习。

孰料，不久，马骁获评2017年度郑州市“阅读之星”，奖品就是一台Kindle。我为他从网上订购了Kindle保护套，又告诫他，机器本身无所谓好坏善恶，关键在使用它的人，要成为它的主人而非奴隶云云。但这显然几乎无效，期末考试前一周，他还下载辰东的《神墓》在看……

从学校回来，牛牛把张老师交还的书物给我，说：“马作家，看看你儿子的大作吧！”

我浏览一遍，马骁是游戏文笔，小说甚至没有起名，主人公除了用他的名字，其他皆为同学老师的化名，如胡文武之于胡斌、马弓长与马弓也之于马张驰、王鹏木之于王鹏林。

我对牛牛说：“如今真是后怕，如果我在中考前引荐了金庸，而马骁又没考上河南省实验中学，岂不让你给唠叨死！”

“文博高中部有政策，学生每学期在期中与期末两次考试中均位列年级前五十名，免交下学期学费四千元。还想着下学期学费能省出来呢，这下没戏了。”

“这倒无所谓。这也许是好事，让他经受挫折，面对现实。”

“你看他都买些什么书？”

“那不也有《阿Q正传》《朱光潜谈美》《我们仨》等书嘛。我简单翻过，书中部分语段他有勾画，而且有的页面还标有笑脸图标，证明他读进去了。无论是看电子书，还是购阅唐家三少的书，这毕竟属于阅读的范畴，而非别的什么恶习。我们认为价值不大，但或许对他有一定意义，也不必苛求。只要这些东西能维护他阅读的热情和习惯，足矣！”

“现在看来，那奖品不是购书卡而是Kindle，真不知是好是坏了。老师也不没收他们的那个东西。住校后，他难免受同宿影响。要不，还让他走读算了。”

“你忘了他小学时和你的‘战争’？他总要慢慢学会

自我管理。这些都是必不可少的代价吧。”

马骁寒假归来，看到自己的书物，坦承写武侠小说是在第一次月考前的行为，被收走后也没再写下去。看来成绩退步，就是电子书给闹的。

随后，围绕Kindle的事件不胜枚举：春节回乡返郑，我们借口Kindle遗落老家，暂时中止马骁的沉迷；待母亲来郑小住，又解封Kindle，但要求他不要把它带到学校，没想到他使用金蝉脱壳法，将保护套放在抽屉里，取走阅读器；某日，我们发现家里有两台Kindle，一问才知，原来是他与同学打闹，抢夺对方的Kindle，以致摔落在地，不再显示——我提议将他那台给人家，这台坏的回头找人修理（当然，至今未修）；后来，他倒是接受了我的建议，不过他与同学协商的结果是共用，一人使用一天——这让我想到王小帅导演的电影《十七岁的单车》里，主人公小坚与阿贵对那个自行车难题的解决办法……

3月7日，是马骁十八周岁生日。当日，牛牛为他订了个小蛋糕。

“生于非典，考于新冠。”网络媒体如此定位2020届高考考生。这当然是吸引眼球之举，凸显其特殊性。前半句改为“长于非典”更恰切，因为事实上，马骁的同学与他一样，多生于2002年，高考前后，正值其成人日。

张老师在家长群里说，基于疫情防控要求，学校将不再举办本届高中毕业生的成人仪式。

但显然，这次疫情，是许多大人的启蒙课，也是许多孩子的成人礼。

在冬去春来的众声喧哗中，每日，我为马骁挑出相关语句，并略述背景。

比如武汉市中心医院眼科医生李文亮生前的话："一个健康的社会，不应该只有一种声音。"

又如作家方方的话："时代中的一粒灰，落在个人那里，可能就是一座山。而我们偏偏处在一个尘土飞扬的时代之中。"

还如随日本各界捐赠物资而来的诗词："山川异域，风月同天""同气连枝，共盼春来""青山一道同云雨，明月何曾是两乡"……

这是自马骁上学以来，我们与他共处最长的一段时光。此前，因他住校，马氏语文成了不定期的课程。不过见缝插针，我与他也多有问答，而且不限于语言文字。

2018年暑假，我与马骁游学秦皇岛、北京、石家庄。在石家庄美丽华大酒店，我问他："你说，为什么走廊要铺难以打理的地毯？"他想了想，回答："应该是为了减少噪声吧。"我点点头，又说："如果半夜有人走来走去，木地板的话会很响，影响别人睡觉的。"

就餐时，我们一起观看中央电视台财经频道《是真的吗》。在"真假实验室"环节，主持人黄西事前问两位嘉宾，某事是真的吗？马骁抢答："肯定是真的，因为一次实验为假，并不能完全证明此事为假。"我为他的思维方式点赞。

得知马骁曾写武侠小说后，我有心把他往正道上引。某日，我对他说："正如武侠小说中的高手，武功修炼到一定境界，就会打通任督二脉。我们读书时，不同的书参照阅读，会有不一样的发现。古今中外的寓言，都喜欢拿动物来说事。无独有偶，在伊索寓言里，也能读到和中国寓言类似的故事。比如《被当作狮子的驴》。一头驴披上了狮子的皮，众目睽睽下冒充狮子，人和动物见了他无不纷纷逃遁。不料一阵风刮来，把狮子皮吹跑了，驴身上一无遮盖，终于现出了原形。目睹此状，大家蜂拥而上，用棍棒把驴狠狠揍了一顿。"

他说："这不就是'狐假虎威'吗？不过伊索说的是'驴假狮威'，而且主人公的伎俩最终被大家给识破了。"

"不错。伊索生活的年代，正值中国的春秋时期。那时中外文化交流不多，两则寓言的类似，更多源于人性相近。又如《学马叫的鸢》。鸢曾经拥有一副与众不同的嗓音，听上去既洪亮又尖厉。有一天，鸢听见马在嘶叫，觉得悠扬悦耳，便一心想去模仿。他费尽心力，非但没能学会马的叫声，结果反而连自己原有的嗓音也变样了。难怪鸢现在的叫声不伦不类，既不像是他自己的，也不像是马的。"

"这只鸢是'邯郸学步'。"

“还有《初识骆驼》。人们初次见到骆驼，觉得这样的庞然大物实在可怕，纷纷逃离而去。过了一段时间，人们发现骆驼性情温驯，便鼓起勇气设法接近它。又过了一段时间，人们逐渐认识到这种动物压根儿没有脾气，便再也不把它放在眼里，干脆上前将它套上缰绳，交由孩子们牵来牵去。”

“这匹骆驼倒像柳宗元笔下的那头驴，‘黔驴技穷’。”

“中国的寓言故事，多发展演化为成语。你还记得小升初时我讲的那些成语故事吗？既然你有精力，不如把它们深入整理，查证出处、注解字词、编写故事，写一本《成语中的傻瓜》吧！”

后来，此书出版时，更名为《成语镜鉴》。

此外，我让马骁把平时的习作拿出来，稍做修改后，给报刊投稿。

马骁的《老爸的语文课》刊于《读者·校园版》之后，得多种文摘类刊物转载，入选多种年度作品精选本，并被编为多种现代文阅读理解试题。

疫情期间，一位读友给我的公众号留言，提及《老爸的语文课》出现在一份初三语文期末试卷上。他是教师进修院教研员，曾与同事分析一道得分率最低的题，正是引用文中那句“希望你‘穿越火线’之后，利用网络拓展视野”，让学生解释“穿越火线”的含义。

在此之前，《老爸的语文课》出现在一份初一语文月考试卷上。全题总分为九分，具体如下：

一、阅读全文，概括文中“老爸”的语文教学观。（三分）

二、品读下列句子，回答括号中的问题。（四分）

（一）老爸讲得天马行空，我也听得津津有味，只是等再次考试时，我又现了原形。（联系上下文，猜猜“原形”的意思）（二分）

（二）为减轻负面影响，每次来接我回家，总会另外开设夜路上的语文课。（有同学认为，“总会”一词应该读重音，你认为这样的朗读设计合理吗？为什么？）（二分）

三、你是更喜欢文中“老爸”天马行空式的语文课，还是更喜欢文中辅导老师那有“技巧”的语文课？请结合选文，联系自己的实际谈谈你的看法。（二分）

4月8日零时，在七十六个日夜之后，武汉解封。此前一日，距延期后的高考九十一天，马骁复学。

与同学不同，放寒假之前，他因病休息两周，实际上已有将近四个月没怎么上学了。

2019年冬天，多地学校有零星甲型流感。12月20日，张老师给牛牛打电话，提及马骁感觉不舒服，让我们接走他去医院看看。我忙带他去河南省中医院检查，排除是甲流，不料却因未戴口罩，他反而在那里染上了水痘。遵照医嘱，我们报告张老师后，让他在家隔离静养，因此错过郑州市高三第一次质量预测考试。

疫情期间的网课，马骁自是没有耽误，但效果堪忧。网络直播上课之前，曾有一段时间是录播。同学们在群里讨论，可以倍速观看视频，“感觉老师喝多了”，“整个老师都阴阳怪气了起来”，“鬼畜，贼爽”。又有同学发言：“我感觉最近看手机看得眼疼，所以不敢玩游戏，害怕瞎了。”另有同学打趣他：“这不对啊，保护视力的最好方法应该是少上网课。你一天上多久网课，又玩多久游戏？当然是从大头开始削减啊。”由此可见网络教学的质量。

好在，马骁上网课期间，我们一家每日夜间在小区院内散步，也养成了傍晚打羽毛球的习惯。某日，牛牛见玉兰花落，又发诗情：“不知是花期太短，还是假期太长。”

然而，生活并不总是诗意的。2020年1月，教育部印发《关于在部分高校开展基础学科招生改革试点工作的意见》，决定自2020年起，原有高校自主招生方式不再使用，改为在三十六所“一流大学”建设高校试点“强基计划”。

靴子落地，流言落实，那一刻，我内心平静。

我是在马骁上高中以后，才留意到自招的。先是有书友托我荐发其孩子的文章，后来又有文友请我为其孩子写专家推荐信，我请教了先行者，才知道门道。

2003年，首批入选国家“211工程”的二十二所重点高校启动自主选拔录取改革试点，各自拿出百分之五的招生名额进行自招。通过自招考试之后，可以得到相应的高考降分政策（对考生而言是加分），少则十到六十分，多则能降到一本线录取。此后，拥有自招权的试点高校范围不断扩大，到2018年已有九十所，面对河南省招生的有七十八所。

各高校自招报考条件不一，总体而言，有七大类：获得数学、物理、化学、生物学、信息学全国奥林匹克竞赛奖项，获得全国青少年科技创新大赛等奖项，获得新概念作文大赛、全国中小学生创新作文大赛等奖项，获得全国创新英语大赛、全国中学生英语能力竞赛等奖项，获得专利，发表文学作品或论文、出版图书，综合成绩优异或单科成绩优秀。

我们参加自招讲座，始于2017年12月23日。

之前一天，我收到某辅导机构一条短信："教育信息：自招认可哪些奖项？如何准备？周六上午九点半，合理规划获十至六十分高考加分讲座，邀您参加。"后附地址电话。

搁在往常，接到类似短信，我会当即删除，但那天不知为什么，居然保留着。晚间与牛牛商量后，我拨打了电话报名，第二天只身赶赴聆听。

"稳定不是社会发展的动力，竞争才是。"主讲人胡老师的理念，引发我的共鸣。他说，自招就像一个省份，而选择自招，就是高考移民。让孩子走自招之路，可以防发挥失常、加分上名校、保专业方向，但更重要的，是经历自我提升的心理体验的过程。

胡老师所在的辅导机构，专做自招业务，主要是辅导学生写作论文并刊发，保证通过高校初审，附赠指导志愿填报。图穷匕见，PPT最后显示，学费为两万九千八百元，现场交费优惠两千元，2018年元旦后不仅恢复原有收费标准，还有可能上涨。

我悄然退席，只在心里叹息：在那儿登记了相关信息，从此怕是要接到更多这样的短信了。

回到家，我难掩兴奋，对牛牛现炒现卖：自招原来放在高考前，如今笔试、面试放在高考后；笔试一般为一科，清华大学、北京大学为三科，可依自己优势科目选择高校，若均一般，可选择只有面试的高校；加分是按笔试、面试成绩排名进行的，约百分之六十考生享受此政策；如果总分平分，依序查看语文、数学、英语听力及普通高中学生学业水平考试（即会考）成绩；复读生也可参加自招……

我对牛牛说，下次类似讲座，你也应该去听听。

2018年1月18日下午，我与牛牛相约到河南省实验中学，在艺体中心报告厅，听武汉大学文学院王教授讲“创新作文大赛与高校自主招生选拔”。现场座无虚席，大都是高一、高二学生的家长。听了几句我就知道，这条大赛之路走起来不会顺畅。

不一会儿，工作人员发放“文学特长生”冬季集训营宣传页，我当即明白主办方《课堂内外》杂志社的本意——北京营为一万三千八百元，南开大学营为一万一千八百元，武汉大学营、南京大学营、浙江大学营、厦门大学营均为九千八百元。

王教授介绍完武汉大学，极力举荐武汉大学营。整个讲座听下来，我只记住了他的玩笑话：高考当年之所以改在6月7日至8日举行，是因为谐音“录取吧”。

两天后，我与牛牛又去听了一场“自主招生免费公益讲座”。本来无意参加，但我们交流后得出结论，既然这是由学校发出的短信，不如再听最后一回。

这家辅导机构的主讲人是杨老师，可以明显感觉到，他的水平比王教授要高，但他的主题太多，有自招有志愿填报有笔试面试有港澳台高校申请，每一个又都匆匆而过，蜻蜓点水。

杨老师说，中国人注重家国天下，爱过春节，而西方人注重契约精神，爱过纪念日。又说，高中生家长在生活上是家长，在孩子学习上是孙子，甚至不如孙子。

现场家长哄堂大笑。

其他的，我过后即忘。

虽然说过不再去听自招讲座，随后收到相关短信也随即删除，但几个月后的儿童节那天某辅导机构的短信，我却又保留了下来。原因是那一周马骁双休，我想带他去感受一下。不料，他对此并不热心，牛牛又有事，我只得单独前去。

此次主讲人是朱老师，内容以当年度高考志愿填报及学业规划为主，自招讲得很少。他说，高中家长有三大职责——高考志愿填报、申请高考加分、职业发展规划。选择高校也要考虑其保研率，因为高考虽对河南省考生不利，但考研却是相对公平的，反而能凸显优势。如果无心考研，也要力争在大学取得双学位，这相当于研究生学历。

关于自招，这家辅导机构也有自己的赛事，不过看起来像擦边球，未必管用。比如全国中小学生创新作文大赛，全国语文创新教育研究中心与《中国校园文学》杂志社也办了一个——我没有料到，没过多长时间，竟然也有辅导机构联系我所在的杂志社，有意联合举办相应赛事。

虽然当时还没有分科，但马骁倾心于理科。我去听讲，是为解除心中疑惑，也得到了一定解答。出书及发文对理科生也是有用的，毕竟理科生也学习语文。朱老师让我可再谋求数理化方面的证书，以求双保险，并积极推销他们承办的赛事。

幸而马骁没来，来的全是家长。

同期，在语文老师推荐下，马骁也先后参加了几次赛事，如2017年全国中学生语文能力竞赛、“课堂内外杯”第十三届创新作文大赛，不过都没有走到总决赛。

全国中学生语文能力竞赛由语文学习报社承办，中央电视台中学生频道协办。送马骁进考场后，与其他家长聊天，才知高中各年级学生皆有参与。后来问他，原来各年级的试卷不同，所以低年级考生并不会吃亏。

马骁拿回的高一年级组赛题册，封三印有全国总决赛通知，说是学生已获得参加2018年暑假举办的总决赛系列活动的资格。下面还有注册申请表，其中家长意见里有如下一段话：“我已看过……全部内容，现自愿申请注册，同意我的孩子参加本届总决赛活动，并愿意为其提供有关费用。”

我会心一笑。

2018年高考落幕，因身边很多熟人的孩子是应届毕业生，我接受了密集的信息轰炸。

同事胡君微信告知，儿子高考分数为五百五十六分，高出艺术类本科线二百二十四分，高出统招理科一本线五十七分，被中央音乐学院管弦系小提琴演奏专业录取。其子是艺考生，此前专业成绩位列全国第十三位——此专业共招生三十人。我将之截屏，转给牛牛，她评论：“人家儿子真厉害，我儿子后年更厉害。”

二哥电话告知，我的四侄儿高考分数为五百六十四分，高出理科一本线六十五分，而河南大学在河南省的提档线是五百六十一分，于是被该校化学化工学院化学工程与工艺专业录取。前几年我的二侄儿与外甥先后就读于华北水利水电学院（2013年5月更名为华北水利水电大学），在四侄儿填报志愿时，牛牛笑言：“可别再选华水了，否则这所学校真被你们家给承包了。”

同事赵君当面告知，女儿高考分数为六百三十六分，加上中山大学自招初审并面试通过所加的二十分，合计六百五十六分，而中大在河南省的提档线为六百四十三分，故被该校社会学与人类学学院人类学专业录取。我转告牛牛，她回应：“人家孩子学的是文科，报的是相近专业，所发文学作品肯定匹配，可马骁如果学理科，无论是发的文章、出的书，将来管用吗？”

这也是我担心的地方，不过还是给牛牛以及自己打气：“辅导机构老师不是说了吗，理科也学语文。退一万步说，万一不行，就当是他的一种经历吧。”

当年现成的例子是文友叶君的女儿，学的是理科，自招报了中国政法大学，但因材料多为写作成绩，未通过此校初审。不过，其女高考成绩优异，分数为六百七十二分，报了复旦大学航空航天类，被此校提前批录取。一年多后，叶君告知：“翻阅你的书，深感从事文字工作真辛苦，这也是我当初极力让女儿学理科的原因。然而，人算不如天算，今年5月，女儿从航空航天系转到中国语言文学系。还真是‘好者好、恶者恶’呀！”

2018年高考后，有两件事值得一提。

其一，全国统一卷（Ⅰ卷）理科综合单选题第八题引发争议，事涉河南省等十个省份的考生，占全国总数的一半左右。与上一年河南省“中考数学二十一题”事件处理方式相似，各省招生办公室先后发布公告称，经专家评议认定，该题本身没有问题，但不同考生从不同学科角度，对试题选项会有不同的理解，综合各方面意见，考虑高中教学的实际等因素，经研究决定，在评卷中，对该题单选A或单选B的，均给六分。网上又是一片撕裂声。

其二，有四位河南省考生的家长宣称，他们孩子的考卷与答题卡“被调包”，引起全国关注。此事源于这四名考生发现他们的分数与以往成绩、考后估分相差很远，于是有一位考生家长便找关系调取孩子的答卷，拍照后，向媒体爆料，并向纪检监察部门实名举报相关负责人“滥用职权、组织考试作弊、内外勾结”。此事被查证为子虚乌有，反而其中一名考生通过北京师范大学与中国传媒大学自招初审的论文，被人扒出涉嫌抄袭，而且同样的情况在其所在中学并不鲜见，背后有一条完整的产业链。网络舆论风向瞬间掉转。

我与牛牛听的最后一次自招讲座，是2018年12月30日，在胡老师的辅导机构。我明显感觉到，胡老师讲的重点与上一年不同，由论文辅导转向信息学奥赛指导。他提及本年高考家长风波，这或为此辅导机构淡化论文辅导的主因。

2019年，自招还在延续，但各高校报考条件仅限定于获得五大学科奥赛奖项，连新概念作文大赛、创新作文大赛也不再提及；2020年，实施十六年的高校自主招生，被教育部叫停。

4月26日，张老师在家长群转发年级长所发的通知："紧急通知：近期虽然多次强调要多穿衣服、注意保暖，但好几个班级仍出现学生因衣服穿着过少而发烧感冒的情况。现转校领导批示，从明天开始，每位同学必须要多穿衣服，必须要穿长袖衬衣，外面再穿厚外套，凡是穿着少的学生一律不允许入校入班！请各班尽快通知走读生！住校生已经由值班老师通知。各班收到请回复！"

五一假期前，张老师又发布学校的通知，要求已复工复学的师生一律不许离开郑州市域，更不能到目前疫情发生及疫情严重的地区，假期期间仍要每天认真做好钉钉健康打卡，对于谎报、瞒报的，一经核实，将由其本人承担相应责任。

在承诺书上签字后，马骁回家休假，三天未离开郑州市域。应学校要求，我与牛牛在那几天乃至高考前均未离郑。

复学后，文博实行封闭式管理，师生须凭证出入校门。住校生不允许请假，周末也不允许离校。各班一分为二，在两个教室学习、就餐。食堂暂未开放，学校统一为学生订餐。除了住校生一日三餐，走读生中餐也须在学校进食。

疫情一时改变了所有。

每年春天，正是艺术类专业现场校考之时，但在疫情之下，各大高校相继发布2020年专业考试调整方案。有的是考试方式转变，由面试改为远程考试；有的是考试时间推迟，由高考前延至高考后；有的甚至取消专业校考，届时按高考文化课成绩由高到低录取。

马骁在吹拉弹唱方面并无特长，并非2020年这一百一十五万艺考生中的一员，不过艺考之路的确曾让我动心。

同事胡君因为自己儿子是艺考生，所以对此耳熟能详，建议我可以考虑文理兼收的戏剧影视文学专业。南京大学、南开大学、武汉大学……这些大学对身为河南省考生的马骁来说，可望而不可即，不过它们皆设置戏文专业，或许可以曲线救国？

原来我以为，我陪马骁上过几次大课，掌握题型与答题要略，剩下的就是观影与写作，我们可私下训练。咨询过艺考辅导机构才知道，所学并非细化后的戏文，而是大类编导，且多为面授一对一，不允许家长随听，每名学生收费三万元。

“艺考不是捷径，而是陷阱。”学友刘君对我说。2018年初春，她陪女儿奔走于北京、上海、杭州，赶场参加专业考试，几个月后，其女被浙江传媒学院电视艺术学院广播电视编导专业录取。“高三艺考每一个环节的最后一搏都是破釜沉舟，背水一战的压力和绝望总在下一秒汹涌而来。”

刘君说，艺考若不在金钱与精力上全情投入，想要通过省艺术生统一考试乃至校考，无异于天方夜谭。她又说，要找就找北京的辅导老师，不过考虑到马骁的条件——兴趣不大、近乎零基础、身高不足一米七等，建议我不必投入过多，只是瞄准省统考即可，因为编导面试时，他的身高吃亏。得知他的成绩稳定在六百分左右，她调侃我："你就给别人留条活路吧！"

其后，我参加了某艺考辅导机构举办的大型专家咨询会。从讲师的分析报告可见，这条路就是内心真正喜欢或成绩一般者的选择，每年艺考生占高考考生总数的十分之一。随后的试听课，我放弃前往。回来与马骁商议，业余自学，只当拓展知识面与练笔，届时参加省统考，主要精力还是用在文化课上。

然而，后来我并未网购"文学常识"艺考教材，省统考也没为马骁报名。

疫情期间，我闲翻东东枪的《文案的基本修养》，读到下面两段话：

近来我看到的有关的例子是据说美国某大学的教授在课堂上向他的学生解释为什么不要作弊，说的并不是"作弊对别的学生不公平"或"作弊会败坏学校的风气"之类，而是说"作弊最终会把你困在一个自己不擅长也不喜欢的职业，困住你真正的人生追求"——作弊成功，那些假的成绩就会带你到一个你根本不想去也不该去的地方……

这个教授不是告诉你作弊对别人不好、对学校不好，而是告诉你作弊对自己不好，而且，解释为什么"对自己不好”的理由也不是以往那些。这个教授很有一套，但更让我感慨的是，发生在美国大学课堂里的一件事，竟然会因为有一个漂亮的看法，而传播到中文互联网，甚至全世界。这就是idea的力量。

一定意义上，我为马骁设计的自招、艺考之路，也是“作弊”，假使成功，会让他困在不擅长也不喜欢的职业，困住他真正的人生追求吧。

如今，一切都要靠马骁的实力了。

6月22日傍晚，我所在的QQ群“南科大2020河南招生群”忽然骚动，原来是南方科技大学已公示综合评价招生初评通过名单——河南省通过一千零九十一人，没有马骁。

次日晚间，我收到南科大河南招生组发来的短信：

亲爱的同学，感谢你对于南方科技大学的支持与认可！正是这份向往和期待，让南科大得以与优秀的你相遇相知！但很遗憾，你未能通过本次综合评价的资格初审。如你所知，南科大是高考改革的探索者。或许我们一直在努力改进的评价方式尚待完善，目前还不能衡量出你的全部能力，以致你的优秀暂时无法以一种更具竞争力的方式呈现，但是我们相信你的才华将进一步优化我们对于“优秀”的评判。

此刻，我们无比真诚地写下这些文字，愿你能理解这不是一次冰冷的否定。更愿你能知晓，你的美好未来并不止步于此，前方仍有无限可能。希望你能够放平心态，丢弃心中的焦虑和未曾达到某些目标的失落，继续自信昂扬，在冲刺的最后阶段，不断超越自己。南方科技大学也将继续用期待与祝福的目光关注着你。愿今日的擦肩而过，仅是一场欲扬先抑，为高考的圆满埋下的伏笔。让我们共同祝愿，仲夏六月，你于考场，创造佳绩；金秋九月，理想与你，圆满相聚！

我扫视后，失落之余，又有点暖心。

招生群里，在一片致谢招生老师的言语中，有位家长晒出那条短信，指出工作人员复制粘贴往年文本，却未考虑到高考延期举行这一点，“这个就显得有点不够真诚了，或者说不走心啊！一年过去了，连一个字都不改一下。相比之下，就显得我很用心了，虽然知道是拒绝信，还是认认真真从头看到了尾”。

南科大每年在提前批招生，马骁初评未过，那么报志愿时就少了一个选项。此前准备报名材料时，牛牛从学校学籍处开具了他的高中学业成绩及排名证明，我们就推断胜算不大——所列六次考试，他仅有一次进入年级前五十名，位列第九。如此说来，所谓“综合评价”，看的完全就是成绩，其他什么全国“书香之家”、“素质杯”全国中小学生写作大赛一等奖、河南省作家协会会员等等，在这里都是浮云。

与此同时，我也让马骁试水强基计划。在阳光高考网，我过目全部强基高校招生简章，大多要求获得五大学科奥赛全国二等奖以上，只有两所未提——中央民族大学另要求须掌握一门少数民族语言文字，我便为他选择了中南大学，专业志愿为数学与应用数学、应用物理学、应用化学、生物科学。

由于马骁未过强基初审，加上中南大学历年投档分数线过高，所以后来他报志愿时，便未再考虑此校。8月19日上午，牛牛发来河南省2020年本科一批理科投档分数线，并说："快看吧，中南大学不报亏死了。"原来此校断档，投档线为六百一十一分，比马骁的分数还低十一分。我回复："谁有前后眼？"

6月24日下午三点，2020年郑州市高考考点查询系统开通。经查，马骁的考场在郑州市第三十一中学，离家一箭之遥。牛牛说："今年真人性。"当天接他回家的路上，我们转到群英路，为他在此校门口留影。

一年半以前马骁参加会考时，却不是这样。会考考点在郑州市第四十七中学高中部，离家十余公里，为免奔波之累，我在那附近预订了客房。

会考科目共九科，有文理皆学的语文、数学、英语，有理科的物理、化学、生物，有文科的思想政治、历史、地理。此次考试，马骁的成绩是全A——全班共五十九人，有三十六人是全A。

会考过后，文博彻底分科学习。此前，虽已分科，但为备战会考，马骁所在的理科班，还是上了半年文科课。

高一下学期，每次考试过后，张老师都会分别将学生的文科与理科各科成绩、总分及排名，发给家长，供选择参考。马骁文理均衡，因比较喜欢物理老师讲课，又不愿死记硬背，最终确定了理科。这也是多数同班同学的选择。

在这个毕业季，马骁并未购置笔记本请同学留言，不过倒是买了副“主角”扑克，请同学一一签名留念。

7月7日，延期后的2020年高考拉开帷幕。

1979年至2002年，除1983年高考时间为7月15日至17日外，每年的全国高考时间都固定为7月7日至9日。2001年，教育部考虑到，在南方的许多省份，7月洪涝灾害与台风频发，给高考的组织工作带来许多困难；有的地方在突发性暴雨或洪水来临时，为保证高考如期进行，不得不临时转移考场和考生，因此决定从2003年起将高考时间提前至6月7日至9日。

有例为证。2020年高考首日，安徽省黄山市歙县遭遇五十年一遇的洪涝灾害，县城多处严重积水、道路受阻，大量考生无法赶到考场，高考无法正常开始，经研究并报教育部，歙县考区将原定7月7日进行的语文、数学科目考试，延期至7月9日举行。

2020年高考因新冠疫情延期，是自1977年高考恢复以来，全国高考第一次因突发事件改期。这也是继2003年高考提前至6月7日开考以来，时隔十七年后，高考时间重回7月7日。有人戏言："高考和冠状病毒纠缠不清，两者如同小贩和城管，赶来撵去。"

河南省高考采用全国统一卷（Ⅰ卷），各科总分七百五十分，其中语文、数学、英语各一百五十分，理科综合或文科综合为三百分。首日考试科目，上午为语文，下午为数学；次日，上午为理综或文综，下午为英语。

送马骁进入考场，我与牛牛在外面也未久留，转身回家。

网上流传着各地考生家长的祈福之举，比如穿着红色露大腿的旗袍，意为旗开得胜，让人无语。但据我的观察，至少在三十一中考点，没有这种现象。

中午接马骁时，我特意询问语文试题是否涉及疫情，得知并没拿疫情说事，作文题是依据所提供的史事写一篇发言稿。

在朋友圈里，河南大学的刘军老师写道：

今天是高考第一天，若说又逢酷热的天气这样的话肯定是不严谨的，因为在皖南，暴雨导致交通的阻断，还有高考科目的临时延期。看到朋友圈有无数人在讨论高考作文的话题，还有助威学生的家长图片，心理上有一些不适感。对于各种造型，我的看法是这样的，这个事情到穿旗袍为止，再多就过头了。那些求神拜佛甚至下跪的行为，无不是毕其功于一役的心态，无不是观念的严重滞后。都市社会的身体里，藏着本然的污垢，都是过了不惑之年的年龄，居然还需要维持如此要命的平衡，不禁让我勾连起一个话题，即在当代社会里，不仅是孩子需要救，还得救救那些家长！

再说高考作文，我的朋友圈里云集各色文学界人物，完全搞不懂他们为何对这个事情如此上心，如此热情话说。如果是专门等着评点，或者仿写，或者受邀谈论，这些有银子回报的行为，我还能够理解。唉，我都不知要说什么为好，应用性文章还值得我们这些久经文字河流的人去谈论么？尤其是多数人经历过枷锁套头的情况下。马尔库塞说过，人类的解放，需要爱欲的健硕，需要劳动的丰美。我们距离解放还远着呢，怎么对枷锁又怀抱上这么浓厚的兴趣呢？

当天，我不断接到祝福电话，比如大学同学段贤军的。书友惠继超的龙凤胎儿女也参加高考，由于考点离家较远，他们夫妇分别预订宾馆，各陪一人。在家静候时，我与他微信闲聊。

“复学后，有天晚上马骁来电话，说是近期学不进。牛牛说，如今已不学新东西，仅仅是做题，不懂的就问老师同学。这让我们一夜难眠。后来据他说，那是片刻心情。他自主能力不强，上网课的效果也不好。”

“现在看来，网络教学还不可能完全取代学校教育。教育的基本功能不仅仅是系统化传授知识，还在于让孩子与同龄人一起成长。学生的社会发展性素养，比如人际交往能力、公共关系能力、团队精神及健全人格，其培养还只能在现实环境当中，通过学校教育，以及学生的群体学习与社会实践来完成。”

7月8日晚上，高考各科答案公布。马骁对照后，保守估计自己的成绩应在六百分至六百一十分之间。这比我们现实的期待略高。

接下来，等待分数之外，就是准备报志愿了。诚如某辅导机构老师所言，“七分考，三分报”，因此高考后，在马骁的很多同学纷纷旅游或考驾照时，我们依然不敢掉以轻心。

据教育部官网消息，截至2020年6月30日，全国高等学校共计三千零五所（未包含港澳台地区高等学校），其中，普通高等学校两千七百四十所，含本科高校一千二百五十八所、高职（专科）高校一千四百八十二所；成人高等学校二百六十五所。在本科高校中，有原“211工程”高校一百一十二所（含原“985工程”三十九所），现“双一流”建设高校一百三十七所。

在志愿填报期间，除《招生考试之友》合刊“专业目录”，某辅导机构编印的《2020河南高考志愿填报指导手册》也成为我们重要的参考工具。此手册的好处是，2017年至2019年各高校投档线及位次表由高到低依序排列，让人一目了然。

我对马骁说，可参考前三年投档分数线，先在五百九十分至六百一十分之间筛选高校，再上各校官网了解专业。在我指导下，他圈定三十八所，制作工作表，录入相关高校信息。我对他说："如果没有意外，你的大学就在这里面了。"

我将工作表发给一些师友，征求意见，以做减法。

清华大学的贾珺老师说："这些学校都很好，大多是211，少数是不太热门的985或非211的热门。除非有十分青睐的学校，否则可以尽量选211，毕竟这是一个硬槛，很多公司以此为标准收求职简历。可以根据自己的意愿，从城市、专业倾向再排个序，然后取舍。"

中央财经大学的王璐老师说："仅从北京地区高校来看，北京外国语大学、北京工业大学、北京林业大学这三所，学科覆盖面相对比较广，学习机会多，即便未来专业大类分方向，或需要转专业，应该也有可选的余地。可再结合孩子个人兴趣和学校整体情况多看看。"

同事胡君、王君异口同声，应该选择北京、上海、广州的高校，因为同学多数会留在高校所在城市发展，而中西部高校的同学会随着毕业四散，人脉尽失；在这三个城市中，又以上海为首选，因为其城市气质是现代化、商业化、契约精神……

此前与马骁沟通，由于近视的他对军校不感兴趣，所以我们没让他去做激光手术。说到城市选择，他偏向郑州。从他的估分来看，也就只有一所郑州大学在此区间，而且是作为“保的对象”，但本科一批志愿有六所高校可填，所以他基本上不会如愿。

汇总各方意见后，经家庭会议探讨，我们决定放弃外国语大学、师范大学以及东北与西北的大学，余下二十六所。

7月25日凌晨，我们在网上查得马骁的高考成绩：语文一百二十三分，数学一百三十四分，英语一百零九分，理综二百五十六分，总分六百二十二分，位列河南省第两万五千七百五十一名。与马骁同分同位次的，有六百九十五人。

按说，无论是分数还是位次，马骁发挥正常，成绩尚可。不过，得知河南省理科一本线为五百四十四分，比上一年提升四十二分，我们顿时大跌眼镜。他的分数比一本线高七十八分，而非原来预想的一百分左右，这就导致原来那个工作表成为一个笑话——果然有意外，果然他的大学不在里面。仅以表中末尾的郑州大学为例，上一年其理工类在河南省的投档线要比一本线高八十三分，投档位次为第两万四千五百二十二名，也即原来属于“保的对象”，转而变成“冲的目标”。

此前两天，河北省发布高考一分一档表，其中六百分及以上者有三万一千四百七十四人。这一年河北省合并一、二、三本，所以同时发布的本科线也仅相当于往年的三本线，理工类为四百一十五分，比上一年上涨三十六分；新增的强基计划与其他特殊类型录取控制参考分数线，即原来的一本线，理工类为五百二十分。我与牛牛判断，河北省与河南省共用全国统一卷（Ⅰ卷），这表明2020年高考试题确实出得简单，马骁的估分并不算高，再比照上一年分数拟定志愿，恐怕是刻舟求剑。

我们立即放弃那个工作表，调整目标。

2020年，全国高考有一千零七十一万人报名，其中河南省有一百一十五万八千人。

实际上，河南省的考生人数比统计数字要多，只不过因移民外地，未计算在内。高中三年，每次开家长会，我总会在校门口见到有人举牌——“办天津户口，为高考助力，让孩子赢在起跑线”“西藏高考学区房，四百分上一本”。我们没有这种心思与财力，但其他家长不然，马骁的同班同学就有几个去天津、西藏参加高考的。

高考分数出来后，我每天都会接到一些学校的复读招生短信，均即刻删除。高中学习伊始，我就劝马骁不要想着复读，不要给自己留退路。这缘于河南省是新高考改革第三批试点省份之一，按原定计划，2021届将不再实行文理分科，那是另一种教学与考试模式，复读时难以适应。由于种种原因，河南省未按期启动改革。不过，我仍劝他不必冒险复读，浪费时间。

填报本科一批志愿前，我们先确定了提前批志愿，第一志愿（顺序志愿）为长安大学的工科试验班，第二志愿（平行志愿）再报四个。正因如此，在本科一批志愿里，便没再考虑此校。后来，马骁未被此校提前批录取，而此校本科一批投档线与他的分数完全一样。

提前批志愿填报截止后次日，张老师在家长群转发金水区招办反馈的本班志愿填报情况，请大家查看。可以看出，几乎无人不报，除少数报了艺术、公安、司法、军事几类，其他报的皆是“提前批其他”。当然，具体高校及专业未显示。与强基计划类似，“提前批其他”里的专业，也多为基础学科。

张老师另发通知：“高考成绩复核结果已经出来，所有人均没有问题。成绩复核通知单已经放在学校门卫室，想要的学生可以去门卫处领取。”高考成绩复核主要检查答题卡信息是否与考生本人一致、是否漏评、分数合计是否存在差错，不复核评分宽严。此前，我们未递交申请。

马骁的本科一批志愿，我们初步确定六所高校，分别为武汉理工大学、中南财经政法大学、郑州大学、南京信息工程大学、宁波大学、海南大学，皆为双一流建设高校。

疫情期间，凡提及高考，不止一位朋友对我说：“武汉的高校可以考虑。”他们的表情意味深长，这无疑是趁火打劫的想法。我笑笑：“如果大家都这么想呢？”

但我们初定志愿背后，也的确有这种想法：仅以武汉理工大学前几年投档线与位次来说，马骁是毫无可能被录取的，但因为有公号文章建议六百零九分以上可报，同时也想趁疫情捡漏，便将其列为志愿之一；中南财经政法大学与之类似，另外就是上一年此校断档，让我们有所期盼。

整体来看，前三志愿皆为“冲的目标”，稍为激进，不过后三志愿较稳，马骁不至于滑档——第四志愿最为关键，他很有可能被此校录取。

7月29日，傍晚回家，我发现马骁将南京信息工程大学替换为华中农业大学，便问原因。他说：“前者只是双一流，后者毕竟还是211。”我翻查那本手册，又问：“那为何不选同为教育部直属、211、双一流的南京农业大学？”他说：“华农在前，第一眼看见就选了，看到南农后，也没再改。”

如此，六个志愿里，武汉的高校就占了一半。

我将马骁的志愿发到亲友微信群，并说：“跟武汉干上了。大概率会被华中农业大学录取。”

一会儿，母亲打来电话：“武汉可不能去啊！”

8月18日，本科一批正式开始投档。

多次网查无果后，下午，牛牛携马骁准考证去金水区招办查询，回告：就是武汉，就是华中农业大学。

几年前出游时，这个畏于厦门大学校园之大的少年，如今却要奔赴单体校园面积位居全国前列的高校。

与相关人等互相通报，得知段贤军之子被中国石油大学录取，惠继超一对子女分别被西南政法大学、天津美术学院录取。

晚上，我们一家三口赴松社书店，参加十年砍柴新书《家国与世情》分享会。分享会后，我请十年砍柴寄语准大学生马骁，他略微沉思，提笔写下："会当凌绝顶，一览众山小。"

分享会结束，书友郭大鹏得知录取结果，对马骁说："这下你可以'浪'四年了。"我在一旁忙说："还是不能放松。"

次日子夜，郭大鹏发来《致马骁同志的一封信》，并说："有些你当爹的不方便讲的真实东西，我来说。就当打疫苗吧，免得孩子一上来就吃亏。"阅毕，我感动莫名，打印出来后，转给马骁。现掐头去尾，转引于此：

昨日听闻你已被华中农大录取，即将前往武汉求学，先祝贺你取得的好成绩。希望能再接再厉，积小胜为大胜，把家族的荣耀传承下去，把个人的价值挖掘出来。

由于时间关系，我们匆匆交谈数句，有些话未能说透，却将我好为人师的瘾头勾起，现写下来交你父亲转你。我曾与他多次聊起教育问题，闻知你文气盛而骁勇稍欠。他因身为父亲的角色和角度，很多事情无法向你说，很多事情不便向你说。我根据自己的经验和阅历替他做一些补充，不保证正确，却可保证真实。

我说的大学要"浪"，并非是放浪形骸，肆意妄为，当混世二百五，而是要把年轻人的锐气在这几年尽情释放。人不中二枉少年，青春期的荷尔蒙憋了四五年，这个年龄有非分之想再正常不过。大学就是你迈向成人社会的第一站，也是“撒邪火”后改正成本最低的地方。只有知道放的边界，才明白自己的能力大小局限，进而才知收。亢龙有悔（降龙十八掌第十八掌）这一招知道吧？不知道就赶紧看看《射雕英雄传》，洪七公对郭靖说得很详细。况且人总是要被社会蹂躏，你如果一辈子没反咬它一口，岂不是太屈了？

提几点忠告：

一、锻炼好身体。身体是唯一一生不会弃你而去的物质基础。“王者荣耀”玩过没？脆皮英雄往往拿不到高分就是这个道理。俗话讲“二十岁人找病，五十岁病找人”。只要别瞎胡搞（包括但不限于熬夜通宵打游戏，拼酒，不喝水光喝饮料，沾染毒品，同时交六个女朋友等），这时候的体能素质和抵抗力是一生的巅峰，不锻炼好，不珍惜它，是自寻别扭。你个子没到一米八，如果再一身肥肉，没几个女孩子会喜欢的——她们也好色。

二、莫要贪小利忘大义。我曾经当过警察，接触的犯罪嫌疑人中，有穷凶极恶之徒，也有211名牌大学毕业生。他们走进监狱，都是因为开始时贪图小利。当然在面对面审讯的时候，我们也会利用这一点：抛出一些小利益，而他们还会上钩。这不得不说是人性中不可更改的BUG。但你要记住，没有免费的午餐。你很聪明，别人也不傻。若是你觉得别人都傻，你就是别人眼中的傻子。所以看到便宜时，先稳一下，想想是不是坑，风物长宜放眼量，别为眼前芝麻小利坏了自家志气。

三、学得一技之长傍身。学业上要下苦功夫，因为不知道你学的东西可能在今后什么方面就用上了，“闲来置忙来用”。况且挂科补考丢人还要花钱，何苦为难本就干瘪的钱包？你的大学专业也许不是今后的饭碗，但是至少要多学一项能糊口的技能（我从事的职业就不是当年的专业）。一开始做事，不要去想着能挣多少银子，而是要看以下几点：（一）对社会有没有价值；（二）做起来开不开心；（三）能糊口。第三点最重要，养活自己在什么时候都是第一目标。在饿死之前，只要不违法，做损人利己的事都不能算不道德。吃饱了，再去做好事弥补吧。第二点是锦上添花，王世襄老先生说“不冤不乐”，哪怕穷一点，只要做的工作是你真心喜欢的，就算面对一堵石墙也会不知疲惫钻出一条坦途。把苦差事做出乐趣，人生路就越走越宽。第一点则是安身立命不至于倒霉，如果是做违法行为越开心越赚钱，下场越惨。

四、远离是非，广交朋友。根据我对当代年轻人的了解和自身经历，某些社团组织成员中人渣居多。他们擅长利用年轻人的热血和激情谋取个人的好处，这个时候去玩政治纯粹送人头。所以，认识几个这种朋友可以，别掺和进去。交朋友不要戴有色眼镜，人家总有优点值得去学习，纯粹的无赖也进不来华农。哪怕认识几个鸡鸣狗盗之徒也说不定有事求于他。形势比人强时，牛逼如孟尝君者尚且需靠朋友，何况你我这种俗人？

五、人生苦短，要学会达观幽默。人生苦涩，是个人就少不了挨社会的毒打，你爸当年最惨的时候是连烧饼都吃不饱的。可以说，我们每个人都是被侮辱的和被损害的，又都在自觉和不自觉中成为害人者及其帮凶，逃无可逃。那么挨了打苦笑一声，自黑一把——幽默会让苦涩味道淡一点。再说了，你现在多吃亏还能翻本儿，交了学费长了见识，总胜过没本可输的岁数再失败。

再列几类书单。

一、法律类。罗翔写的《刑法学讲义》就挺好。现代社会是法治社会，其运转都是在法律的框架下。因此你要趁早摸摸门槛，感受一下冷冰冰规则后隐含的现代哲学理念及思辨。有句话叫“挣大钱的方法都在刑法中，能维权的方法都在民法中”，作为现代人，再忙也要读读法律，省得踩屎踩雷。

二、传统世情小说。比如“三言二拍”、《红楼梦》。中国有许多农业社会的痕迹，看看那个时代的为人处世，就能理解现在人的一些做事逻辑。懂点人情世故，圆滑有原则，方正不固执，给别人给自己多留一条路便能达人达己。

啰哩啰唆写了一堆，没什么真理，可能也与你从小接受的教育理念有冲突，慢慢领悟。再次祝好。

8月27日上午，我接到华中农业大学通过EMS寄来的录取通知书，发了一条朋友圈：“双鱼游南湖，骁马驰狮山。”

马骁原来报的志愿里，是计算机科学与技术、数据科学与大数据技术、信息与计算科学、光电信息科学与工程、生物科学类五个专业，且同意专业调剂。结果，他的专业被调剂为资源与环境学院的地理信息科学专业。

当天中午，马骁及同学们与张老师话别。前一天晚上，在佳音连连的家长群，她突然发了一段话：“亲爱的各位家长，大家好！真的非常开心看到孩子们要展翅高飞，朝向美好的未来出发。这一刻，让我觉得这三年来，我的所有付出都是值得的。这是我第一次当班主任，我也真的尽了自己所有的力量。真的觉得孩子们就像是我自己的孩子一样，也注定这是我这辈子最难忘的一届学生。是这些优秀的孩子成就了我，孩子们的成绩也让我给了自己一个圆满的交代。由于家庭原因，我们全家准备搬至西安。我明天下午就要离开郑州，去西安生活和工作了。在这里和大家告个别，再次祝福大家，彼此保重，后会有期。”这引发一轮家长的惜别话语。我写道：“感谢并祝福张老师！三年千日披星戴月，百里咫尺后会有期。”

十天后，我与马骁奔赴武汉。我们提前几日抵达，是想拜访师友，同时也让他熟悉这个陌生的城市——因疫情防控，入学后，他就不容易出校门了。

武汉的几位师友中，我与黄成勇老师因全国民间读书年会结缘。4月29日，他在个人公众号说近看电影《教授与疯子》，中有一台词，欲找机会赠我。两月之后，他作文《同屋三分惊》，揭晓赠我及书友的那句台词："站在书脊上，飞越这围墙。"

黄老师将《同屋三分惊》发给我时，正值高考第二天，我当即将那句台词转赠给马骁。

9月9日下午，偕马骁报到后，我独自走出华中农业大学，踏上归程。

"勤读力耕，立己达人。"回望西校门两侧的这八字校训，我驻足良久，不禁想起十八年前，马骁出生之后，自己写的《骁》一文开头那段话："亲爱的孩子，你是我们生命的延续，你是我们希望的所在，你是我们抗击命运的利器。当然，你也只是你自己，你要走属于你自己的路，而我们的光荣与梦想，则要靠我们去尽心尽力。"

奥斯卡何以历久弥新

喻柏雅

世界范围内电影界参与人数最多的“同行评议”。

2020年2月9日，在好莱坞柯达剧院举行的第九十二届奥斯卡金像奖颁奖典礼上，韩国电影人奉俊昊和他的《寄生虫》创造了历史：《寄生虫》成为第一部获得奥斯卡最佳影片的非英语片，奉俊昊则追平华特·迪士尼在1954年创造的纪录——单届荣获四项奥斯卡奖——更是白人以外的第一人。

这场“像梦一样”的惊喜得以发生，要感谢五年前一个普通人的“微博”之力。是她的一条推特，改变了屹立近百年的奥斯卡及其背后电影王国的图景。

那一天是2015年1月15日，一位名为阿普丽尔·瑞恩的非裔女士看到电视上刚刚公布的第八十七届奥斯卡提名名单，四个表演奖项的二十位提名演员全是白人，其他主要奖项也几乎见不到非裔身影。惘然若失的她随手在推特上创建了一个话题标签“#OscarsSoWhite”（奥斯卡太白了）。这个话题很快就被推上热搜，引发网友热议，接着逐渐沉寂。

一年之后，相同的一幕二度上演，第八十八届奥斯卡表演奖项的提名名单仍然全是白人，“#OscarsSoWhite”再次登上热搜，媒体群起讨伐，电影界人士也参与声援。同为非裔女性的美国电影艺术与科学学院（俗称“奥斯卡”的学院成就奖即由其主办，本文有时将奥斯卡与学院作为同义词通用）主席谢里尔·布恩·艾萨克斯果断推出一项名为A2020的改革方案，旨在到2020年将学院全体会员中女性与有色人种的人数加倍，提高全体会员之于电影业界乃至全美人口构成的代表性（representation）。

此举是为了建立一个公平公正的奥斯卡竞技场。

作为全世界最负盛名、最受瞩目的电影奖，奥斯卡在其近百年历程中从未停止过革新演进。每年奥斯卡奖揭晓之时，或多或少会引发争议，而且此类争议往往呈现出跨越太平洋的错位：美国舆论认为奥斯卡还是太白，中国观众觉得奥斯卡过于政治正确。

只有全面深入地认识，才能消除误解与偏见。本文将详解奥斯卡的会员构成、影片入围资格和评选机制，引述奥斯卡历史上的各种数据和经典案例，分析与之伴生的美国电影业态和社会状况，由此揭示奥斯卡为迈向公平公正之路所做的不懈努力和艰辛探索。

多样性的会员构成

在中文媒体上常见到“奥斯卡评委”之类的说法，其实奥斯卡并无评委，只有会员——凡因其业界成就受邀成为美国电影艺术与科学学院会员者，便自动获得奥斯卡奖的投票资格，并终身持有。全体会员依其工种被划入十七个分会（如制片人分会、演员分会、编剧分会），工作性质无法划入这些分会的会员则归为一个大类（Member-at-Large），此外还有一些不具备投票资格的准会员。

奥斯卡会员的人口学信息一直是个黑箱。直到2012年，由《洛杉矶时报》展开的一项调查发现，全体奥斯卡会员里大约有94%是白人、77%是男性、86%年过半百，原来把持奥斯卡评选的也是一群“老白男”，一时间舆论哗然。

但老白男就是老白男，纵有千夫所指，我自岿然不动。

几年后，才有了开篇所述的改革。发起改革的艾萨克斯女士是学院有史以来第一位非裔主席、第三位女主席，于2013年上任。在她的推动下，学院五年间新增会员近四千人，到2020年活跃会员（active member）的总数约九千六百人，其中19%是有色人种，人数增长三点二倍，33%是女性，人数增长二点二倍，超额完成了A2020当初定下的目标。

学院会员没有国籍限制，其国际会员的人数在这五年间增长了三倍，2020年达到两千一百人，吸纳了全球上百个国家或地区的杰出电影人。以中国为例，2015年之前只有陈凯歌、顾长卫和章子怡等寥寥几位会员，到2020年已经有几十位，如果不论国籍只考虑族裔，则奥斯卡的华人会员已逾百位，这无疑为奥斯卡的审美取向增添了多样性。

艾萨克斯的改革还打破了会员终身制。新晋会员的有效期是十年，在此期间可以投票，如果十年后该会员仍活跃在电影界，则有效期延长十年；当有效期满三十年或者拿到一项奥斯卡提名之后，会员才能获得终身投票资格。这项规定也溯及既往，适用于老会员，达不到上述标准者被转为荣休会员，丧失投票资格；荣休会员若再次投身电影界亦可恢复投票资格。这项举措的目的显而易见：保证参与评选奥斯卡的会员都是最了解电影的业内人士。

种族与性别比例失调的可不只是奥斯卡，而是整个好莱坞。据加州大学洛杉矶分校发布的《2020年好莱坞多样性报告》（*2020 Hollywood Diversity Report*），无论是大中型电影公司管理层，还是票房大片主创人员，其人口学构成，白人和男性的比例都远高于其在全美人口中的比例，这已经是近几年不断改善换来的结果。由此折射出美国社会根深蒂固的系统性问题：白人男性长期以来享有特权，导致了种族与性别层面的不平等。

这种代表性不足的现象，通过银幕上的电影主演有着直观体现。在现实美国社会中随处可见的“大熔炉”，跟占据银幕的白人面孔形成鲜明反差。也正因为占全美人口

40%的少数族裔难以在银幕上看到本族面孔，才有了全非裔主演的《黑豹》和全亚裔主演的《摘金奇缘》所引发的观影热潮。不是少数族裔观众偏爱白人主演的电影并认同白人审美取向，而是他们通常没得选。

以汉族为主体的中国观众或许不容易体会所谓的代表性问题，不妨举个更鲜活的例子。当每年除夕夜的春晚，由北方演员主演的小品相声霸屏时，南方观众会觉得自己从小浸润的地方文化没能在全国观众面前得到体现，这其实就是我们所面对的代表性问题之一种。试问，这样的节目构成，便意味着南方演员不如北方演员有水平，或南方的喜剧艺术逊于北方吗？从中我们或可感同身受，很多美国人从小在电视和电影里看不到自己族群的面孔，是怎样无可名状的失落感。如果我们遭遇自己的代表性问题会发声争辩，就不应该轻巧地给人家的代表性问题贴上“政治正确”的标签。

开放性的入围资格

每一年度，学院都会发布长达几十页的评选规则手册，该年度奥斯卡奖的颁奖典礼通常定于第二年春季举行。手册对每个奖项的入围资格进行了详细界定，包含影片的各种技术参数和发行要求，这里仅就基本情况进行概述。

首先，凡片长超过四十分钟，上一年度在洛杉矶县连续公映七天及以上，同时符合若干技术标准的电影长片（feature-length motion picture，含动画长片和纪录长片），自动获得奥斯卡主要奖项（下述五个奖项除外）入围资格。须由电影制片方在截止日期前主动向奥斯卡申报参评。

然后，对于最佳纪录长片，有三种情况可以申报参评：上一年度在洛杉矶县或纽约市公映七天及以上，或者在有资格的电影节（奥斯卡官网可查）获得了竞赛类奖项，或者各国选送参评最佳国际影片的长片本身就是纪录片。而最佳纪录短片、最佳真人短片和最佳动画短片的入围资格还包括一种情况：获得过该年度学生奥斯卡奖（Student Academy Awards）——这是学院面向全世界电影专业学生设立的最重要奖项——金银铜奖的作品。

此外，对于最佳国际影片，须由各国官方电影机构选送，每个国家只能选送一部长片，主要对白必须为非英语，必须包含英语字幕，必须在本国商业院线进行过公映，而不必在美国公映过。

最佳国际影片有一个更为观众熟知的名称是最佳外语片，2019年才更名。不过两个名字都没能恰当地概括这个奖项：说它是最佳外语片，但是美国本土出品的非英语片却不能参评，获得2020年度第九十三届奥斯卡六项提名、主要对白为韩语的《米纳里》就无缘入选；说它是最佳国际影片，美国以外出品的英语片却不能参评，几十年来英国只有两部影片获得提名，对白都是威尔士语。

很多观众把奥斯卡视作美国电影界表彰美国电影的最高奖，这个看法大体不错，但奥斯卡的大门其实从一开始就是向全世界敞开的。早在第五届奥斯卡，就有法国电影《我们等待自由》获得最佳艺术指导提名；从第十二届起，评选规则中更是明文指出，在洛杉矶公映过的各国影片都可以参评各个奖项，比如曾获包括最佳影片在内的奥斯卡九项大奖的《末代皇帝》，是由英国、意大利和中国联合出品；电影大师英格玛·伯格曼编导的几部瑞典电影也先后多次获得奥斯卡奖。

同样，每年在美国院线放映过的中国电影，大都可以参评奥斯卡各主要奖项，但囿于文化和语言的双重隔阂，只有很少的中国电影申报参评过。唯一的例外当数两岸三地合拍的《卧虎藏龙》，不仅拿到了奥斯卡十项提名并四项获奖——最佳外语片、最佳摄影（鲍德熹）、最佳艺术指导（叶锦添）、最佳原创配乐（谭盾），而且创造了北美市场外语片票房纪录并保持至今。须知，美国观众素来不喜欢看带字幕的外语片，一亿两千八百万美元的票房简直就是奇迹。奥斯卡还有一个明确规定，参评表演奖项的演员不能由其他演员配音，于是，面对杨紫琼和周润发的蹩脚普通话，李安不得不要求技师从他们反复几十遍的配音里挑出发音标准的字进行重组，有的字甚至是用几个音节剪切而成，可惜最终无人拿到表演奖提名。

除去《卧虎藏龙》，中国电影不仅获得奥斯卡提名的次数寥寥，更是从无斩获。在屡提不中的最佳外语片之外，中国电影人只有顾长卫凭《霸王别姬》、赵小丁凭《十面埋伏》拿过最佳摄影提名，奚仲文凭《满城尽带黄金甲》、张叔平凭《一代宗师》拿过最佳服装设计提名。可以预见的是，随着奥斯卡国际会员数量的大幅增加，未来会有越来越多的中国电影及电影人参与奥斯卡的角逐。

受新冠疫情的影响，学院对2020年度第九十三届奥斯卡的评选规则做出临时调整，允许未做院线发行、只做线上发行的影片参评。

美国电影公司在发行一部影片时，通常都是先在院线放映，有三个月的窗口期，之后才走流媒体或家庭娱乐渠道。但随着近年来以网飞（Netflix）为首的新兴流媒体播放平台的发展壮大，它们开始要求缩短甚至取消院线窗口期，这无疑会损害业界多方的利益，奥斯卡评选规则也一直没有松口。

突如其来的疫情成为打破僵局的催化剂。2020年7月，北美最大院线AMC与环球影业经过几个月的讨价还价，终于达成一项历史性协议——将院线窗口期缩短至十七天。同年12月，华纳兄弟影业更是宣布，该公司年内上映的《神奇女侠1984》以及2021年出品的全部影片，将在院线和流媒体平台HBO Max同步发行。虽然华纳兄弟高层将此举称为“一年期特别计划”，但这个先河一开，整个行业都会出现连锁反应，恐怕愈发难以回归传统模式，奥斯卡评选规则将不得不在未来随之变更。

2021年4月，在经历了疫情影响下长达一年的关门之后，洛杉矶知名院线弧光影院宣布永久结业，这一消息在业界和影迷心中产生了极大震动。其位于日落大道的旗舰店被视作好莱坞重要地标，曾在昆丁·塔伦蒂诺的《好莱坞往事》中出镜。这一惨淡的落幕颇有美人迟暮之感。

评选方式：谁可以投票？

介绍过会员构成和影片入围资格，接下来进入重头戏，奥斯卡的具体评选过程。

奥斯卡评选分为两阶段：提名阶段选出候选者——每个奖项最有竞争力的那几位；评奖阶段选出优胜者——每个奖项都只有一位得主。

在提名阶段，除最具含金量的最佳影片提名是全体活跃会员都可参与之外，其他奖项通常是由对应分会的会员投票选出候选者：导演分会选出最佳导演提名人选，剪辑师分会选出最佳剪辑提名人选，如此这般。少数奖项情况略有不同，比如最佳真人短片的提名，是由短片与动画片分会和受到邀请的导演分会会员共同选出。

需要单独说明的是最佳国际影片的提名方式。由于并不存在对应的分会，且评选的都是未必在美国公映过的外国电影，因此它的程序比较特别：全体会员都可受邀参评，由那些接受邀请的会员组成国际影片预选委员会，每位会员必须观看一定数量的候选影片，投票选出十五部影片组成短名单，最后由那些观看过全部十五部影片的会员投票选出五部提名影片。

上述规则是从第九十三届奥斯卡起生效的。在此之前的2008年，鉴于获得戛纳电影节金棕榈奖的罗马尼亚电影《四月三周两天》未能入选短名单，奥斯卡修改了规则，由资深电影人组成的最佳外语片执委会可以另选三部影片保送进短名单，以防冷门佳作成为遗珠（snub），但这样一来又容易被人诟病存在暗箱操作。随着奥斯卡在线放映厅的推出和完善，从第九十三届起，所有候选的国际影片都可以供全体会员在线观看，于是规则再次修改，取消保送名额，同时把短名单从十部扩容到十五部。

虽然中文媒体热衷于报道最佳国际影片的相关新闻，但它的含金量实际上远逊于其知名度，只因奥斯卡的国际影响力才使它备受关注。除了上一节提到的“名不副实”，每个国家只能选送一部的规定，同样意味着大量佳作事先就被拦在了奥斯卡门外。各国官方所选送的影片，也未必是奥斯卡规则所要求的在该国广受认可的那部年度最佳影片，而是官方觉得最有可能获得奥斯卡的影片，这种投其所好的算计往往会落空。

到评奖阶段，每个奖项的优胜者都是由全体活跃会员投票选出的。有些奖项明确规定了投票者必须看过全部提名影片，但这纯属君子协定，全凭投票者自觉。事实上，即便是每年获得最佳影片提名的几部热门作品，也有不少会员没看全过。

《好莱坞报道者》杂志2015年的一项调查显示，在第八十七届奥斯卡全部八部最佳影片提名作品中，会员在投票时没观看过的人数最多的是《塞尔玛》，这部讲述民权运动领袖马丁·路德·金的佳作有高达13%的会员没看过。正是这一届奥斯卡，出色饰演了金博士的戴维·奥伊罗却无缘最佳男主角提名，点燃了开篇提到的热搜“#OscarsSoWhite”。无独有偶，同样是非裔电影人担当主创、提名第九十届奥斯卡最佳影片的《逃出绝命镇》，也有媒体爆料，很多年纪大的会员没看过。

倒不是说这些“老白男”一定抱有种族偏见，而是他们本来就精力有限，对这些跟自己族群关系更疏远的作品不感兴趣，观看的意愿自然更低。这种倾向的存在不仅加剧了少数族裔题材作品获奖的难度，也显然有失公平。类似的情况同样发生在性别上。2020年1月13日，非裔女演员伊萨·雷在宣布完获得第九十二届奥斯卡最佳导演提名的五个人选之后，面无表情地说道：“恭喜这些男人。”舆论普遍认为，《小妇女》的导演格蕾塔·葛韦格应该占有一席提名，而该片在前期试映时，观众绝大部分都是女性，多数男性观众根本不关注这部女性主义佳作。

由此可见，除增加会员多样性，针对电影的宣传活动（campaign）也非常重要。电影公司不惜重金为自家的奥斯卡候选影片造势，特别是奥斯卡近年来青睐的中小成本影片，动辄上千万美元的宣传费用甚至超出其拍摄成本。这样做的目的，就是让自家的影片有更多的曝光量和话题度，引起更多观众和奥斯卡会员的兴趣，不然酒香也怕巷子深，再优秀的作品，看的人少，投票给它的人就更少。具体案例可参阅《十年一觉电影梦》，李安导演在书中详述了《卧虎藏龙》宣传造势的全过程，让一部外语片从艺术院线逐步打入商业院线，最终席卷奥斯卡。五年后，李安凭《断背山》成为首位获得奥斯卡最佳导演的亚裔。

不过，宣传造势也要遵守游戏规则，学院对此进行了详尽规定，为的就是维护奥斯卡的公平公正。比如，每届提名名单一经公布，提名影片主创人员之外的任何奥斯卡会员，都不得担任该提名影片放映会的东道主或主持人；放映会不得提供任何形式的招待和娱乐活动，连简单的零食饮料也不行；提名影片的主创人员不得通过任何公开途径针对其竞争者发表负面和贬低性言论。2010年，《拆弹部队》的一位制片人尼古拉斯·沙尔捷就因其在发给奥斯卡会员的电子邮件中公然拉票，同时贬低《阿凡达》，遭到了禁止参加奥斯卡颁奖典礼的处罚，错失凭《拆弹部队》获最佳影片而上台发表获奖感言的高光时刻。

评选方式：谁来计票？

奥斯卡的评选方式，在历史上有着一个演变过程。最早两届奥斯卡的获奖结果，是由代表最初五个分会的五个人——制片人、导演、编剧、演员和技师各一——组成的评委会选出的。这种“小圈子选举”的弊端显而易见，第二届就发生了著名演员玛丽·璧克馥请评委喝茶的拉票丑闻。璧克馥和丈夫道格拉斯·范朋克都是学院创始成员，范朋克更是学院第一任主席，而璧克馥在《贵妇人》中的表演实在令人无法恭维，用演默片的夸张程式来演有声片，竟然获得了最佳女主角。

从第三届起，奥斯卡废除了评委会，改由全体会员投票选出获胜者。这时，批评声从质疑小圈子选举转到了质疑计票过程的公正性，因为仍然有那些沾亲带故却实力平平的人获奖，第五届更是出现了奥斯卡历史上唯一一次最佳男主角“双黄蛋”，可事后人们发现明明弗雷德里克·马奇比华莱士·比里多出一票，后者是有后台老板撑腰的。

到1934年度的第七届，发生了奥斯卡历史上争议最大的一场遗珠公案。日后名垂影史的戏骨贝蒂·戴维斯没能凭在《人生的枷锁》中打破定式的精湛演技拿到她的首个最佳女主角提名，这背后涉及好莱坞影业巨头的利益之争，上至业界下到观众都为她打抱不平，加之舆论对奥斯卡的种种丑闻早已不满，新任学院主席弗兰克·洛伊德便决定请普华会计师事务所（1998年与永道会计师事务所合并，下文统称普华永道）来主持计票工作，由此开启了奥斯卡与普华永道延续至今的亲密合作。

为平息众怒，奥斯卡临时修改规则，允许会员在选票上手写候选者，但为时已晚，戴维斯最终没能获奖。1941年，已经两次荣获奥斯卡最佳女主角的戴维斯当选学院首位女主席，两个月后她就辞职了，原因是她的改革提案得不到理事会认可，学院那帮白人男性只当她是吉祥物。

随着奥斯卡名气越来越大，官方会提前把获奖名单发给媒体，并要求他们必须在颁奖典礼结束后才能见报，这导致获奖结果极易走漏风声。第十二届奥斯卡颁奖典礼举行当天，典礼尚未开幕，那些稍晚入场的嘉宾就已经在新鲜出刊的《洛杉矶时报》晚间版上获悉了全部结果。有鉴于此，1940年度的第十三届奥斯卡，普华永道启用了如今在颁奖典礼上最引人注目的封印信封。从那时至今的每一届奥斯卡，在开奖嘉宾打开信封宣布结果之前，世界上知晓全部获奖结果的人最多不会超过三位，他们都是普华永道的员工。奥斯卡原本会事后公布票数，但在普华永道接手后，每个奖项的具体票数永久保密，我们也就无从得知某位获胜者是大胜还是险胜。

普华永道所制定的一套高标准严要求的计票规范，大大提升了奥斯卡的公信力。为避免任何差错，即便在奥斯卡已经全部采用网上投票的今天，普华永道仍然坚持手工计票，计票工作是在一间没有窗户的密室中进行的，所有选票都会打印出来，所有票数都会反复清点，不惜工时，确保无误。最终，装有全部获奖结果的一叠信封，一式两份，分别锁在两个手提箱中，经两条不同的保密路径，由两位普华永道员工送至奥斯卡颁奖典礼现场，直至每一个奖项开奖前，才在后台把对应的信封亲手交给开奖嘉宾。

墨菲定律说得好："凡事只要有可能出错，那就一定会出错。"作为业界翘楚的普华永道也不例外。第三十六届奥斯卡颁奖典礼邀请了著名音乐家小萨米·戴维斯颁发两个音乐奖项——最佳原创配乐和最佳改编配乐，但在宣布第一个奖项时，工作人员给他的却是第二个奖项的信封，还好他机智地用玩笑消解了这个错误，再说音乐奖也没那么受关注。

第二次也是更严重的错误发生在半个世纪后。宝刀未老的银幕情侣沃伦·比蒂和费·唐纳薇在犹疑中宣布《爱乐之城》获得第八十九届奥斯卡最佳影片，正当该片主创激动不已地站在台上发表获奖感言时，意识到自己错发了最佳女主角信封的那位普华永道员工跑上台知会了这个错误，于是奥斯卡历史上最尴尬的一幕出现了，《爱乐之城》的制片人冲着台下喊道："不好意思，搞错了，《月光男孩》剧组，你们获得了最佳影片！"一时间，这个事故成为国际笑话。

痛定思痛的结果，除了郑重其事的公开道歉，还有此后的颁奖典礼会增设一名普华永道员工控场。

没曾想，在第九十三届奥斯卡颁奖典礼上出了更大的事故。制作方大胆打破常规，把最佳男主角的开奖放在典礼最后，此举显然是为了纪念英年早逝、凭《蓝调天后》获得该届最佳男主角提名的非裔演员查德维克·博斯曼，舆论普遍预测他会毫无悬念地拿到这个奖项，制作方同样这么认为，如此安排可以让颁奖典礼达到情绪上的高潮，完美收官。可是，当万众瞩目的时刻到来，真正获得该奖项的却是老戏骨安东尼·霍普金斯，而他老人家并未出席颁奖典礼，甚至没有期待过自己获奖，正在大西洋彼岸的威尔士老家酣睡。于是，颁奖典礼就在无人领奖更无获奖感言的“反高潮”中戛然而止，对博斯曼的纪念则不了了之。但好消息是，我们由此确信，奥斯卡的获奖结果真的只有普华永道事先知道，连奥斯卡制作方都一无所知。

评选方式：如何投票和计票？

在提名阶段，主要的投票方式为单一可转移票制，唯一的例外是最佳视觉效果采取了迭代加权计分投票制；在评奖阶段，主要的投票方式为赢家通吃制，唯一的例外是最佳影片采取了排序复选制。本节先以最佳影片的评选为例，详解同属偏好投票制（Preferential Voting）的单一可转移票制和排序复选制，再分析赢家通吃制。

单一可转移票制（Single Transferable Vote，简称STV）

所谓单一，指的是每位投票者只投一次票；所谓可转移，指的是票数可以在候选者之间进行转移，那些最受欢迎的候选者多出来的票数和最不受欢迎的候选者的票数，都可以转移给那些比较受欢迎的候选者，从而使后者得到提名。STV的基本程序如下：

首先，根据需要提名的候选者数量和投票者人数，设定一个过线门槛票数。每一位投票者在选票上将若干位候选者按其偏好程度进行排序，依次称为第一顺位、第二顺位、第三顺位……

接着，获得排序第一顺位票数超过门槛的候选者拿到提名，并将其超过门槛的那些票数按比例转移给相应选票上的第二顺位候选者。票数转移后，有候选者达到过线门槛则拿到提名。

然后，将获得第一顺位票数最少的候选者依次淘汰，并将其票数转移给相应选票上的第二顺位候选者。票数转移后，有候选者达到过线门槛则拿到提名。直到选出提名所需全部候选者。

奥斯卡采用的是STV的其中一种变式。以最佳影片的提名方式为例，它增设了两个条件：第一是附加规则，那些率先获得提名资格的影片，需要第一顺位票数超过过线门槛10%，才能转移票数；第二是最低门槛，累计获得超过5%票数的影片才能拿到提名（除最佳影片之外的其他主要奖项提名不设最低门槛）。下面结合图示来予以具体说明。

奥斯卡全体会员每人在选票上列出自己的五部年度最佳影片，并按个人偏好对五部影片进行排序。每张选票上排在第一顺位的那部影片是该会员的第一选择，当排在第一顺位的影片不再需要计票（过线或者剔除）之后，同一张选票上排在第二顺位的影片就成为该会员的第一选择，依此类推（图1）。

普华永道收集了全部选票之后，把第一顺位所填写影片相同的选票归在一起，据此将全部选票进行分组。假设参加投票的会员总人数是1100人，需要选出的提名影片最多为10部，则把某部影片排在第一顺位的选票数量超过1100/（10+1）=100票（也就是达到101票），该片自动获得提名。这样的影片最多只可能有10部：当10部影片都获得了至少101票之后，排名第11的那部影片至多也只能获得1100−10×101=90票，逊于前10部。

一旦某（几）部影片特别受欢迎，它（们）就会拿到远超100张的高票，其余很多影片便无法过线，导致拿到提名的影片数量不足。于是采用附加规则，拿到第一顺位选票超过101×（1+10%）≈111票的影片，要转移票数（图2）。

影片A可以转移200−101=99张，按照这200张选票上第二顺位投给某部影片的比例，转移相应票数给这些影片（如果第二顺位的影片已经拿到提名，则转给第三顺位），累加票数达到101票的影片获得提名（图3）。

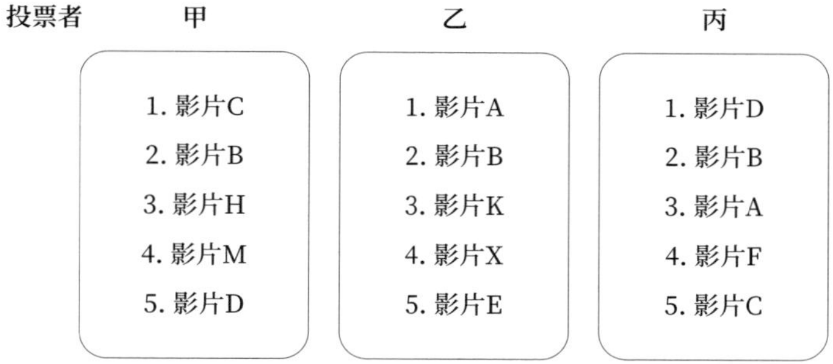

图 1. 三位投票者的三张选票，各自按偏好依次列出五部影片。

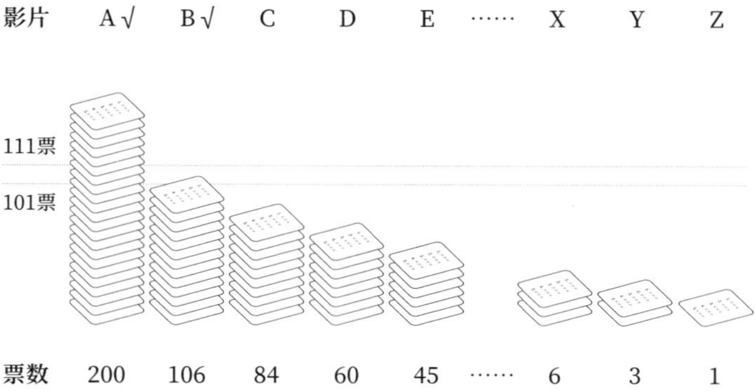

图 2. 根据第一顺位所列影片将 1100 张选票分组，影片 A 获得 200 票、影片 B 获得 106 票，双双过线拿到提名。

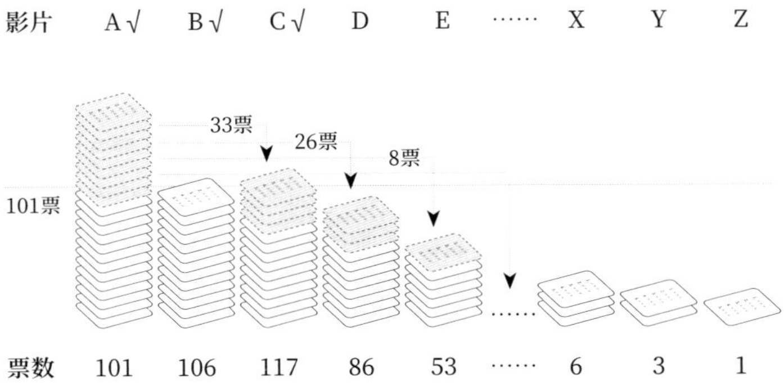

图 3. 影片 A 可以转移票数，于是影片 C 新增 33 票，以总票数 117 票拿到提名；影片 D 新增 26 票、影片 E 新增 8 票，仍未过线。

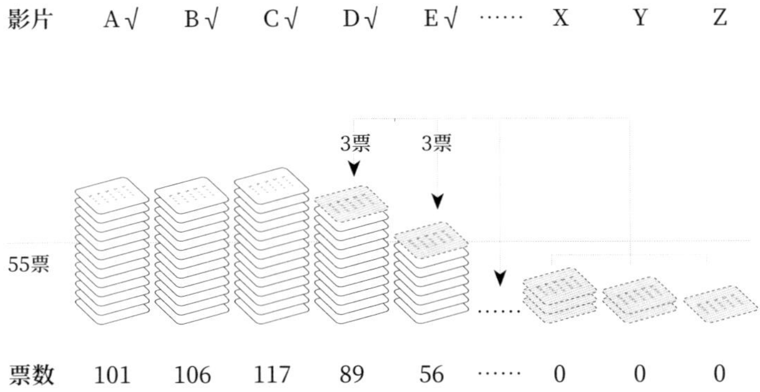

图 4. 影片 D 新增 3 票，以总票数 89 票拿到提名；影片 E 新增 3 票，以总票数 56 票拿到提名。至此已选出五部提名影片，计票结束。

最后把那些获得第一顺位选票数量不到1%（也就是11票）的影片全部剔除，把它们的票数转移给相应选票上第二顺位的影片（如果第二顺位的影片已经被剔除，则转给第三顺位）。由此获得的累加票数超过最低门槛——选票总数5%（也就是55票）的影片也有机会进入提名名单：当这些影片的数量不超过7部时（已经选出了3部），全部得到提名；当数量超过7部时，按票数取前7部，确保全部提名影片不超过10部（图4）。

STV的优点很明显，这尤其体现在它能保证提名名单的代表性和多样性。

第一，它只需要投一次票。如果每位会员只提名一部影片，往往需要组织会员多次投票。比如，当某一两部影片特别受欢迎，获得了大比例票数之后，其他影片由于票数分散且都得票太少，这样就连最低数量的五部提名影片也选不出来。再比如，容易出现第10/11名影片票数相同的情况，而没有额外的权重信息来选择其中更好的那一部。

第二，它保证了获得提名的都是整体上更受会员喜欢的影片。如果每位会员只提名一部影片，而某部影片又特别受欢迎，很多会员便会觉得它一定稳拿提名，自己多投它一票也没意义，反而把自己的一票投给自己次喜欢的影片，导致最受欢迎的那部可能落选。STV的偏好排序，使得那些原本“多投的一票”的第二顺位有了意义。试想一种极端情况，某部影片获得了最少的第一顺位选票，却出现在了其他所有选票的第二顺位，这意味着它的口碑也很不错，如果只有第一顺位被计票，这部影片必然落选，而获得提名者却未必口碑好过它。

此外，STV还保证了那些品味糟糕、判断失误或爱投关系票的会员选票上的好影片能出头。那些第一顺位票数不到1%的影片，显然与大多数会员的判断存在太大偏差，如果它是关系票，那么排在第二顺位的很有可能才是该会员真心认为最好的影片，也能被计入票数；如果它是出自坏品味，该会员可能前三个顺位都给了烂片，都遭到剔除，最终也可保证排在第四顺位的好片计入票数。

排序复选制（Instant-Runoff Voting，简称IRV）

当STV只需要选出一位获胜者时，它就成了IRV。学院在第七届奥斯卡已经引入IRV来选出最佳影片（那一届的最佳影片提名有十二部之多），并逐渐把STV和IRV这两种偏好投票制应用到了全部奖项的提名和评奖过程。直到第十九届奥斯卡，新规则规定所有奖项的提名都不能超过五个名额，从此开启了长达六十多年的双轨制：提名阶段一律采用偏好投票制，评奖阶段一律采用赢家通吃制。

改变发生在2009年度的第八十二届奥斯卡。此前，广受赞誉的《蝙蝠侠：黑暗骑士》在上一届奥斯卡拿到了多达八项提名却没能获得最佳影片提名，由此引发的争议促使学院将最佳影片提名名额扩增到每届不超过十部。这样一来，如果还采用赢家通吃制，则一部影片理论上只需要获得超过10%的票数就能成为最佳影片，这样的结果委实难以服众，因此改回了奥斯卡早年采用的IRV。

IRV与STV的唯一区别是，它不需要转移得票多者的票数，而只转移得票少者的票数。在此基础上，奥斯卡设置了当选者需要最终获得50%以上票数的门槛，以保证其具有广泛代表性。如果某部影片在第一轮就获得了超过50%第一顺位的票数，它当之无愧地直接胜出；否则，就要将获得第一顺位票数最少的影片依次淘汰，并将其票数转移给相应选票上的第二顺位影片，最终看哪部影片首先获得超过50%的票数（图5）。

规则的改变导致近年奥斯卡最佳影片频频“爆冷”，那些在绝对人数上口碑最好的影片容易通过赢家通吃制胜出，却可能在排序复选制中被综合评价更好的影片后来居上。从统计学意义上看，“爆冷”者的确是整体上最受全体会员认可的那一部。举个假设性例子，如果采用赢家通吃制，可能《爱乐之城》获得40%的选票，超过获得35%选票的《月光男孩》成为最佳影片，但由于有50%的会员次喜欢《月光男孩》，而只有25%的会员次喜欢《爱乐之城》，两相加权起来，整体上《月光男孩》是比《爱乐之城》更受认可的影片，它就成为IRV选出的最佳影片。当有多部口碑不相上下的佳作竞争时，谁能赢得更多的次喜欢，谁就是胜出者。

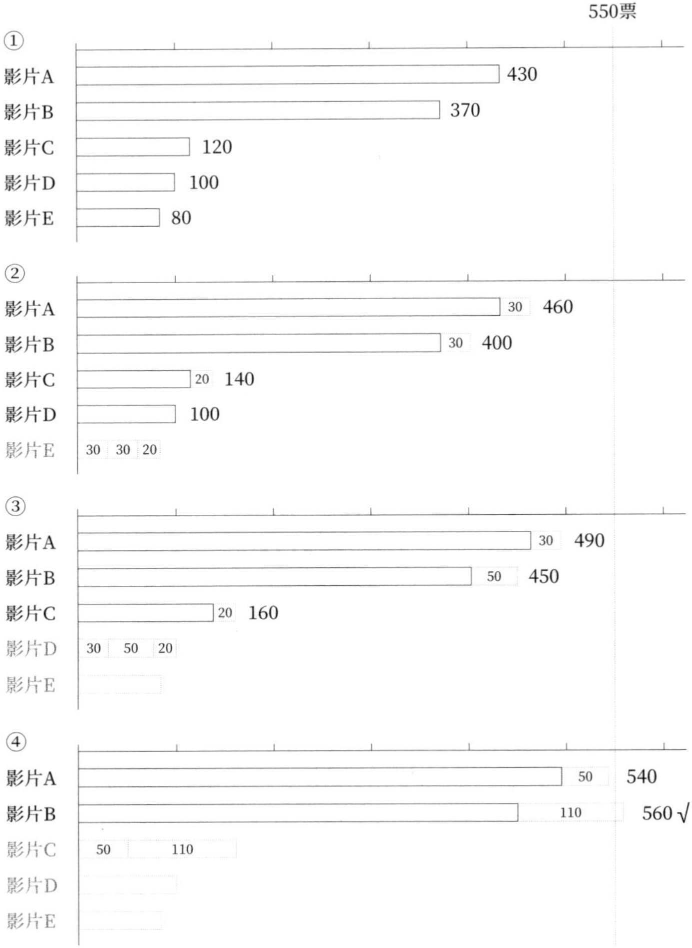

图 5. 通过排序复选制选出最佳影片的计票过程示意。

赢家通吃制（First-past-the-post Voting）

顾名思义，对于具体某个奖项，全体会员一人一票，投给提名名单中自己认为最佳的那一位，得票数最多者胜出。

那么问题来了，对除最佳影片之外的其他偏专业和技术性奖项，为什么不采用偏好投票制呢？

首先，术业有专攻，虽然都是电影人，但每个会员在他的专业之外，面对其他专业奖项时，仍然是非专业的，这尤其表现在各种技术性奖项上，多数缺乏专业知识的会员并不了解这些技术的创作过程与难点。比如最佳混音和最佳音效剪辑这两个奖项，它们毫无疑问存在专业上的区分，非专业人士却未必分得清楚，于是从第九十三届奥斯卡起，学院合并了这两个奖项，统称最佳音响奖。即便如此，在提名阶段，音响分会的会员是在高标准的放映环境中专门观看和聆听候选影片；到了评奖阶段，很多会员甚至未必去电影院或放映厅观看，而是坐在家里看电影公司送来的影碟或在线观看，视听效果都打了折扣。

再者，各个电影技术行业公会的奖项会进行细分，比如艺术指导公会奖的最佳艺术指导提名分为年代片、奇幻片、动画片等多个类别，是把一组影片放在可比较的范围内，由同行投票选出各自的最佳。而涵盖各个电影行业的奥斯卡不存在这种细分，一个非专业的会员如何去评价一部当代题材和一部年代片的艺术指导谁做得更好呢？当代题材的作品由于身处与观众一样的时代，外行往往看不出太多艺术上的设计，比较起来就容易吃亏。

总之，对于多数会员，就某个技术层面对不同影片进行排序，实在强人所难，凭经验和感觉只选一部最喜欢的相对容易些。

结合前文对“谁可以投票”的解析，不难看出奥斯卡的逻辑：在提名阶段，是由专业人士（分会会员）把本专业最好的五个候选者筛选出来，保证了它们的分量是足金的，正所谓“提名即肯定”；接下来的评奖阶段，由全体会员凭着个人喜好兼判断，无论选出其中哪一位，都是可以接受的，即便不一定是专业评价上最好的那位，它也已经足够好了，值得受到嘉奖。这也是美国社会深入人心的民主精神的一种体现：相信并尊重由更多人的智慧所选择的结果。

奥斯卡奖项的评选，可以说是世界范围内电影界参与人数最多的“同行评议”。

回顾历史，面向未来

经过这么一番全方位透视，我们可以看到，无论每年奥斯卡的提名和获奖结果遭到多少争议乃至非议，它仍然称得上是一个极具公信力和影响力的世界级电影奖项，一路走来一路探索和纠偏，作为业界标杆引领了整个美国电影工业的繁荣发展。但纵使瑕不掩瑜，那些瑕疵也必须予以正视，未来方才有继续进步的空间。

统计一下总共九十三届奥斯卡的获奖结果就会发现，弥漫于美国社会的系统性种族歧视和性别不平等，在奥斯卡同样体现着：九十四位最佳男主角，仅有八位是有色人种；九十四位最佳女主角，更是仅有一位有色人种；而九十六位最佳导演，仅有两位是女性，且一共只有七位女导演拿到过提名。

2002年3月24日举行的第七十四届奥斯卡颁奖典礼令人记忆犹新。那一夜，首位非裔奥斯卡最佳男主角（第三十六届）西德尼·波蒂埃获得终身成就奖，丹泽尔·华盛顿则成为第二位获得最佳男主角的非裔演员，首位非裔最佳女主角哈莉·贝瑞泣不成声的获奖感言更是令人动容：“这一时刻是献给所有默默无闻的有色女性的，因为今晚这扇门终于向我们打开了！”当最后发言超时受到催促时，贝瑞激动地发出了一声嘶吼：“等一下，七十四年了！”饱受压迫和排挤的人们能懂这句话饱含的力量，然而这扇门打开又旋即关上，至今已经快二十年没有再开过了。

近年来最大的一次争议出现在第九十一届奥斯卡。当茱莉亚·罗伯茨宣布《绿皮书》获得最佳影片时，稍早凭《黑色党徒》获得最佳改编剧本的著名非裔导演斯派克·李愤而退场。随后《洛杉矶时报》发表的时评称《绿皮书》是“自《撞车》以来最逊的奥斯卡最佳影片”，而早在一个多月前提名名单公布时，《纽约时报》就发表了题为《为什么奥斯卡持续沉迷于种族和谐的幻想之作？》的长评予以抨击。

《绿皮书》的主要问题在于，这又是一个以“白人救世主”（White Savior）为内核的故事——作为配角的有色人种受到作为主角的白人的拯救。“白人救世主”是好莱坞常用的一种故事设定，而奥斯卡一贯青睐这种题材，历史上获得大小奖项的此类影片不少。就连张艺谋导演想要打入美国市场，也得费心在《金陵十三钗》和《长城》里请几位白人来拯救中国人呢。

更不消说，回到故事本身，现实中半个世纪前的美国南部白人对非裔的歧视及做派，要远比影片里表现得残酷和黑暗，编剧却有意弱化了这一黑暗面，用喜剧的形式化危险于无形，让整个故事有惊无险，最后来个白黑一家亲的美好结局。虽然该片也刻画了白人男主角从一个彻骨的种族歧视者向友好的种族共融者的转变历程，但这种转变却不是来自非裔男配角的有意引导，更多是出自他自己的觉醒与救赎。嗯，白人才不需要非裔来拯救。

《绿皮书》获得最佳影片这一事实再一次表明，由占全体会员大多数的一群“老白男”主导的奥斯卡，仍然钟情于主旋律和正能量，而回避创新、激进与开放性，那些真正反映少数族裔的生活与困境、现实与彷徨的佳作（同一届就有《罗马》《黑色党徒》和《假若比尔街能说话》），想要获得奥斯卡最佳影片仍然是阻力重重。2020

年，因白人警察暴力执法致一位非裔公民死亡，全美各地发起大规模抗议活动，就是对粉饰太平的《绿皮书》获奖的莫大讽刺。

疫情影响下的第九十三届奥斯卡带给人们一些希望。这一届，获得奥斯卡提名的女性人次占到总提名人次的32%，创历史新高；最佳导演提名中女性占据两席，也是史上第一次。最终，赵婷凭《无依之地》获得最佳导演，成为有色女性获此殊荣的第一人；赵婷还超越了李安，成为其导演作品获得奥斯卡最佳影片的首位华人。不仅如此，这一届奥斯卡表演奖项提名的二十位演员里，有色人种是破纪录的九位，最终两位获奖，尹汝贞凭《米纳里》成为首位获得奥斯卡最佳女配角的韩国演员，弥补了上一届《寄生虫》在表演奖项上的遗憾。上述结果，是对六年前“#OscarsSoWhite”做出的积极回应。但很难说，如果没有疫情影响，有更多主流影片参与角逐的话，还能得到如此鼓舞人心的结果。

改革之路道阻且长。2020年6月12日，在五年期A2020改革方案达成预期目标的基础上，学院新推出了名为“光圈2025”（Academy Aperture 2025）的改革方案，宣布从2021年度的第九十四届奥斯卡起，最佳影片的提名数量将固定为十部，旨在增加提名名单的多样性；同时，学院也将充分利用其开发的在线放映厅系统，增加候选影片曝光量，确保全体会员都能够观赏这些影片。

同年9月8日，学院进一步给出了最佳影片入围资格的多样性标准，将从第九十六届奥斯卡开始实施。要言之，这些标准面向四类代表性不足的群体——女性、少数族裔、性少数群体（LGTBQ+）和身心障碍人士，针对一部影片从台前到幕后、从制作到发行各个环节中属于这些群体的工作人员配额做出了明确规定。这一新标准的出台表明，奥斯卡并不满足于提升会员的多样性，还期望能够提升全体电影从业者的多样性，最终改善的将是整个电影业界生态。

最后把镜头拉回2020年2月9日的奥斯卡之夜。获得四座小金人的奉俊昊在后台接受各国媒体群访，有新华社记者提到亚洲国家与好莱坞合作拍片很难，讲的故事无法让大家产生共鸣，奉俊昊回应道："我之前导演的《玉子》是韩美合拍的，跟它比起来，反倒是纯正韩国味的《寄生虫》在各国取得良好反响，这让我意识到，当我把目光对准最熟悉的周遭时，反倒会让更广阔世界的人们着迷。"诚如斯言。奥斯卡正在昂首阔步地迈向它的百岁生日，期待未来在奥斯卡舞台上看到越来越多来自世界各地的佳作，让我们通过不同族群的多元文化，欣赏人世间永恒的悲欢离合。

《四季》录音编年史

陈鹤之

《四季》的发展，代表了古典音乐在二十世纪的发展趋势。

缘起

《四季》，作为巴洛克时期协奏曲之父维瓦尔第的代表作，创作于1725年前后，距今快三百年了。它当之无愧成为最流行、最通俗的古典音乐，尤其是其中的“春”。

《四季》的形式也非常有趣，它是维瓦尔第《和声与创意的实验》op.8套曲（一共八首）里的前四首。《四季》本质上是四首带标题的小提琴协奏曲，这四首又是一个组曲的形式，但四首并无旋律上的关联，单独拿出来听某一首并没有违和感，只是四首放在一起，才完整描绘了春夏秋冬四季的感受。因此无论在音乐会上和唱片里，都是把《四季》作为一套音乐完整地呈现出来。

维瓦尔第又给每一首都附上了十四行诗，诗歌很大概率是他本人所写，音乐的乐句，又对应着十四行诗的每一句。

可以说，这也是自巴洛克以来最容易理解的古典音乐。古典音乐里有一类音乐属于“标题音乐”，比如贝多芬的“田园”交响曲，舒伯特的“鳟鱼”钢琴五重奏等。这类标题音乐虽然大致描述了音乐的内容，但只是一个笼统的概念，对音乐的理解并没有太大帮助。有些标题甚至还是后来的出版商加上去的，比如贝多芬著名的c小调第五交响曲，我们都习惯了称为“命运”交响曲，可贝多芬本人从来没有写过这样的标题。

维瓦尔第的《四季》则不同，不但赋予了明确的标题，每首还对应了十四行诗歌，听众如果想稍微多一点了解内容，只需要对着诗歌，听一个不差的版本，就一定可以体会音乐中的场景描绘。十四行诗分别如下：

《春》
(快板)
春临大地，
众鸟欢唱，
和风吹拂，
溪流低语。
天空很快被黑幕遮蔽，
雷鸣和闪电宣示暴风雨的前奏；

风雨过境，鸟花语再度
奏起和谐乐章。
(广板)
芳草鲜美的草原上，
枝叶沙沙作响，喃喃低语；
牧羊人安详地打盹，脚旁睡着夏日懒狗。
(快板)
当春临大地，
仙女和牧羊人随着风笛愉悦的旋律
在他们的草原上婆娑起舞。

《夏》
(不太快的快板)
奄奄一息的人们和动物躺在
炽热无情的太阳底下，
松树仿佛就要起火；
杜鹃高歌着，加入斑鸠和金翅雀的行列中。
微风轻拂，
但很快地大风卷起；
若有风雨欲来之势，
牧羊人被突如其来的狂风惊吓。
(柔板及弱拍—急板及强音)
担心着他的羊群以及自己的命运，

他开始忙着做风雨前的准备，
不安的心在灰暗的天色下、
蚊蝇的嗡嗡作响下显得更加孤立无援。
(急板)
终于，他担心的事发生了——
雷电交加的狂风暴雨及冰雹
阻挠了他回家的路。

《秋》
(快板)
农人唱歌跳舞，
庆祝庄稼的丰收。
酒神的琼浆玉液使
众人在欢愉的气氛中沉沉睡去。
(极柔板)
在歌声及舞蹈停止之时，
大地重回宁静，
万物随庄稼的人们
在秋高气爽中一同进入梦乡。
(快板)
破晓时分号角响起，
猎人带着猎狗整装待发。
鸟兽纷逃，而猎人开始追寻猎物的行踪。

一阵枪声剧响夹杂猎狗的狂吠之后，
动物四窜奔逃，但终奄奄一息，
不敌死神的召唤。

《冬》
(不太快的快板)
人们在凛冽的寒风中、
在沁冷的冰雪里不住发抖。
靠着来回跺步来保持体温，
但牙齿仍不住地打颤。
(广板)
在滂沱大雨中坐在火炉旁度过
安静而美好的时光。
(快板)
小心翼翼地踩着步伐前进，
深怕一个不留神栽了个斤斗；
有时在冰上匆匆滑过，
跌坐在雪上，来回地跑步玩耍。
直到冰裂雪融的时刻，听见温暖的南风已轻叩
冷漠的冰雪大门。
这是冬天，
一个愉快的冬天。

其中很多场景，小提琴与乐队的描绘惟妙惟肖。“夏”的末乐章，狂风暴雨来临时的场景，闷热与狂躁的心态淋漓尽致；“冬”小提琴独奏模仿人在寒冷的冰雪上行走，牙齿不停打颤的瑟瑟发抖；更不用说举世闻名的“春”第一个乐章开头的盎盎生机，小提琴模仿的鸟儿欢唱，一听便让人如沐春风，心情愉悦。

最早的录音

虽然《四季》现在尽人皆知，然而就录音来说，它在古典音乐里是相对比较晚的。毕竟对于巴洛克的一些音乐，尤其是维瓦尔第的音乐，二十世纪上半叶并不重视。但意大利对本国作曲家，肯定尽心竭力地挖掘。《四季》的流行，离不开意大利众多音乐家早期的努力。

根据目前的各类资料显示，《四季》第一个正式的录音是在1942年，由贝尔纳迪诺·莫里纳里（Bernardino Molinari）指挥[①]。由于时间太早，这个录音的具体信息甚至独奏都很难查到了。莫里纳里是意大利指挥，出生于1880年罗马，1952年去世，离我们这个时代很遥远了，在指挥界也不算特别出名。

① 意大利小提琴家坎波利（Campoli）曾经于1939年在法国广播电台演出过《四季》，据说留下过录音，但并不是录音室专辑，因此不计入最早的《四季》专辑里。

这个录音当年以SP[①]发行，后续在LP[②]时代重新发行，CD时代也有过发行。虽然不算特别难找，但因为时间太早又不出名，听过的人其实很少。这个久远的录音，我偶尔一次听到，本只打算当个资料听听片段，毕竟音质没法苛求——事实上SP时代的乐队录音大都很糟糕——然而一听之下，居然忍不住就听到了结尾。其实普通爱乐者判断一个版本演绎好坏，最直接的一个标准，不是什么乐理分析，更不是惊天动地的效果，而是四个字：不忍关机。一个听过上千遍的作品，还能在听第一遍新版本的时候让你没法伸手停止它，一定是个不错的演绎。

这个版本跟现在流行的本真主义演奏毫无关联，浓密的弦乐齐奏时时提醒你这是个远古的意大利版本，作为低音通奏的羽管键琴声音还算突出，分辨起来没有压力。让人印象深刻的是，这里面所有的慢乐章，和相对慢的旋律线，独奏的演奏都极为舒缓，一板一眼地释放了极好的浪漫色彩；即使是快速乐章，比如“夏”末乐章，分句和手法也与当代不同，而且时不时就放慢了速度。这个演绎，

① SP，最早期的黑胶唱片，每分钟七十八转，由于转速极快，容纳的音乐长度十分有限，只有四分半左右，称为 SP（Short Play）或粗纹黑胶唱片。

② LP，1948 年前后出现的改进型黑胶唱片，主流的 LP 每分钟三十三又三分之一转，容纳的音乐长度大大增加至二十五分钟，称为 LP（Long Play）或密纹黑胶唱片，也是目前最流行的黑胶唱片格式。此外，RCA 唱片公司当年发行的四十五转黑胶唱片，时间介于 SP 与 LP 之间，称为 EP（Extended LP），一般被用作流行音乐的单曲唱片，由于音质更好，近年也被制作成高素质的发烧唱片。有些 LP 唱片有三十三转和四十五转同时发行。

和当代追求通透和速度的《四季》、拉起来像开保时捷跑车一样的《四季》形成了鲜明的对比，跟他们一比，这绝对是马车版的。独奏的音色并不浓厚，也不嘹亮（跟当年录音条件有限有一定关系），混在极为浓密的乐队中，仿佛是大海中一叶扁舟，随时要被暴风雨淹没。但即使如此，依然具有很强的抒情性，甚至偶尔带有那么一丝丝哲理的味道。

我觉得喜爱《四季》的乐迷，只要不是本真主义的死忠党，可以找来这个版本听一听，相当有趣。本真主义爱好者千万不要听了，以免怒发冲冠，把唱片扔出窗外。

单声道时代的《四季》

进入LP时代的单声道《四季》录音，有四个值得一提。

第一个，是LP时代最早的之一，波兰出生的美国小提琴家路易斯·考夫曼（Louis Kaufman）1947年在美国录制的。考夫曼，作为小提琴家，现在知道并聆听他的唱片的人已经很少了，但是上个世纪三十到五十年代，他在美国红极一时，原因是他给超过五百部电影演奏过配乐，比如著名的《乱世佳人》《蝴蝶梦》《叛舰喋血记》等。他还录制了超过一百张黑胶唱片。能靠电影这个新兴产业混得不错的，当年在美国还有亚沙·海菲兹（Jascha Heifetz）那位同门师兄弟托沙·赛德尔（Toscha Seidel）。

这个录音在1950年获得法国唱片大奖。CD时代，拿索斯（NAXOS）唱片公司出版了这张历史唱片，并冠以“历史上第一张《四季》录音”的标题，其实是错误的。如前所述，它并不是第一个《四季》录音。

考夫曼的技巧十分出色，音色华丽娇艳。这个《四季》拉得神采奕奕，甚至略带炫技的特点，这可能跟他长期演奏电影音乐有关系。电影配乐有一定的流行特质，需要突出音色和感染力，不必像古典音乐的端正纯净，深究内涵。考夫曼与赛德尔都有这样的特长，包括后来的伊扎克·帕尔曼（Itzhak Perlman），虽然我对帕尔曼演奏的一些古典唱片颇有微词，但他的电影音乐演奏确是顶尖水平。

乐队的伴奏也不同寻常，似乎引入了竖琴，有些段落显得爆发力十足。总体来说，这版《四季》并不失礼，且令人相当愉悦。至于考夫曼偶尔用到的滑音[①]也不必深究，是那个时代和演奏电影配乐遗留的风格。

第二个，是英国迪卡（DECCA）公司录音，独奏是德国著名小提琴家莱因霍尔德·巴切特（Reinhold Barchet），由卡尔·穆辛格（Karl Münchinger）指挥斯图加特乐团录制

① 滑音是一种音乐表现手法，指音乐进行中的两个音之间不直接作音程的跳跃，而是连续地变化音高以连接两音。因有滑行的感觉，故而称为滑音。十九世纪和二十世纪初的小提琴家们喜欢用这种风格演奏，自从海菲兹以后，当代小提琴家已经摒弃了这种风格。

于1951年。穆辛格是德国人里比较早开始推行复兴巴洛克运动的指挥，他指挥自己的亲兵斯图加特室内乐团，录制了大批巴洛克、古典主义时期的音乐。除了不是现在所谓真正的古乐团、没有大量使用巴洛克时代的乐器以外，他的很多理念已经相对接近后面的本真主义大潮，算是早期巴洛克音乐回归的领军人物之一。穆辛格从1915年出生直到1990年去世，一直在德国斯图加特这座城市生活，带领斯图加特室内乐团达几十年之久，也几乎从不去其他国家甚至别的城市指挥。这对一个著名的指挥来说，是非常罕见的事情。

穆辛格一共录制了三次《四季》，这是第一次。巴切特是当时德国小提琴家里比较擅长巴洛克的一位，他演奏的巴赫小提琴奏鸣曲、协奏曲都是极为出色的。前几年日本天龙（DENON）公司出版了他的巴赫小提琴协奏曲的SACD①，效果相当不俗。巴切特的演奏特点是声音饱满坚定，果断刚毅；表达巴赫作品中的神圣庄严一面，效果颇为不俗，如果对比以巴赫闻名的亨里克·谢林（Henryk Szeryng）、阿瑟·格鲁米欧（Arthur Grumiaux）、内

① SACD，Super Audio CD 的缩写，超级音频光盘，2000 年前后由索尼和飞利浦公司联合开发并推出的新数字音频格式。它的频率范围和动态范围均大大优于 CD。SACD 是一种新型的光盘，它不是 CD 格式，而类似 DVD 光盘的容量，播放时需使用 SACD 专用的播放设备。SACD 本质上是对 1980 年诞生的 CD 格式的一种升级和补充，CD 容量制定为 700M，是受到当年的技术条件限制，而 SACD 容量 4.7G，可以大大提高音频光盘的音质，同时推出的还有松下阵营的音频 DVD，即 DVD-AUDIO。DVD-AUDIO 后来退出了舞台，SACD 则进化为音响发烧友的小众产品。它们都没有替代 CD，也没有挽回 CD 逐渐下降的销量。

森·米尔斯坦（Nathan Milstein）等人，至少是各有千秋。然而这个组合的效果却有些怪异，虽然“春”乐章演奏得并没有老气横秋，甚至不乏活泼，但到了“夏”的末乐章，巴切特开始小心谨慎、如履薄冰起来，让听众替他捏一把汗，音乐的流畅度也受了影响。相对来说，巴切特中正大气的特长，在这个《四季》录音里并没有得到很好的体现，也可能是早年小提琴家们对《四季》的演绎没有那么熟悉导致的。但是在一些慢乐章里，同前面那个世界首录类似，体现了一些不俗的个人品味。

总体来说，这个《四季》的演绎，效果略显矜持和内敛，不够放松，也不够光芒四射。这个录音首版在迪卡唱片的LXT系列里，编号2600。迪卡在1960年发行了单声道再版的梅花系列（ACE of CLUBS），这是迪卡中价再版系列里的一个。梅花系列都是单声道，同系列还有个方块系列（Ace of Diamonds），则都是立体声。

梅花系列压片依然是很好的迪卡公司早期压片，声音也很不错。还有一点好处是：对于梅花系列，迪卡官方建议使用立体声黑胶系统播放。即使出于立体声器材产品推广的目的，这张唱片用立体声唱头播放并没问题。

由于历史原因，二十世纪四五十年代的单声道黑胶唱片要想取得更好的播放效果，需要使用特殊的“单声道”唱头，从而使音响系统变得更加复杂，这是经常困扰音乐爱好者的问题。

第三个，还是巴切特，在几年以后的1955年，在美国VOX唱片公司又录制了一遍单声道的《四季》。VOX的套装唱片，除了录制完整的《和声与创意的实验》op8以外，还录制了op4、op9等其他维瓦尔第作品。可以说，早期能够这么系统录制维瓦尔第协奏曲的，并不常见，可见巴切特对巴洛克音乐的热爱。

我听了这套VOX里面的op4、op9，包括op8里的《四季》等录音，感觉并不平淡，演绎比迪卡的那次录音要“正常”不少。虽然“夏”的演绎仍有一定的矜持感，后半段速度也偏慢，但整体已经没有那种小心翼翼缩手缩脚之感，其他的录音也都是值得聆听的。可见巴切特对维瓦尔第作品也存在一个越来越熟练和深入的过程。

第四个是英国哥伦比亚（Columbia）公司录音，录制于1955年前后，属于最晚期的单声道录音。独奏马诺格·帕利基安（Manoug Parikian）是英国小提琴家，以演奏莫扎特闻名。他的莫扎特小提琴协奏曲琴声温暖优雅，非常动听，他还留下了贝多芬小提琴协奏曲的录音。这个《四季》录音，英国TESTMENTA唱片公司后来出版过CD。

这是单声道时期最出色的一个《四季》录音。无论帕利基安的独奏，还是朱里尼大师的指挥，可以挑剔的都不多。他们没有前面几个录音里多多少少的缺陷和古怪（古怪不完全是贬义，之前《四季》使用的乐谱跟当今流行的版本不完全一样），也没有炫技的意图，独奏清晰流畅，乐队温暖厚实，与后面立体声时代的现代演绎十分接近。可以说，到了这个录音，以及后面会提到的意大利音乐家合奏团（I MUSICI）的第一版单声道录音，《四季》演奏的整体流畅性和音乐性问题才得以真正解决。之前这个曲目被演奏的次数并不多，无论对于独奏还是乐团来说，多少会有点生疏。

帕利基安1987年去世，在去世前的最后一年里，为纪念一代名琴的宗师、意大利制琴师斯特拉迪瓦里逝世二百五十周年，梅纽因指挥英国室内乐团演出了一场别开生面的纪念音乐会。这场演出一共动用了十三把斯特拉迪瓦里的名琴，被称为史上最昂贵的音乐会之一。曲目包括海顿C大调大提琴协奏曲和维瓦尔第《四季》等。四位小提琴家使用不同的名琴分别演出了《四季》的四个部分，帕利基安演奏了“春”的乐章，这也是他生前最后的录音之一。

立体声的大师们

在立体声的早期时代，当时的小提琴大师对《四季》普遍兴趣不高，因此录音不多。海菲兹、米尔斯坦、大卫·奥伊斯特拉赫、柯岗、弗兰切斯卡蒂这些超一流的宗师级别人物，都没留下《四季》的录音。海菲兹只录过很少的维瓦尔第作品；米尔斯坦倒是在英国哥伦比亚唱片公司录了两张维瓦尔第作品，但没有《四季》；大卫父子与柯岗一家三人，留下过维瓦尔第的双小提琴甚至三小提琴协奏曲录音。

德奥体系里，以演奏古典主义和浪漫主义作品闻名的沃尔夫冈·施耐德汉（Wolfgang Schneiderhan）大师，在德国早期的古乐品牌阿奇夫（ARCHIV）罕见录制了《四季》。这个录音录制于1959年10月，由早期阿奇夫的台柱鲁道夫·鲍姆加特纳（Rudolf Baumgartner）指挥琉森节日弦乐团。

施耐德汉大师的技术不用质疑，比前面的录音基本都上了一个台阶，夏天里的狂暴风雨终于来得毫不犹豫和妥协了，寒冬的瑟瑟发抖也更为惊心动魄。这个录音的意义在于，可能是第一个真正有本真主义内涵和特征的演奏，虽然当时施耐德汉并不是真正使用巴洛克演奏方式，也未必出于本真目的。

施耐德汉在德国是巴赫的权威演奏家，但对《四季》的演奏并没有多少学究气。他的演奏既活泼又朴素，对每个细节的处理都精细又不张扬，端正又不沉闷，充分展现了其高雅的情趣。施耐德汉使用的揉弦[①]偏少，非常克制，

① 揉弦，是小提琴以及所有弦乐器的一种演奏技法。揉弦是小提琴演奏很有表现力的技巧，能够形成生动又丰富的浪漫效果，用它可以来表现不同风格和特征的每一个音或每一个乐段。现代的小提琴家揉弦技术已经进化成千变万化的效果，巴洛克时期由于使用羊肠弦，不能承受过多的揉弦动作，因此古乐团里使用揉弦普遍较少（那个时代也没有过多的揉弦技巧，从本真主义出发，也应该尽量少使用）。

因此连音色都很克制，没有莫扎特和贝多芬作品里的光辉灿烂和油润，这又是施耐德汉超前的对巴洛克作品的解读。其实仔细听的话，他并不是不用揉弦，而是揉弦的动作比较细微，这样既保证了长音时候的灵动性，又使得整体手法不过于浪漫化。后面本真主义大潮中，由于弦乐器使用了羊肠弦，客观上揉弦力度无法做到太大，主观上也经常采取不用揉弦的做法。然而揉弦其实是双刃剑，不用揉弦，速度稍慢的长音就容易单调而无趣，为避免无趣，只得主观上加快演奏速度。施耐德汉的处理手法其实是值得后世借鉴的。

客观冷静地还原历史原貌，又不拘泥于历史，这不正是后来的本真主义大潮中很多人追求的境界吗？鲍姆加特纳指挥的琉森节日弦乐团也保持了从头至尾的生机勃勃，给予了独奏很好的支撑。这个录音的品味极高，我也是听了《四季》很多年以后才意识到的。

六十年代以后，《四季》开始慢慢流行起来，录制《四季》的大师也多了起来。

美国的尤金·奥曼迪（Eugene Ormandy），指挥费城爱乐乐团，安舍尔·布鲁西洛（Anshel Brusilow）独奏，在1960年录制了立体声的《四季》，同期也有单声道唱片发行。

安舍尔是一位美国小提琴家，2018年刚刚去世。这个《四季》一开始以为是大乐团的厚重风格，但实际效果却偏是小清新。无论独奏风格还是乐队的层次，都趋向于透明和轻盈。毕竟在六十年代，还没开始流行这种声音，奥曼迪大师的前卫性让人刮目相看。

美国著名小提琴家鲁杰罗·里奇（Ruggiero Ricci）1963年在美国迪卡公司录制了一张“克雷蒙娜的荣耀”，动用十五把斯特拉迪瓦里小提琴，用每把名琴演奏不同的曲目。1964年又趁热打铁，发行了《四季》的录音，这个录音也动用了十四把斯特拉迪瓦里的乐器，包括八把小提琴、四把中提琴与两把大提琴。这是最早使用名琴“噱头”录制的《四季》唱片，八十年代使用名琴录制《四季》蔚然成风，流行了二十年才慢慢消失。

抛开名琴的噱头，里奇作为当代最著名的帕格尼尼大师，本身演奏就会自带一些炫技的倾向。这个录音先声夺人，里奇展现了高超的技巧和生动的活力。尤其是在“夏”的末乐章与“冬”的首乐章，快速乐句的演绎气势磅礴一气呵成。如果跟其他的大师比较，里奇没有那么克制与理性，而是有一种挥洒自如的率真感，斯特拉迪瓦里室内乐团的乐队伴奏也温暖厚实。这个录音2007年由环球唱片以DG商标出版了CD。

1969年，波兰小提琴大师谢林同英国室内乐团在飞利浦（PHILIPS）公司录制了《四季》，同年又与西南德室内乐团留下了一个现场录音，后者只有数字流媒体或者CD。这两个录音风格差别不大，谢林一派谦谦君子的作风。即使是现场的《四季》，也处理得稍显平淡，没有他五十年代录音的朝气，加上谢林后期的小提琴发音也不够神采奕奕，因此《四季》的可听性就减弱了不少。

相比之下，阿瑟·格鲁米欧（Arthur Grumiaux）在1979年飞利浦公司录制的《四季》效果显然更佳。格鲁米欧最大的优势在于，比谢林的演奏更加生动活泼。无论“春”的小鸟鸣叫，还是“冬”寒风中的瑟瑟发抖，格鲁米欧都能通过华丽的手法刻画得更加逼真。

若以两者的巴赫录音相比，在深刻性上格鲁米欧比谢林稍有不足，然而《四季》的功夫基本都在表面，并无太多深刻内涵可挖掘，格鲁米欧的优势就更明显。他华丽丰富的手法亲切怡人，同他的莫扎特一样讨人喜欢。稍微不足之处是高潮段落不够险峻挺拔，但比谢林已经好多了。

前面提到的帕尔曼，1976年在英国EMI公司录制了《四季》。模拟时代晚期的EMI录音，录音质量自然不用担心。这属于EMI当时制作的四声道立体声（STEREO/QUADRAPHONIC）系列，罗斯特罗波维奇那个著名的海顿大提琴协奏曲唱片也在这个系列里。帕尔曼的演绎活泼细腻，偏重小细节的营造，整体稍显小家碧玉，虽然不像谢林的平淡，但比格鲁米欧的宽厚还是稍微逊色。帕尔曼是当代发音最柔美和华丽的小提琴家，理应在《四季》的演奏上有更好的效果。

女大师中，留下的《四季》录音很少。罗马尼亚小提琴家罗拉·博贝斯库（Lola Bobesco）1967年在德国

SASTRUPHON公司录制了一版，乐队是海德堡室内乐团。这个录音当年限量发行两万张，唱片编号Sastruphon SM91917，因此首版比较难见到了。目前常见的是八十年代再版的黑胶唱片，好在它们的封面都是一样的，只是编号略有区别。

博贝斯库出生于罗马尼亚的一个音乐世家，父亲奥雷尔·博贝斯库是指挥和作曲家，几个姐妹都是音乐家。博贝斯库以演奏贝多芬、莫扎特闻名于世，在日本大受欢迎，在日本飞利浦公司还留下了一些独占的录音。有人推测，日本市场比较喜欢博贝斯库这样“金发碧眼”的古典艺术家，我相信她本人应该也意识到了这一点。毕竟博贝斯库在国际上，无论欧洲还是美国，名气并没有在日本这么大。因此她后期把事业重心移到日本就可以理解了。

这版《四季》，录音效果并不算突出。博贝斯库演奏的发音偏向厚润，演奏具有很好的歌唱性，尤其是小提琴上的E弦有比较特殊的嘹亮音色，揉弦也使用得较多，形成丰富的浪漫效果。她在一些慢乐章里发挥了自己气息悠长的特色，展现出女性温婉又果断的一面。

同样在1967年，迪卡公司的录音里，有一位特别的大师留下了《四季》的录音，就是以改编曲目著称的列奥波德·斯托科夫斯基（Leopold Stokowski），指挥新爱乐乐团，独奏休·比恩（Hugh Bean），也是当时英国新爱乐乐团的首席。

这版录音收在迪卡的“PHASE4”系列录音里。PHASE4并不是人们经常翻译成的“四相位”，而是指迪卡四个阶段的录音技术，采用多声道录音最后制成双声道唱片的做法，现在自然不是什么稀奇的，当年其他公司比如EMI也有类似的技术，并非为了多声道播放，更不是指相位。这个录音的特色不在于独奏，而在于斯托科夫斯基进行了他“招牌式”的大刀阔斧的改编，使得录音时间比一般的《四季》更长，添加了一些内容。

斯托科夫斯基是一位特立独行的指挥家，早年在伦敦作为管风琴家，后到美国发展，现在举世闻名的费城交响乐团是他一手打造出来的。前面提到的奥曼迪正是在1938年接任斯托科夫斯基成为费城交响乐团的指挥。斯托科夫斯基拥有音乐和音响非凡的创造力，在他漫长的音乐生涯里，把每个乐团都打造出类似的声音，被誉为“斯托科夫斯基之声”，那就是极为厚重突出的弦乐质感，富丽堂皇的丰富音响。因此他的唱片也被很多音响迷们喜爱。同时，他也是对乐谱的本真主义不屑一顾的，坚称指挥家并不能真正客观地演绎一切音乐，指挥与音乐家必须为最终的效果服务，甚至可以不遵循乐谱上面标志的一切。他以改编巴赫闻名，并留下大量的唱片，甚至把巴赫的一些独奏作品改编成了乐队作品。

著名的迪士尼动画片《幻想曲》里，采用了大量的古典音乐作为配乐，这些音乐正是斯托科夫斯基改编和指挥录制的，他也是当年最早参与电影配乐的大指挥家。

斯托科夫斯基有一张著名的RCA录音《狂想曲集》，录音效果完美体现了他的许多音响哲学。而这版《四季》录音，也有异曲同工之妙，不但乐谱上的音符变多了，低频也开始波涛汹涌起来，颇有几分“狂想曲”的感觉。

这版录音可以称为“狂想曲版的《四季》”，对这种做法，我认为见仁见智。当代的古典诠释已经完全没有这种风格，现在的指挥，也很难做出这种改编。

I MUSICI的《四季》王国

意大利音乐家室内乐团（I MUSICI）成立于1951年，是举世闻名的意大利弦乐室内乐团，当年被托斯卡尼尼誉为“毫无疑问是世界最好的室内乐团”。该乐团最早的宗旨就是推广和复兴意大利十八世纪的弦乐，尤其是维瓦尔第与阿尔比诺尼，多年里他们录制了多次《四季》，据说有九次以上。可以说，《四季》能有如今的流行程度，他们居功至伟，这个乐团也成了《四季》的符号象征，熟悉《四季》的人，首先就会想起他们。飞利浦唱片公司也与这个乐团多年合作，甚至第一张古典CD推出的就是《四季》，可见对他们的重视。

意大利音乐家室内乐团不设置指挥，每次录制《四季》都由第一小提琴独奏，因此更换一提后，常常会录制新版的《四季》。

他们录制的《四季》主要是以下这些：

一、1954年左右的单声道版，菲利克斯·阿约（Felix Ayo）独奏。有些资料号称这是世界第一版《四季》录音，显然是错误的。前面已经有过好几版。

二、1959年左右的立体声版，也是菲利克斯·阿约独奏。要注意的是，这一版除了封面上多了一个“HI-FI STEREO”以外，封面和内页是一模一样的。因此上一版单声道黑胶唱片容易被误认为跟这个立体声是同一版本（五六十年代的立体声录音会同时发行单声道版本）。但实际上这完全是两个版本，第一个单声道版本整体速度稍微快一些，声音也轻松活泼一点，至于封面一样，只能说飞利浦公司比较懒惰了。CD时代，这也是最著名的版本之一。飞利浦公司八十年代早期就发行了CD唱片，并在五十周年系列里重发。2021年初，日本两个发烧公司，STEREO SOUND与Esoteric分别发行了这个录音的SACD版本，可见其受欢迎程度。

三、1969年罗伯托·米歇奇（Roberto Michelucci）独奏的版本，罗伯托·米歇奇在1967—1972年间，接任菲利克斯作为意大利音乐家室内乐团的首席，他于2010年去世。

四、1982年皮娜·卡米雷利（Pina Carmirelli）独奏的版本，是飞利浦第一张古典数码CD。皮娜·卡米雷利是一位女小提琴家，早期参与了很多室内乐团，比如博凯里尼五重奏、卡米雷利四重奏等。她也曾经担任意大利音乐家室内乐团的首席，1993年去世。

五、1990年费德里科·阿戈斯蒂尼（Federico Agostini）独奏的版本。飞利浦金线版出版了黑胶和CD，当时已经是黑胶时代的末期，因此黑胶的发行量不大。

六、补充一个版本，不是意大利音乐家室内乐团的版本，而是第一代一提菲利克斯·阿约独奏，柏林室内乐团协奏，1976年的飞利浦录音。

CD时代这个版本在飞利浦的扇子系列里出版，这是一个非常漂亮的巴洛克系列。

这六个版本，最具代表性的是菲利克斯·阿约的第一个立体声版本，为意大利华丽厚润风格的典型体现。

菲利克斯·阿约1933年出生于西班牙，入籍意大利。他是意大利音乐家室内乐团创始人之一，后期离开该乐团，作为独奏家和一些室内乐团合作，也录制过完整的巴赫小提琴无伴奏组曲。菲利克斯的演绎华丽、丰满又极具贵族音色，速度也偏慢，是意大利音乐家室内乐团各版里速度最慢的，声音也最具有黑胶唱片独有的模拟气息。虽然是飞利浦早期录音，但音色质感极佳，1983年飞利浦公司把这个录音转成CD，也大受欢迎，不停地再版。

这个版本可以称为模拟时代的“《四季》之王”，其他版本与之相比，如果演绎的方式接近，对比之下经常会黯然失色。但也不代表这个版本就完美无瑕：首先，菲利克斯的演绎突出浪漫派的手法和极强的歌唱性，但灵动感和层次感就会削弱；其次，这个富丽堂皇的《四季》，也包括意大利音乐家室内乐团的所有上述《四季》录音，都更像是华丽宫廷里的《四季》，自带意大利贵族阶层的气质。

《四季》描写的是田野乡村，大自然的一草一木，老百姓的日常生活。意大利音乐家室内乐团的演绎手法以当代本真主义眼光来看，就稍嫌过时。

菲利克斯与柏林室内乐团的版本，相比意大利音乐家室内乐团的要更通透快速一些；意大利音乐家室内乐团之后的版本，无论是数字录音还是模拟录音，如果与菲利克斯的早年版本相比，都是随着时代的推进，有更加通透快速的趋势，但即使是1990年的录音，还是保持了本身的意大利浪漫风格，并没有本质上的改变。这个乐团时至今日还活跃在舞台上，虽然成员已经变动了很多。他们依然在世界各地演绎着《四季》的传奇。

圣马丁乐团的三个录音

1970年，圣马丁乐团在创办者内维尔·马里纳（Neville Marriner）指挥下，在英国Argo公司录制的《四季》大名鼎鼎，独奏为艾伦·洛夫迪（Alan Loveday）。

Argo唱片公司主要出版一些早期古典音乐和英国作曲家的录音，早期隶属于英国迪卡唱片公司，八十年代，Argo同迪卡一起并入宝丽金集团，也就是环球唱片公司的前身，这个品牌趋于消亡。于是Argo创办者又单独创办了ASV公司，继续推行英国作曲家的录音。

CD时代的封面不同，大家对这张唱片冠以"《四季》王"的称号，可见其流行程度。这张录音的优点在于马里纳指挥下相当轻快细腻的手法，加上早期圣马丁乐团编制较小，使得整体听起来活泼轻快，小清新味道十足。独奏艾伦·洛夫迪是新西兰小提琴家，当过皇家爱乐乐团的首席，演奏纤细透明。

虽然圣马丁乐团从来不是一个本真乐团，但这个录音颇有后来本真主义的倾向，与意大利音乐家室内乐团的口味大相径庭。

马里纳在七十年代有一段时间离开了圣马丁乐团去美国发展，并成为明尼苏达交响乐团常任指挥，此时乐团首席爱奥娜·布朗（Iona Brown）接替了马里纳的位置，录制了圣马丁另一个《四季》。这张《四季》LP很常见，然而这张CD却非常罕见，这是飞利浦最晚期的模拟录音，飞利浦在1980年已经开始数码录音，1987年才发行了这张金线版CD，然后不知道是发行量太小，还是市场反馈不佳，总之，多年以后，这张CD几乎消失不见，一直处于默默无闻的状态。

这也可以理解，毕竟在飞利浦品牌下《四季》的版本太多了，同公司录音竞争处于白热化阶段。后来，我在圣马丁乐团1990年发行的纪念10CD里，发现了这个录音，从录音和演绎质量来说，是高于Argo录音的。模拟时代最晚期的飞利浦录音质量自不必说，整个演绎都十分均衡，也没有Argo版本过于轻盈的风格缺憾。爱奥娜·布朗女士带领圣马丁乐团与其他音乐家录制了很多巴洛克和古典主义专辑，已经得到马里纳的真传。

遗憾的是，这个版本在CD时代和流媒体时代都被人忽略，更引人注目的布朗女士《四季》，则是她1996年在德国Hanssler公司录制的版本。

布朗女士1996年的这个录音更加轻快活泼，渐渐初露锋芒，应该是受到当时本真主义的演奏影响，速度变快了很多，透明度也大大提升。这种风格，也跟圣马丁乐团中期在飞利浦录音的四平八稳的风格明显不同。

这三个录音，若客观比较，不出名的飞利浦录音更加出色一些，各方面都有比较均衡的效果，只是听过的人比较少。

著名的阿卡多

意大利的小提琴家萨尔瓦多·阿卡多（Salvatore Accardo），是当代最著名的小提琴家之一。他多次录制

《四季》，有一个极为出名的版本和一个不太出名的版本，一个是飞利浦金线版数码录音，另一个是模拟时期晚期的RCA录音，两个录音都是意大利录音。

1987年的飞利浦录音录制于意大利克雷蒙娜，那个三大名琴的故乡，使用了四把价值连城的斯特拉迪瓦里名琴，唱片名气极大，黑胶又是飞利浦末期，发行数量少，如今已被炒上了天价。相对来说，CD价格还在可接受范围之内。

1969年RCA录制的版本，相比之下黯然失色，没有四把名琴的噱头，也没有飞利浦金线版加持，只是发行在RCA当时的VICTROLA中价系列里，CD更是发行在RCA廉价的银印系列。

这两个录音比较的话，演绎上的区别并不大。飞利浦录音整体更均衡，层次感更佳；RCA录音的独奏更加细腻，也展现了更多的细节，若播放黑胶，RCA录音中高频清澈透明的声音反而具备一定的特色。只是乐队声音比飞利浦的录音要硬朗一些，层次感也弱化了一些。

阿卡多对《四季》的诠释，是慵懒散漫的意大利浪漫化演奏风格，并偶尔带点神经质，整体从结构的框架上并不严谨，多少有些随意。由于他身在意大利，使用名琴极为方便，就录制了众多以名琴为噱头的唱片，但究其演绎和内涵，并不十分精彩。

肯尼迪现象

奈杰尔·肯尼迪（Nigel Kennedy）是一位英国小提琴家，很小的时候就被伟大的小提琴家与教育家梅纽因赏识，进入了他在英国创办的耶胡迪·梅纽因学校。那是一个天才云集的音乐学校，据说肯尼迪在学校期间就对爵士乐感兴趣，梅纽因并没有阻止，毕竟，梅纽因与爵士乐小提琴宗师、法国的斯蒂凡·格拉佩里（Stéphane Grappelli）合作出版过多张爵士专辑，后者也对肯尼迪产生了很大影响。

严格来说，小提琴并不是爵士乐的主流乐器。爵士的主流乐器是钢琴、贝斯、萨克斯、小号，还有架子鼓。究其原因，小提琴的节奏感没有那么明显，穿透力也没有小号、萨克斯这类铜管乐器强大，加上演奏的技巧又极高，因此出名的爵士小提琴家就不多。

肯尼迪录制了三次《四季》，第一次1989年的录音，发行了超过三百万张专辑，成为吉尼斯世界纪录里古典音乐的销量纪录，这个纪录在古典音乐已经过了黄金年代的时期诞生，非常让人惊讶。从现在来看，借助于黑胶唱片这种音乐媒体，古典和爵士乐的黄金时代是五六十年代，七十年代开始就已经有下坡路的趋势了。八十年代由于CD的诞生，又让唱片市场繁荣了二十年左右，直到2000年以后的MP3与在线流媒体诞生，实体唱片彻底风光不再。

肯尼迪这张专辑之所以如此流行，主要是他的朋克造型和放浪形骸的作风与言辞，在当年的古典音乐家里独树一帜，他获得了大量摇滚和爵士乐迷的拥簇，这是专辑大卖的关键原因。毕竟在西方世界，古典乐迷主要是以老年人为主，肯尼迪的专辑让很多年轻人也颇为欣赏，至少封面如此。其次，肯尼迪的演奏技巧并不差，甚至可以说是一流的。他的其他古典专辑，比如在EMI录制的第一张唱片，英国作曲家埃尔加的小提琴协奏曲，水平很高。这使得他维持了一线古典音乐家的实力，并不像有些跨界人士，靠着相貌和噱头，玩各种电子乐，古典音乐本身的水平一般。他的这版《四季》演奏，充满了兴奋的活力，尤其是在快速乐章里，甚至把一些弓法改为跳弓和连顿弓，增加了很多难度，也更加吸引人。慢乐章里则添加了一些小提琴独奏的音符，有些类似七十年代流行的迷幻摇滚，声音若隐若现。个别乐章前面还加了一点独奏的引子，类似摇滚里的SOLO，或者古典协奏曲里的华彩。不过总体来说，这个《四季》并不离谱，在改编的道路上走得并不遥远。另外，肯尼迪用的是一把瓜奈利名琴，这是小提琴界最负盛名的三大名琴之一，以音色华丽著称。肯尼迪的音色松润美丽，并没有因为略带摇滚风就把古典音乐的音色丢掉，在这一点上反而是一些本真乐团在摇滚的道路上走得更远。肯尼迪曾经在莎拉·布莱曼的专辑里作为伴奏，也突出了感染力很强的发音。

肯尼迪2002年同柏林爱乐第二次录制《四季》，此前他曾经演出了上千场《四季》，也曾经退出舞台达五年之久。第二版《四季》是他最“正统”的《四季》，改编程度比1989年录音还少，只是活力四射的程度变得更强了，声音越发泼辣老练。肯尼迪在“秋”的第一乐章喜欢用极快的速度表现丰收的舞蹈和饮酒的人群，他本人是一个伏特加迷，无伏特加不欢，这是他处理这段音乐的特殊之处。2007年肯尼迪第一次访问中国演出，采访他的音乐评论家陈立送了他两瓶北京二锅头，号称“中国的伏特加”，让他非常开心。

肯尼迪第三次录制《四季》是2015年，从开头的电吉他声轰然响起，预示着他跨界的步伐更远了。《四季》依然完完整整地演奏了一遍，但仿佛成了背景音乐，时不时被冒出来的各种电子声音打断。

严格来说，肯尼迪并不是古典音乐家里的异类。2019年去世的指挥普列文大师，也是一位爵士钢琴家；更早的维也纳钢琴大师古尔达，在跨界的路上走得很远，玩过各种电子乐和爵士，甚至在舞台上跳起了艳舞，但并不妨碍他教出阿格里奇这样纯粹的古典音乐大师。

肯尼迪现象是一件好事，至少让更多的年轻人投入古典音乐欣赏中。最近几年欧洲一流乐团访问中国的时候，最羡慕的是中国听古典音乐的人群里年轻人比例很高，事实上欧洲这个比例也在悄然提升。古典音乐要想延续三百年的辉煌，年轻人才是主力和希望。

数码时代

数码时代，也就是1980年以后，由于肯尼迪的大获成功，《四季》热度有增无减，有几个录音还需要说一下。

第一个是1987年录于瑞士的飞利浦录音，由克劳迪奥·阿巴多（Claudio Abbado）指挥欧洲室内乐团，独奏是年轻的俄罗斯小提琴家维多利亚·穆洛娃（Victoria Mullova），和阿卡多的飞利浦同一年录制。不得不说，飞利浦公司对《四季》情有独钟，本文列举的各种版本里，飞利浦公司居然占据了一半。

这个老少组合有不少火花，也充满了青春的朝气。穆洛娃是我早年非常赞赏的小提琴家，风格素雅冷静，有“冷美人”之称，主要是演绎相对冷静客观，对古典曲目的演绎，尤其是对巴赫、勃拉姆斯、门德尔松等作品的演绎颇受好评。穆洛娃在2000年以后踏入本真的门槛不可自拔，许多曲目都重新录制了一遍，不过《四季》目前只有一次，整体温暖亲切怡人，如沐春风，节奏感与细节非常均衡，可以说是一个“古典主义美感”的《四季》演绎。

这个金线版录音各方面都在平均水准之上，黑胶由于数量偏少价格也相当贵，个人觉得还是选择CD或者流媒体聆听比较合适。

第二个是吉尔·沙汉姆（Gil Shaham）于1993年底录制的《四季》，沙汉姆指挥奥菲斯室内乐团。这是当年DG

的4D录音系列。4D录音音质极佳，此时DG已经不发行黑胶唱片了。美国的发行版本封面不同，并附带一张视频光盘。此外这里还罕见地录制了一首克莱斯勒的维瓦尔第风格小提琴协奏曲。

这个录音突出了沙汉姆的技术特点，发音干净利索，并带有一定的韵味。我一直觉得当代小提琴家里沙汉姆是发音比较“动听”的一位，但可惜的是DG有些录音，比如著名的帕格尼尼二重奏（Paganini for two），还有舒伯特二重奏（Schubert for two）那几张，把沙汉姆的发音录制得有尖锐的倾向，但在协奏曲录音里又能感受到沙汉姆细腻漂亮的发音。沙汉姆总体的演绎是活泼具有动感的，4D录音也有一定的加分。

这张里使用了室内管风琴和羽管键琴，实际上维瓦尔第原谱里标志的春、夏、冬几个乐章的低音通奏是室内管风琴。有些录音会用到室内管风琴，大部分录音则只使用大键琴。

第三个要提一下的是美国TELARC公司录制的一个版本，由小泽征尔指挥波士顿交响乐团，波士顿交响乐团当时的首席约瑟夫·西尔弗斯坦（Joseph Silverstein）独奏。录制于1981年，这是TELARC最早的数码录音之一，当年也发行了黑胶唱片。其国际版，直到2018年，才重新发行了一百八十克重量的黑胶。

这个录音，对于听惯《四季》的人来说，可能会稍有不适应。原因是独奏，把维瓦尔第《四季》里的所有装饰音都演奏了出来。虽然这个乐队和指挥都跟本真主义没什么关联，然而这个独奏却展现了比很多本真主义还本真的态度。我个人觉得这是一个相当有趣的唱片，抛开优秀的录音质量不提。独奏的装饰音，据说维瓦尔第自己写过一份《四季》的所有装饰音，这里面不单单是那些快速片段，很多慢速的长音也加了众多装饰音。

听这个录音，相当于听一个崭新的乐谱版本。那些听惯了的音符突然变得灵活和复杂起来，一个平淡的长音也柳暗花明，转折成了几个音符。奇怪的是后面本真主义大潮中，大部分人都忽视了这些装饰音的演奏，反而是一个现代的版本将其呈现出来，以至于让我怀疑约瑟夫使用了特殊的乐谱。

约瑟夫的发音和技巧相当不错，小泽征尔大师的乐队表现也相当不俗，气氛烘托得相当到位，总之这个录音值得一听。顺便说一句，小泽征尔大师，2020年9月1日刚刚过了八十五岁大寿，他是一个生在中国，对中国充满眷恋的伟大指挥，虽然身体不太好，依然坚持在指挥的一线工作，并对推动中国的古典音乐付出了很多精力。

第四个是法国小提琴家皮埃尔·道坎（Pierre Doukan）独奏并指挥，法国Cassiopée Records公司在1990年出版的一张《四季》，这也是本次评论的四十九个《四季》版本里唯一的法国版本。其实法国对推广巴洛克尤其是维瓦尔第的音乐是相当上心的，九十年代成立的OPUS111公司出版了大量维瓦尔第的音乐。他们在本真的道路上走得更远。另一家法国古乐公司H. M.（Harmonia Mundi）也是当今古乐品牌里实力最强、产品最佳的公司。不过道坎这一版本却颇有回归浪漫传统的风格，没有古乐的本真色彩，而是温暖怡人，如沐春风，充满浪漫的色调，听起来十分舒服。在九十年代本真大行其道的时候，能推出这样的老派风格的唱片，让人惊讶。它的黑胶唱片中间的盘标（Label）居然采用了CD的样式，显示了数码时代的特点，但又注明单声道系统的兼容性这种只有在六七十年代才有的标注，让人怀疑到底是什么年代的唱片，毕竟九十年代几乎没人用单声道的黑胶系统了[①]。

数码时代还有很多录音，比如卡拉扬指挥安娜-苏菲·穆特（Anne-Sophie Mutter）独奏的1984年EMI录音。指挥帝王相当卖力，直接上阵演奏大键琴，这是相当罕见的。卡拉扬年轻的时候先学钢琴，后改为指挥，这是指挥里的常见路线，大师里很少有人像小泽征尔那样从一开始就以指挥为职业，但卡拉扬并没留下钢琴的演奏录音。年轻的穆特表现得中规中矩。等到1999年她的第二次录音，脱离了卡拉扬的影响与控制，则变得古怪和随性了。

① 1958年以前，也就是单声道时期，黑胶系统里的唱头与后来的立体声系统的唱头并不相同。因此立体声唱片出版以后，为兼顾市场需求，有些唱片会标注可兼容于单声道系统。

卡拉扬的另一次录制，是1972年与柏林爱乐的首席米歇尔·施瓦贝（Michel Schwalbe）的DG公司录音，米歇尔的演奏更像融入乐队的一个角色，独奏的个性不强，大概是首席的一种习惯。

本真主义的《四季》

二十世纪下半叶，本真主义大行其道，维瓦尔第的《四季》自然首当其冲。

所谓本真主义运动（period instrument movement），是从二十世纪初开始，欧洲的音乐家逐渐开始使用巴洛克时代的乐器演奏同时代的音乐，以追求当年原汁原味的效果，从而还原作曲家生前的效果。

这种运动逐渐从巴洛克时期延伸到古典主义时期的海顿、莫扎特甚至贝多芬，从而大大影响了整个古典音乐的演奏风貌。到二十一世纪，世界上已经有了很多本真乐团，也称为古乐团，从最初的非主流地位渐渐有变为主流的趋势。很多乐谱被重新修订，乐团的演奏也有更加“精准”的趋势，以有别于十九世纪浪漫主义风格以来的随意。

很多当代传统的音乐家，也被本真主义概念所影响，比如意大利的指挥大师阿巴多，晚年的风格就融合了一部分本真主义概念；前面提到的女小提琴家穆洛娃，在2000年以后进入了本真演奏的行列。

平心而论，古典音乐从巴洛克时代发展到当代，已经有三百年历史，演奏的方式和技巧随着乐器的发展已经有了长足的进步，这本是历史的必然性。使用当年的乐器和演奏方式，必然带来很多限制，虽然演奏的效果有可能更加接近当年的原始效果，但即使作曲家本人的演奏也未必每次都相同，且很多作曲家都致力于提高乐器的性能，巴赫如果活到今天，也许更赞赏用现代的钢琴演奏他的作品。不同的古乐团演奏的效果也不相同，因此，所谓本真效果，多多少少是一个无限接近但永远无法完成的伪命题，除非真能穿越回巴赫的年代听到他们的演奏。

从音乐时代来说，本真主义的风格最适合的还是巴洛克时期与古典主义初期的作品，也就是从巴赫、亨德尔、维瓦尔第延续到海顿和莫扎特的早期作品，再往后如贝多芬甚至舒伯特等，本真主义的演绎就略显吃力和不讨好。

模拟时代，前面提到的穆辛格还录制了两版立体声。他们算不上本真，使用的也是现代乐器，但却是先驱，是巴洛克回归的探索。

第一次立体声是在1959年，第二次在1973年。1959年的录音具有迪卡早期粗犷的质感，弦乐线条感也比较强；1973年则更加成熟稳定，细节处理也更精准，相信穆辛格大师有了更多的理解和研究。1973版由波兰小提琴家康斯坦蒂·安德烈·库尔卡（Konstanty Andrzej Kulka）担任独奏。

这三次《四季》录音一次比一次更好一些，虽然跟价格不成正比，毕竟1959年的迪卡ED1压片比1973年的ED4压片要贵很多[①]。CD年代它们也并不出名，泯然众矣。

1982年，大键琴家与古乐指挥平诺克（Trevor Pinnock）的《四季》横空出世，这也是ARCHIV品牌最早的数码录音之一。这个录音有两种封面，一个是同CD首版的烫银封面，显得古朴又华丽，另一个是指挥家肖像封面。这两个封面，有人说后者才是首版。其实后者是俱乐部版，与前者是同时发行的。

这个《四季》极为精彩。英国小提琴家西蒙·斯坦奇（Simon Standage）的演奏朴素又活泼，颇有“采菊东篱下，悠然见南山”的意境，这是所有西方录制的《四季》中最符合中国传统道家精神的一版。独奏与乐队经常是寥寥几弓，就把《四季》的意向展露无遗，聆听这版，常常让我想起金庸笔下琴箫合奏的“笑傲江湖曲”。

紧随平诺克之后的，是指挥霍格伍德（Christopher Hogwood）在英国琴鸟（L’oiseau-Lyre）公司的录音。琴鸟公司隶属英国迪卡公司，是一家专门发行古乐唱片的公司，与隶属DG公司的古乐品牌ARCHIV类似。

这个录音采用了四个人，分别用了四把古琴的方式演

① 迪卡公司的黑胶唱片根据压片时间和盘标，版次分为ED1、ED2、ED3、ED4等，越早压片的唱片相对越贵。

奏，也算费尽心思。

我个人并不赞成把《四季》搞成名琴炫耀会。虽然是四首协奏曲，但四个人演奏，风格难免有些出入，更遑论使用的琴也不同。

还有其他类似的四把名琴的《四季》录音，都成了名琴的炫耀。相对来说，霍格伍德的《四季》并不差，但平诺克珠玉在前，霍格伍德多少有点“既生瑜何生亮”的感受。

进入九十年代，《四季》诞生了卡米诺拉（Carmignola）的两个重要版本，一个出自大名鼎鼎的DIVOX ANTIQUA公司，另一个在索尼公司。索尼的CD印刷图案很特别，巴洛克的花纹效果非常漂亮。

这两个版本，都展现了卡米诺拉极为特别的个性。它们是《四季》历史上最快速的版本之一，也是独奏和乐队最富有激情的演绎，几乎可与同时期的和谐花园“摇滚版”相比肩，但与后者相比，卡米诺拉的处理更加巴洛克。

他可以说是自带装饰音的小提琴家，他拉所有作品，包括莫扎特，也会安排上一连串的装饰音效果，这是卡米诺拉的个性使然，他似乎就是为巴洛克而生。不过这两个版本的速度还是太快了，虽然琴艺高超，琴声美妙，也很难让人安安静静地体会。

说到和谐花园（Il Giardino Armonico），这是1985年成立于米兰的意大利组合，旨在发扬十七、十八世纪音乐。作为古乐挖掘者，他们录制了一版摇滚风格的《四季》。

这版《四季》音效惊人，乐队齐奏时琴弓仿佛砸在了琴弦上，形成急促、激烈的音响效果，独奏也经常“一惊一乍”，摇滚的目的是达到了，只是不知道本真的成分有多少。据说他们是最严谨的低音通奏，三个乐章采用室内管风琴，一个乐章使用羽管键琴，还加上了双颈琉特琴，装饰音也一板一眼的都加上，然而摇滚效果削弱了这些严谨的处理，偶尔出现的滑音更是有违和感。这个《四季》比肯尼迪在摇滚的道路上走得还遥远，虽然和谐花园是个不折不扣的古典乐团。相比之下，肯尼迪是“披着摇滚和朋克的表面，内心却有一颗古典的心灵”。

英国女小提琴家拉切尔·波杰（Rachel Podger），是近年非常著名的巴洛克音乐演奏专家。她2018年在荷兰Channel Classics唱片公司录制了《四季》，以SACD格式发行。这张专辑借助于最新的高格式，音质极佳。拉切尔拥有明快阳光的音色，乐队伴奏的声音也非常丰满，体现出当代录音的优势，不像早期一些古乐录音偏于干瘪。

本真主义的《四季》还有很多，在此就不一一列举了。

跨界与改编

1989年，就在肯尼迪创造他的历史纪录的同年，琴坛怪杰吉东·克雷默（Gidon Kremer）录制了一个“八季”

（Eight Seasons）。所谓八季，是在维瓦尔第《四季》基础上，加上了皮亚佐拉的四首。其中“春”演奏完以后，加上皮亚佐拉的“夏”，最后“冬”演奏完，加上了皮亚佐拉的“春”，由此成为一个《四季》的循环，完成生生不息的概念。

克雷默是当代音乐家里大量演奏当代作品的先锋，有人说他发音不够好，其实是误解。克雷默最喜欢使用一把Amati琴，这种琴本身就是清秀朴素的发音。无论主观上还是客观上，克雷默的发音都比较直接爽朗，像十几岁天真的声音，而不是斯琴和瓜琴那么多姿多彩。但很多现代作品，反而是这样的发音显得更加“正确”和自然。

难以想象大卫·奥伊斯特拉赫能够教出克雷默这样与老师风格迥异的学生，无论发音还是演绎毫无相似之处。这说明大卫因材施教的本领很强，或者是克雷默实在太有个性。克雷默的演奏手法，已经不能用装饰音来形容了，比如春天里的小鸟，他动用了一切办法，用琴弓模仿出活灵活现的鸟声。这么古灵精怪的手法，恐怕只有他能做到。

在更早的1981年，克雷默在DG公司也录制了一版《四季》，大师阿巴多指挥。那一版《四季》同样充满了勃勃的生机和特别的细节处理，只是没有加进皮亚佐拉的元素。

前面提到肯尼迪几个改编版的《四季》，实际上还有一个作曲家亲自上阵改编的版本，就是德国作曲家马克斯·里赫特（Max Richter）的重新作曲（Recomposed）

版本，这张唱片发行于2013年，独奏是英国小提琴家丹尼尔·霍普（Daniel Hope）。作为当代杰出的作曲家和电影配乐大师，马克斯的改编真正算得上回炉重造。开篇的描绘，一种电影场景化的万物复苏的感觉扑面而来，若隐若现的背景也变得朦胧和宏大，独奏的惟妙惟肖的音色展现，绝妙的色彩感仿佛与天地融为一体，正契合当下流行的宇宙洪荒、天地玄黄。马克斯的改编冲出了《四季》的感受，上升到宇宙的层面。好在即使经过大幅度的修改，维瓦尔第写的旋律线还基本存在。这个版本恰恰印证了维瓦尔第的原曲生命力之顽强，即使在当代作曲家手里，也没法掩盖其旋律锋芒。

马克斯这一版获得了市场的极大成功和认可，英国小提琴家丹尼尔·霍普几年后趁热打铁，又推出了原版的《四季》唱片，同样也是在DG公司。丹尼尔·霍普是诗人和小说家克里斯托弗·霍普的儿子，出生在非洲。由于政治迫害举家逃到英国，他的母亲担任了小提琴家梅纽因的秘书，他也成为梅纽因孙子的玩伴。他的才能后来被梅纽因挖掘，并与大师合作了六十场音乐会，包括梅纽因1999年的最后一次演出，是霍普指挥演出了阿尔弗雷德·施尼特克（Alfred Schnittke）的小提琴协奏曲。他使用一把瓜奈利名琴，音色出众，录制的原版《四季》也很出色，气势宏大，生动而有活力，他在世界各地的音乐会中，有时候会上下半场分别把原版《四季》和改编版《四季》都演奏一遍。

2019年还诞生了一个跨越乐器的版本，斯洛文尼亚的大提琴家卢卡·苏利克（Luka Šulić），第一张专辑居然选择了《四季》。

《四季》在小提琴曲目中虽然不算顶尖的难度，但依然不简单，用大提琴演奏小提琴曲目通常都是非常艰难的。据说费尔曼（Emanuel Feuermann）当年可以在大提琴上拉出门德尔松小提琴协奏曲，被惊为天人。

卢卡的挑战是非常成功的，这据说是历史上第一个大提琴版《四季》，卢卡声音浑厚有力，且充满热情。虽然无法像原作小提琴那样明快活泼，但降低了音域的大提琴演奏，别有一番天地和滋味。慢乐章更显得深情款款，回味无穷。只是在某些快速乐章中略显吃力。

结语

写到这里，还有很多版本，就不一一罗列了。

《四季》的发展，代表了古典音乐在二十世纪的发展趋势。从上半叶的浪漫主义晚期风格，到六七十年代的巴洛克回归、八九十年代本真主义盛行，已经占据了古典音乐的半壁江山。

2000年以后，《四季》的发展只能趋向于跨界，毕竟现存已有数百个版本，对传统的突破已经十分艰难。很多人对古典音乐的未来都不看好，也源于此。在一百多年的录音历史里，古典音乐已经有了太多前人的经典，超越上一代的大师们越来越难，这不仅仅在古典音乐里，甚至流行和爵士也是如此。

最后，我把前面写过的版本按照录音时间或发行时间顺序排列一下，加底色者为我相对赞赏的重要录音：

单声道时期

1942年	独奏不详 贝尔纳迪诺·莫里纳里指挥圣塞西莉亚国家歌剧院乐团	意大利Cetra公司
1947年	路易斯·考夫曼独奏 亨利·斯沃博达指挥音乐杰作乐团	美国MMS公司
1951年	霍尔德·巴切特独奏 卡尔·穆辛格指挥斯图加特室内乐团	英国DECCA公司
1954年	菲利克斯·阿约独奏 意大利音乐家室内乐团	荷兰PHILIPS公司
1954—1955年	霍尔德·巴切特独奏 罗尔夫·莱因哈特指挥斯图加特音乐弦乐乐团	美国VOX公司
1955年	马诺格·帕利基安独奏 朱里尼指挥爱乐弦乐乐团	英国Columbia公司 （附图1）

立体声时期

1959年	菲利克斯·阿约独奏 意大利音乐家室内乐团	荷兰PHILPS公司 （附图2）
1959年	沃纳·克罗辛格独奏 卡尔·穆辛格指挥斯图加特室内乐团	英国DECCA公司
1959年10月	沃尔夫冈·施耐德汉独奏 鲁道夫·鲍姆加特纳指挥琉森节日弦乐团	德国ARCHIV公司 （附图3）
1960年	安舍尔·布鲁西洛独奏 尤金·奥曼迪指挥费城管弦乐团	美国CBS公司
1964年	鲁杰罗·里奇独奏 并指挥斯特拉迪瓦里室内乐团	美国DECCA公司
1967年	罗拉·博贝斯库独奏 并指挥海德堡室内乐团	德国SASTRUPHON公司 （再版）
1967年	休·比恩独奏 列奥波德·斯托科夫斯基指挥新爱乐乐团	英国DECCA公司 （附图4）
1969年	亨里克·谢林独奏并指挥英国室内乐团	荷兰PHILIPS公司
1969年	亨里克·谢林独奏并指挥西南德室内乐团	德国SWR公司
1969年	罗伯托·米歇奇独奏 意大利音乐家室内乐团	荷兰PHILIPS公司
1969年	萨尔瓦多·阿卡多独奏 并指挥意大利室内乐团	美国RCA公司
1970年	艾伦·洛夫迪独奏 内维尔·马里纳指挥圣马丁乐团	英国ARGO公司 （附图5）
1972年	米歇尔·施瓦贝独奏 卡拉扬指挥柏林爱乐乐团	德国DG公司

1973年	康斯坦蒂·安德烈·库尔卡独奏 卡尔·穆辛格指挥斯图加特室内乐团	英国DECCA公司 （附图6）
1976年	伊扎克·帕尔曼独奏 罗德尼·弗兰德指挥伦敦爱乐乐团	英国EMI公司
1976年	菲利克斯·阿约独奏 维托里奥·内格罗指挥柏林室内乐团	荷兰PHILIPS公司 （附图7）
1979年	阿瑟·格鲁米欧独奏 阿帕德·格雷茨指挥浪漫独奏者乐团	荷兰PHILIPS公司
1980年	爱奥娜·布朗独奏 并指挥圣马丁乐团	荷兰PHILIPS公司 （附图8）
1981年	约瑟夫·西尔弗斯坦独奏 小泽征尔指挥波士顿交响乐团	美国TELARC公司
1981年	吉东·克雷默独奏 克劳迪奥·阿巴多指挥伦敦交响乐团	德国DG公司
1982年	皮娜·卡米雷利独奏 意大利音乐家室内乐团	荷兰PHILIPS公司
1982年	西蒙·斯坦奇独奏 平诺克指挥英国协奏团	德国ARCHIV公司 （附图9）
1983年	艾莉森·伯里、凯瑟琳·麦金托什、 克里斯托弗·希伦斯、约翰·霍洛威独奏 霍洛威指挥古乐学会乐团	英国L'oiseau-Lyre公司
1984年	安娜–苏菲·穆特独奏 卡拉扬指挥维也纳爱乐乐团	EMI公司
1987年	萨尔瓦多·阿卡多独奏 拿波里独奏家合奏团	荷兰PHILIPS公司 （附图10）

1987年	维多利亚·穆洛娃独奏 克劳迪奥·阿巴多指挥欧洲室内乐团	荷兰PHILIPS公司 （附图11）
1987年	加西亚、帕利基安、哈森、菲利普斯独奏 梅纽因指挥英国室内乐团	英国SRART公司
1989年	吉东·克雷默独奏 并指挥波罗的海室内乐团（《八季》）	美国NONESUCH公司 （附图12）
1989年	奈杰尔·肯尼迪独奏 并指挥英国室内乐团	英国EMI公司
1990年	费德里科·阿戈斯蒂尼独奏 意大利音乐家室内乐团	荷兰PHILIPS公司
1990年	皮埃尔·道坎独奏 并指挥格兰德鲁音乐节管弦乐团	法国Cassiopée Records公司 （附图13）
1993年	吉尔·沙汉姆独奏 并指挥奥菲斯室内乐团	德国DG公司
1994年	卡米诺拉独奏 并指挥马尔卡奏鸣曲合奏团	瑞士DIVOX公司 （附图14）
1994年	恩里科·奥诺弗里独奏 乔万尼·安东尼指挥意大利和谐花园古乐团	德国TELDEC公司
1996年	爱奥尼·布朗独奏 并指挥圣马丁乐团	德国Hanssler公司
1999年	安娜–苏菲·穆特独奏 并指挥特隆赫姆独奏家乐团	德国DG公司
2000年	卡米诺拉独奏 安德烈·马可指挥威尼斯巴洛克管弦乐团	美国SONY公司
2002年	奈杰尔·肯尼迪独奏 并指挥柏林爱乐乐团	英国EMI公司

2013年	丹尼尔·霍普独奏 安德烈·迪利德指挥柏林音乐厅室内乐团 （马克斯·里赫特重新作曲版《四季》）	德国DG公司
2015年	奈杰尔·肯尼迪独奏 并指挥生命管弦乐团组合	美国SONY公司
2017年	丹尼尔·霍普独奏 并指挥苏黎世室内乐团	德国DG公司
2018年	拉切尔·波杰独奏 并指挥布雷康巴洛克乐团	荷兰CHANNEL CLASSICS公司
2019年	卢卡·苏利克独奏大提琴 皮奥瓦诺指挥圣西西里亚学院管弦乐团	美国SONY公司

附图 1. 1955 年，朱里尼指挥爱乐弦乐团，帕利基安独奏。英国 Columbia 公司

附图 2. 1959 年，菲利克斯 · 阿约独奏。
荷兰 PHILPS 公司

附图 3. 1959 年 10 月，鲁道夫 · 鲍姆加特纳指挥琉森节日弦乐团，施耐德汉独奏。德国 ARCHIV 公司

附图 4. 1967 年，斯托科夫斯基指挥，休 · 比恩独奏。英国 DECCA 公司

附图 5. 1970 年，马里纳指挥，艾伦 · 洛夫迪独奏。英国 ARGO 公司

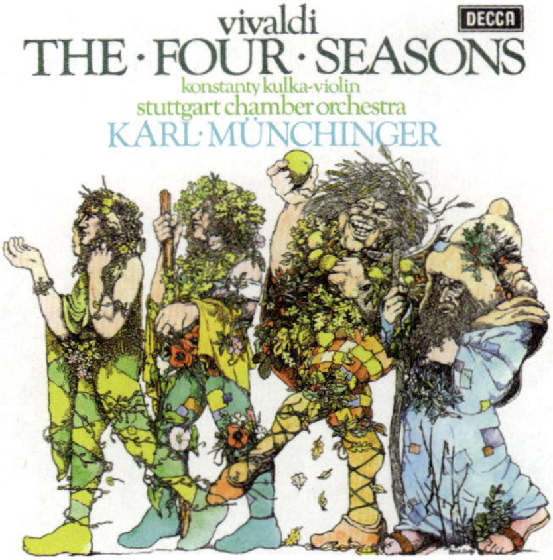

附图 6. 1973 年，卡尔 · 穆辛格指挥，康斯坦蒂 · 安德烈 · 库尔卡独奏。英国 DECCA 公司

附图 7. 1976 年，维托里奥 · 内格罗指挥，菲利克斯 · 阿约独奏。荷兰 PHILIPS 公司

附图 8. 1980 年，爱奥娜 · 布朗指挥并独奏。
荷兰 PHILIPS 公司

附图 9. 1982 年，平诺克指挥，西蒙独奏。
德国 ARCHIV 公司

附图 10. 1987 年，阿卡多独奏。荷兰 PHILIPS 公司

附图 11. 1987 年，阿巴多指挥，穆洛娃独奏。
荷兰 PHILIPS 公司

附图 12. 1989 年，克雷默指挥并独奏《八季》。
美国 NONESUCH 公司

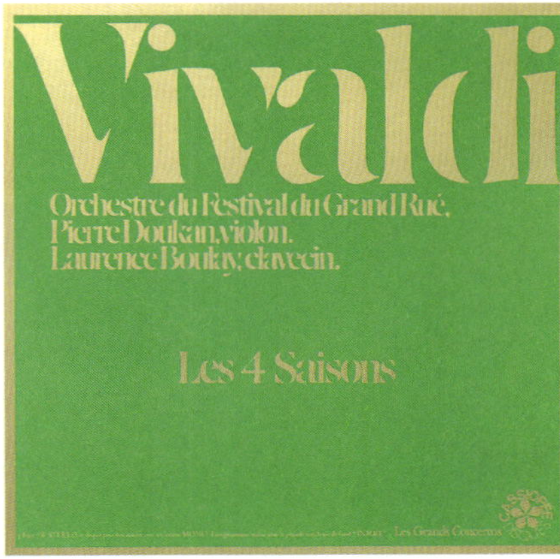

附图 13. 1990 年，皮埃尔 · 道坎独奏并指挥。
法国 Cassiopée Records 公司

附图 14. 1994 年，卡米诺拉独奏并指挥。
瑞士 DIVOX 公司

我们把书做好　等待您来发现

我们把书做好　等待您来发现

图书在版编目 (CIP) 数据

读库. 2103 / 张立宪主编. -- 北京 : 新星出版社, 2021.6
ISBN 978-7-5133-4482-1
Ⅰ. ①读… Ⅱ. ①张… Ⅲ. ①中国文学－当代文学－作品综合集
Ⅳ. ①I217.61
中国版本图书馆CIP数据核字(2021)第076547号

读库 2103

主　　编：张立宪
责任编辑：汪　欣
责任印制：李珊珊

出版发行：新星出版社
出 版 人：马汝军
社　　址：北京市西城区车公庄大街丙3号楼　100044
网　　址：www.newstarpress.com
电　　话：010-88310888
传　　真：010-65270449
法律顾问：北京市岳成律师事务所
经销电话：010-57268861
官方网站：www.duku.cn
邮购地址：北京市海淀区万寿路邮局67号信箱　100036
印　　刷：北京雅昌艺术印刷有限公司
开　　本：770mm × 1092mm　1 / 32
印　　张：11
字　　数：220千字
版　　次：2021年6月第一版　2021年6月第一次印刷
书　　号：ISBN 978-7-5133-4482-1
定　　价：42.00元